Travels
with a Typewriter

旅 行 之 道

逆时针旅行

[英] 迈克尔·弗莱恩 著

陈薇薇 译

生活·讀書·新知 三联书店

TRAVELS WITH A TYPEWRITER by MICHAEL FRAYN
Copyright©2009 BY MICHAEL FRAYN
This edition arranged with GREENE & HEATON LIMITED through
BIG APPLE AGENCY, INC., LABUAN, MALAYSIA.
Simplified Chinese Copyright © 2021 by SDX Joint Publishing Company.
All Rights Reserved.

本作品简体中文版权由生活·读书·新知三联书店所有。
未经许可，不得翻印。

图书在版编目（CIP）数据

逆时针旅行／（英）迈克尔·弗莱恩著；陈薇薇译．—北京：
生活·读书·新知三联书店，2021.10
（旅行之道）
ISBN 978-7-108-06186-7

Ⅰ.①逆…　Ⅱ.①迈…②陈…　Ⅲ.①散文集-英国-现代
Ⅳ.① I561.65

中国版本图书馆 CIP 数据核字（2021）第 036378 号

责任编辑	李静韬
装帧设计	康　健
责任校对	张　睿
责任印制	徐　方

出版发行　生活·讀書·新知 三联书店
　　　　　（北京市东城区美术馆东街 22 号 100010）
网　　址　www.sdxjpc.com
图　　字　01-2019-1001
经　　销　新华书店
印　　刷　北京隆昌伟业印刷有限公司
版　　次　2021 年 10 月北京第 1 版
　　　　　2021 年 10 月北京第 1 次印刷
开　　本　880 毫米×1230 毫米　1/32　印张 8.75
字　　数　180 千字
印　　数　0,001-5,000 册
定　　价　48.00 元

（印装查询：01064002715；邮购查询：01084010542）

"旅行之道"丛书出版说明

"道"是道路、旅途,通向一个不同于日常生活的新世界;"道"是习俗、方式,蕴含着不同文明的历史文化;"道"是经验、阅历,是让自己的生命与陌生的情境融合,诞生新的生命体验;"道"是言说、倾诉,游走过的、经历过的,都以文字和画面展现。

这套小丛书化用瑞士作家尼古拉·布维耶(Nicolas Bouvier)《世界之道》的书名,为读者介绍现当代旅行文学经典,刻画不同文化的风貌。每部作品都蕴含着对旅行的人文关切,以期为读者呈现不同的旅行之"道"。相信不同阅读者的解读与个人经历相碰撞,会产生新的感悟,从而构筑自己的"旅行之道"。

生活·讀書·新知 三联书店

目 录

序言　1

告别金钱　1
古巴，十年

第一次出国的滋味　33
再见春天，再见巴黎

逆时针方向最有效　44
以色列，一英寸接一英寸

无处之都　68
柏林花园的夏日

再见，阿瓦隆　92
重游剑桥

从大海到闪亮的波涛　　104
追逐美国

嘎吱嘎吱的腌萝卜　　140
近距离看日本

蛮荒西部11号　　161
诺丁山边缘

5号口，2号区，47号屋　　174
和索菲娅在莫斯科的日子

圣特罗佩朝圣之旅　　186
蔚蓝海岸的燔祭

温暖的红袜　　195
在瑞典谈钱

曲终人散　　213
平行英国的四十年

天堂的笑脸　　222
逆向迎接未来的维也纳

泰晤士河上的彩虹　　233
1951年的南岸区

序 言

　　印象中,我有生以来写的第一篇文章——或者说第一次写东西——是学校布置的一篇以"长大后我喜欢住的房子"为主题的文章。如今,我早已不记得当时写了些什么,但对自己的一个创意之举印象深刻——我为这篇文章配的图并不是孩子们爱画的那种玩偶屋,而是一座大胆的装饰艺术风格的建筑(那可是20世纪30年代末),平坦的屋顶,白色的粉刷墙,沿屋角展开的长长的横拉窗。那时的我当有六七岁了,在那之前可能也写过一些东西,但这篇文章之所以一直印在我的脑海中,是缘于我父亲在读后的一句评论:"或许你应该去当个记者。"

　　我不认为他说这话时是认真的。不同于时下的父母,我父亲并不是个惯于鼓励孩子的人。对于我参加各种文学活动,他颇不以为然。待我长到一定年龄,在未来该从事哪种具有现实意义的工作这一问题上,他认为我应当子承父业,当个推销员。近30年之后,他才对我的工作流露出进一步的兴趣。但从他说那句话开始，影响已经造成，因为从那时起，我就想当一名记者。

  当然，我也想当一名作家，只是这个想法似乎过于雄心勃勃，实难公之于世——且难以表述，即便于我而言，亦是如此，因为那时的我并不知道自己想写什么。一两年后，我人生第一次创作剧本，以自己制作的几个木偶为角色编写了故事，但我不认为当时的我萌生过有朝一日或许能以此谋生的念头。我开始写一部小说（但从未完成过），关于孩子们划着小舢板在湖区四处闯荡的经历，尽管我此前从未见过小舢板，也没去过湖区，只是通过亚瑟·兰瑟姆（Arthur Ransome）[1]的作品有所了解。后来，我又在不同的作业本上写满自创的诗歌，虽然彼时的我对格律毫无概念，但我不记得自己曾觉得写小说或诗歌是个值得投入的职业。十几岁时，我曾短暂期待未来从事其他职业，例如工业化学家，或者商业摄影师，不过鉴于我在动手能力方面的不足，相比拥有文学抱负，这两种职业显得更为不切实际。而我终究还是想当一名记者。

  对于这份工作，我不知道该有怎样的憧憬。我是读着昔日的《新闻纪事报》（*News Chronicle*）长大的，这是一份很正派、支持英国自由党的报纸，不过在我进入这一行没多久，它就因为正派或崇尚自由主义，或两者兼有而倒闭了。詹姆斯·卡梅

---

[1] 1884—1967，英国作家、记者，其最广为人知的作品是童书"燕子号与亚马逊号"系列，故事背景设置在湖区和诺福克布罗兹区。本书页下注均为译者注，下同。

伦（James Cameron）是该报的明星记者。我希望我能说自己记得一些他的报道，可惜并没有——我只记得第一次见到他时的情景。当时我还是个大学在校生，假期找了一份为苏联学生代表团担当翻译的工作。代表团在行程中安排了参观《新闻纪事报》位于布维尔街（Bouverie Street）的办公室这个环节，我们一行人站在类似于接待参观者的廊道里，透过隔音窗看着新闻编辑室。突然，我忘记了身边这群来自苏联的客户，因为他就在那儿，真是令人难以置信，身材修长，皮肤黝黑，如电影明星一样，十分英俊，他穿着洁白的衬衣、多尼盖尔粗花呢紧身裤，脚蹬绒面皮鞋，双手叉腰，不耐烦地在编辑室里来回踱步，仿佛被困在笼中的老虎。他俨然就是这出编辑室的日常精彩无声剧中的明星。

次年，我毕业后进入《曼彻斯特卫报》（*Manchester Guardian*）[1]的记者站开始为期六个月的试用期，当时的我是否以为自己将开启卡梅伦那样紧凑的职业生涯？然而，我在那儿的起步与预想的截然不同——可以说是充满艰辛。我的起薪是一周 12 个几尼（guinea，那是 1957 年）[2]，买不起第二双鞋，所以尽管那双陪我度过靠学生助学金维持的三年时间、早已磨出洞的鞋还是没被补好，但接下去的六个月里，我仍然只能穿着它们。曼彻斯特出名的雨

---

[1] 即《卫报》，前期因总部设于曼彻斯特被称为《曼彻斯特卫报》，于 1964 年迁至伦敦。
[2] 英国旧时货币单位，1 几尼价值 21 先令。

水始终在鞋子里吧唧吧唧作响。等我终于加薪后，自然是要去买一双绒面皮鞋了，还一并添置了白衬衣和多尼盖尔粗花呢紧身裤。不过这套装扮始终无法与《卫报》的风格彻底融合，倒是招来了麦克的讥讽。此君是夜班新闻编辑，嘴硬心软，他威胁说只要一有仓库发生严重火灾，就会派我去报道，到时候我的裤子、衬衣和鞋子就会被燃烧产生的大片灰烬、物体熔化形成的黏糊糊液体给毁了。

我始终没能拥有这种冲入黑暗的勇猛。或许，待在记者室里的我们与不顾一切的闯劲儿八竿子打不着。通过房间里办公设备的摆设能窥见我们的风格——整个房间有两台电话，都装在隔音间里，古董打字机摆放在更为古老的办公桌上，为了便于手写，桌面是倾斜的，所以当你工作时，打字机会一边振动一边往下滑，最后落在你的大腿上，疼得很。我们擅长撰写"多彩的报道"，喜欢这样的感觉，即正是通过经我们精雕细琢的文章，这份报纸才被赋予鲜明的个性和基调。

在写完上一段文字之前，我一直扪心自问，究竟是什么构成了"多彩的"风格。在当时，答案似乎是显而易见的，即各种奇闻逸事，尤其是任何与工业化的西北部民间传统有关联的事物。例如，一年一度穿城而过的白色游行（Whit Walks）；最后的木屐鞋匠和火车站敲窗人（knockers-up）[1]；任何与牛筋、黑布丁有

---

[1] 工业革命期间英国和爱尔兰出现的一种职业，当时闹钟价格昂贵，且准确度不高，敲窗人的任务就是叫火车上的乘客起床或唤醒居民去上班，他们或拿短棍敲门，或用长棍敲高层的窗户。

关的事；不过对于闯入这个阴郁世界的有趣新事物——桑拿浴、科学、脱衣舞俱乐部，我们同样会感到惊讶。诺曼·施拉普内尔（Norman Shrapnel）是我们的明星记者，他看上去像一位退役的印度军官，出了名的害羞，所有的报道都是在不与人交谈的情况下完成的。据说有一次，为了躲一位热心过度的新闻官，他竟把自己反锁在厕所里。

时任日班新闻编辑的哈里·惠威尔（Harry Whewell）会时不时从他的办公室过来，查看我们的工作情况，他的嘴角会因为突然想到这个世界上发生的一些被无视的怪事而抽搐，露出揶揄的表情。"迈克尔，我看得出来，你这会儿空得很。你有没有想过这个国家其他地方的人是怎么处理牛肚的？如果他们不吃牛肚，是直接把这部分扔了吗？这么一来，我们每年是不是会浪费几百万磅的牛肚？找一两家屠宰场聊聊吧，看看有没有东西可写。"

如果我们报道的是曼彻斯特城内发生的事，就会在稿件开头注上"BOOR"，排版员会扩写至"由本报记者报道"（By Our Own Reporter）。如果报道的是曼彻斯特以外的事，我们就会注上"FOSC"——"由特约记者报道"（From Our Special Correspondent）。我们常常连续数天都是"FOSC"，报道各地发生的事，每天敲下一千个字，措辞优美地描绘发生在这里的牧羊犬选拔赛，那里的一场矿工联欢会，或者是法恩群岛（Farne Islands）针对灰海豹的选择性捕杀，唐卡斯特（Doncaster）最后的一台蒸汽机。每天下班时，我们会打电话跟哈里说下期策划,据理力争,绞尽脑汁,用能想到的各种离奇古怪的点来逗其一乐。我记得托基(Torquay)有一头用杏仁蛋白糖做成的河马,马恩岛(Isle of Man)遭遇过宪法危机,伍斯特郡(Worcestershire)有一个住在树上的垃圾工,以及中部地区特约记者大卫·格雷(David Gray)在调查塞文河(Severn)一艘渡轮年久失修事件时,结果发现运营该渡轮的是当地一家名为 Doolittle[1] & Dalley 的房产代理商,那天整个办公室都乐得不行。

50 年代后期流行的品位是不落俗套——拐弯抹角的幽默和冷爵士——这期间,詹姆斯·卡梅伦、诺曼·施拉普内尔都不是我一心学习的目标——《观察家报》(Observer)的约翰·盖尔(John Gale)才是。《观察家报》是我和朋友在大学期间唯一读过的报纸。我曾跟大学时期的一个女朋友夸口自己的志向就是 30 岁时当上《观察家报》的主编——相比化学家或摄影师,这个目标显得更为可笑,不仅因为我缺乏编辑能力,还因为时任《观察家报》主编的大卫·阿斯特(David Astor)同时也是这份报纸的老板,身价百万,我要当主编就得买下他所拥有的股权才行。大多数时候,我们是冲着肯尼斯·泰南(Kenneth Tynan),当然还有那位幽默的专栏作家保罗·詹宁斯(Paul Jennings)以及书评去看这份报纸的。但最吸引我的还是约翰·盖尔的文字。他那跃然纸上的敏锐观察、质朴的文风令我着迷。他有一双能留

---

[1] Doolittle 与 Do Little 发音相同,即几乎什么都不做。

意到微不足道细节的慧眼，还有一对能听懂晦涩言论的慧耳。在他撰写的新闻稿件中，你察觉不到其个人偏好，却总会有这样一种感觉，即这种"缺席"背后隐藏着一个幽灵——一个态度超然、热衷讥讽的旁观者。在我早期为《卫报》撰写的稿件中，也总是会以无声细雨作为开场。苍白的月亮没来由地在即将隐入历史的木屐鞋匠身后升起。被辞退的树篱编织工在前一晚的电视节目中说些无关紧要的话。牛肚处理代表大会于某个萧瑟的秋天结束。

当然，只要有机会，我们也会报道一些重大事件——火车相撞和空难，罢工和暴风雪，议员补选和来访名人。在来曼彻斯特之前，我很担心自己的速记速度不够快。可事实证明这算不上什么大问题，因为其他报纸的记者并没有将《卫报》列入不容小觑的竞争对手之列，他们通常会在事后找到你，将他们自己的笔记"借给你"——他们视之为人生应当履行的慈善义务之一。偶尔，我们甚至会报道谋杀案，前提是案件过于令人震惊，无法对其视而不见。有一次，我被派去报道一起案件，一位银行经理失控用斧子砍伤了自己的妻子、孩子及丈母娘，整个晚上，他没有采取救援措施，任亲人们慢慢死去，然后，他将一把生锈的剪刀刺入自己的胸膛，试图自杀。"别干傻事，"新闻编辑焦虑地叮嘱我，"别抢其他人的风头。你要做的就是参加警方召开的新闻发布会，去银行外面看一看，然后就可以回办公室了。"至于在随后的报道中是否出现了细雨飘落的场景，我记不起来了。

总体来说，我很享受这段时光（报道谋杀案除外），并且想方设法加深对曼彻斯特和英格兰北部地区的了解。除了火灾和风情民俗外，我也会撰写有关中等教育、监狱条件、射电天文学和核能的文章。哈罗德·麦克米伦（Harold Macmillan）[1]戴着著名的白色皮帽访问莫斯科时，相关报道也是我负责的。可一想到与我同一时代的真正记者在干什么，我就会羞愧难当。1963年的一个晚上，詹姆斯·卡梅伦在伦敦参加完一个派对出来，从街头一路人那里获悉肯尼迪遇刺的消息。他顾不上去拿牙刷，也没去考虑怎么付机票钱，就直接去了希思罗机场，凭借伶牙俐齿最终登上了飞往达拉斯的航班。我的朋友、比我早进入剑桥的尼古拉斯·托马林（Nicholas Tomalin）数次被《星期日泰晤士报》（*Sunday Times*）派往越南，他在那里写出了战时最好的报道之一。后来，他在以色列报道赎罪日战争（Yom Kippur War）[2]时不幸遇害。而我唯一接近的战争就是"鳕鱼战争"（Cod War）——冰岛单方面扩大禁渔界限，英国的拖网渔船拒绝让步，英国派出皇家海军为其护航。严格说来，我与"鳕鱼战争"的距离也没有那么近。当时我乘坐一艘年代久远的扫雷艇，但速度实在太慢，无法赶上冰岛的炮艇。总之，扫雷艇的雷达坏了，而且，冰岛宣布新禁渔界限的第一天海上起了大雾，我们只能停下来。我不停地倒火车，只为了瞥一眼在白茫茫的海上时隐时现的渔船以及驱逐渔船的炮艇。我通过补给索上了一艘雷达正常、速度极快的驱逐

---

1 1894—1986，英国政治家、保守党成员，1957年至1963年出任英国首相。
2 第四次中东战争，1973年10月6日至25日。

舰——但那之后，我再也没有见到过冰岛炮艇。一周又一周，尽管大多数时候天气是还算不错的阴天，但我看到的只有在地平线上缓缓起伏的冰岛。

我就是这样开启职业生涯的——以记者身份。也正是在曼彻斯特的这两年时间里，我开始写自己第一部真正意义上的小说。当时，报社采取的工作制度是一周工作六天和一周工作四天交替进行。每到有三天休息的周末，我就会待在自己能找到的最具写作氛围的处所——一间配备了破烂家具的"工作室"，在拉什奥尔区（Rusholme）和朗塞特区（Longsight）交界处一座旧公寓楼的低层，角落里厨房区的煤气味和培根的油脂味混在一起，整个房间的氛围很是压抑。我面前摆着那台小小的帝国牌便携式打字机，那些按键耐心等待着，等待着被敲击——桀骜不驯的金属字模聚成一个确凿的组合——等待着开工的信号。而我盯着唯一的天窗，对着灰蒙蒙的工业雾霾，寻找灵感。遇到银行假日或唤醒周（Wakes Week），雾霾散去，我能看到奥尔德姆（Oldham）的工厂大烟囱——但这些不足以成为小说素材。

激励我投入小说创作的是霍华德·斯普林（Howard Spring）的自传，我怀疑记者室里所有人都悄悄研习过他的自传。40年前，斯普林也在这个办公室工作过，后来成为一名畅销小说家。他的经历让我们所有人看到了希望。更令人鼓舞的是，他声称当他开始创作个人第一部成功的小说时，只想好了开场的第一句话："这个女人沿着马路走着，全身燃烧起来，如同一只金刚鹦鹉。"这听上去实在是太简单了！现在，我已不记得自己那部小说的开头是怎么写的,只记得最后,按照我那聘请不久的经纪人的建议,我把稿子塞进一个棕色的信封里,然后塞到抽屉深处。她说她很喜欢小说的前 30 页,但接下去的 300 页写得实在是太糟糕了。

我只能继续与那些穿着木屐的舞者和连绵不断的阴雨做伴。

*

这本报道集并没有收录我在最初两年所写的文章。其中大多数都是在我职业生涯的后期创作的,当时我以自由职业者的身份重新开始进行新闻报道。那之前,我搬离了曼彻斯特和那个房间,回伦敦待了八年,负责幽默专栏——为《卫报》写了两年,每周三篇,为《观察家报》写了六年,每周一篇。在我看来,一件事连续干八年算是够久了。那些坚持时间太长的专栏作家和幽默作家的情况可不怎么令人感到鼓舞。

当时我结婚了,妻子在很多方面改善了我的生活,其中之一就是用她那台优雅高效的奥利维蒂牌打字机取代了我那台又旧又破的帝国牌打字机,前者可是那个时代的设计标杆之一。在奥利维蒂的帮助下,我写了一部小说并付梓。其实,这期间,我一共写了四部小说——其中一部名叫《晨时将尽》(*Towards the End of the Morning*),里面的记者总是在相互告诫,得在 40 岁之前离开新闻业。我当时是 35 岁,人生似乎还存在进一步探索的可能。我想写……呃……我究竟想写什么?更多的小说,这是当然的了,还有更多的电视剧本,这方面我刚开始尝试,或许(暗中还希望）写舞台剧本，尽管我之前在那么多篇专栏文章中对戏剧极尽嘲讽之能事。

我得养家糊口，为了支付账单，我与《观察家报》签订了一份合同，时不时为其写些篇幅较长的报道——"前沿评论"，帮人度过一个有品位的周日下午。不过如果可能的话，读者们在享用完午餐后或许更乐意去打个瞌睡。这些文章不同于专栏文章，并不包含我的见解和虚构的内容，都是清晰直白的叙述报道。人生通常是往前走的，而我却在终于决定放弃常规新闻工作之际再度成为一名记者。

事实上，这并不仅仅是钱的问题。当时的我觉得是时候走出去，再度看看这个世界了。有些愤世嫉俗者否定虚构小说与现实报道之间存在实质性的差别。尽管看起来没这个必要，但有时候，我会觉得应该有法律规定所有小说家必须时常走出去写些报道，这样才能提醒他们眼前的这个真实世界与身后那个虚构的世界有多不同。在脑海中构思小说——无论是苦苦思索，还是灵感自动浮现——其内容本身已经变得容易驾驭，特定的人物和事件被孤立，再以某种方式联系在一起，可以通过语言进行描述。但在现实世界，情况截然不同。首先，没有事物是以语言的形式存在的——一切都处于无法付诸言辞的形态中。关于事物的来龙去脉，并没有相应的解释说明。即便你能找到见证者，可以提供口头形式的证词，但他们对同一物体的印象、对同一事件的记忆又会呈现出天壤之别。每件事物都是那么复杂！各种因素紧密关联，不可分割。

要描述事物就得做出选择，从纷繁多元中选择一个微小的样本。但第一步要确立选择的原则，即怎样确定特定的目标。方法之一是选择那些看起来与众不同的事物，它们是非典型或者超乎寻常的代表——英勇无畏，卑劣可耻；宏伟壮丽，丑陋怪诞；异域风情，严苛极端。也正是因为此类事物脱离于我们的日常经历，要描述它们，并将你对它们的印象传达给读者并非易事。但我的选择——不描述非凡之事，而是平凡、典型、寻常的事物——同样有难度。我会到这个世界的其他地方，只带上我妻子那台美丽的奥利维蒂牌打字机，还有我的无知，尝试从外来者的角度进行报道。或许是因为诺曼·施拉普内尔的撰稿习惯给我留下了深刻的印象，以至于我会尽量避免进行正式的访谈，尤其是对政治家和专家。我不会刻意为之，而是通过随性接触，留意后续发展。用双眼观察，靠双耳倾听。我会保留自己的看法。

上述只是理论。实际操作起来却大相径庭。我报道的第一个主题是古巴——在那里，几乎日常生活中所有的事情都显得非同寻常。同时，如果没有官员及专家的帮助，没有他们的解释和概括，是无法对古巴进行连贯报道的。更糟的是，我发现自己无法像先前承诺的那样保持中立。我见到的一切似乎都只是大局的组成部分，是认同或反对革命及其结果的证据——而所谓的大局，每天，每时每刻，随着最近一个与我交谈的人，随着每一次的天气变化，都会消散再重组，令人困惑。

我发现，我写过的每一个地方多少都会出现这种情况，就连那些风俗习惯、社会安排为我所熟悉的欧洲城市亦不例外。我本打算从我描述的事物中完全抽离出来，引领读者踏上旅程，而我不会夹杂在他们与所见所闻之间。可我做不到，我和我那不断变化的感受总是与这些旅程互相交织，难以分割。或许，与战地记者、出入沙漠及丛林的严肃旅行者所经历的恐惧和苦难相比，我的体验显得微不足道。然而，来到陌生的城市，入住沉闷的酒店房间，忍受着对妻儿的深切思念，感觉自己仿佛又变成了一个孩子。想到要打电话给勉强算是有点联系的陌生人，打扰对方的生活，请他们拨冗与自己碰面，面对如此凄惨的境遇，很难不感到沮丧。同样，次日清晨在明媚阳光和温暖清风中醒来，很难不会觉得自己犹如自由翱翔的飞鸟。享受着他人友善的微笑致意或者是路人暧昧的回眸，很难不纵容自己当一天无忧无虑的荣誉市民。

抛开个人感受，我就如同一台光电设备，保持客观中立。我脑袋前部那两个晶状体专注于面前事物散发出的光芒，脑袋两侧那两个小小的接收站负责接收相关的声音。这一小部分光子，局部的气压变化，通过我大脑的处理，从原本的物理偶发现象转换为信息，而我会根据特定的经验、书本知识、偏见、环境及我在人生更早阶段做出的选择赋予我的认知，对这些信息进行解读。后来当我开始研究一些相对论和量子力学的结果时，就发现即便是被认为最客观的、由科学家给出的关于这个世界的陈述也会受到同样的限制。观察者和观察对象有着密不可分的联系。

所以尽管很不情愿，我本人却依然不可避免地存在于这些文章中。有些主题是我出于以前的兴趣或新近冒出来的好奇心选择的，有些则是《观察家报》提议的。我很感谢《观察家报》委托我写这些报道，也要感谢如今担任这份报纸执行主编以及《卫报》编辑的阿伦·拉斯布里杰（Alan Rusbridger），他慷慨同意我将这些文章收录入此书。

这本文集中有一些文章则是在不同情境下写成的。《蛮荒西部 11 号》是我为《格兰塔》（*Granta*）[1] 杂志的周年纪念特刊所写的，当时它还只是一份剑桥大学的学生刊物。《泰晤士河上的彩虹》则是为《紧缩时代》（*The Age of Austerity*）创作的，这本有数位作者参与的散文集由菲利普·弗兰奇（Philip French）和迈克尔·希松斯（Michael Sissons）编选，讲述的是第二次世界大战后工党执政的那几年，即 1945 年至 1951 年。《圣特罗佩朝圣之旅》以及《从大海到闪亮的波涛》是我在离开《观察家报》后写的，后者其实是我在当时写的一系列专栏文章之一。我的第一部小说《罐头人》（*The Tin Men*）赢得了毛姆文学奖。但该奖项规定，获奖者必须在英国以外的地方待上至少三个月，然而当时的奖金只有 500 英镑，所以这是一笔代价不菲的馈赠，尤其是家人要和我一起出行，我只能继续干老本行贴补收入。

其中一些文章成为我日后创作的灵感源泉。我最初写的剧本之一《云》（*Clouds*）就是以古巴为背景的。关于柏林的几篇文章更是结出了丰硕的果实。当我找到《观察家报》的主编大卫·阿

---

[1] 文学杂志，由剑桥大学学生于 1889 年创办，格兰塔是剑河在中世纪的名称。

斯特,将我对德国有兴趣却苦于找不到聚焦点的烦恼告诉他时,正是他提议写写柏林。我被这座城市深深吸引,部分是因为战争造成的巨大破坏,还有位于东德腹地、被隔离的西柏林,要理解柏林,需要不断投入想象力,同时结合这座城市的历史及其最初的功用。我和一位名叫丹尼斯·马克斯(Dennis Marks)的年轻电视导演合作拍摄了一部另一个主题的短片。在发现他也痴迷于柏林后,我们说服BBC让我们拍摄一部关于这座城市的90分钟影片。此后,我和丹尼斯又一起拍摄了一系列纪录片,聚焦不同的地方——维也纳、伦敦郊区、耶路撒冷、澳大利亚、布拉格和布达佩斯。也正是从陷入对德国的长期迷恋开始,我创作了不少剧本和小说。我觉得,这些作品引发的常见问题——即关于观察者及观察对象之间关系的思考,使得我素来对此类问题所抱有的理论兴趣变得更加强烈,后来也成了《人性接触》一书探讨的主题。

自写完这些文章后,世界发生了不小的变化。现在还有人记得 TWA[1] 或福特野马吗?有人知道肯尼·埃弗雷特(Kenny Everett)[2] 是谁吗? 12s.6d[3] 是什么意思?有人知道1969年,以色列仍然占据着内盖夫(Negev)[4],隔着苏伊士运河与埃及发生冲突吗?或者这个世界上曾经存在一个叫南斯拉夫的国家?习

---

1 环球航空公司,曾是美国主要的航空公司之一,成立于1930年,于2001年第三次提出破产申请,被美国航空公司并购。
2 英国戏剧家、电台节目主持人。
3 即12先令6便士,1971年2月15日之前的英国货币单位。
4 以色列南部的沙漠地区。

惯用法也发生了改变。如果现在还在写作,我就不能用"黑鬼"(Negro)或"有色人种"(coloured)称呼我那黑肤色的邻居,也不能称政治困局导致1951年成为"同性恋纪念的一年"[1]。但彼时写作的我现在不写了。同时,个人感悟也在发生变化——以更为潜移默化的方式。现在的我为自己以前在剑桥时能自由享受并保有这种强烈的感受而感到尴尬。

这些文章对我而言意义重大。我希望其中一些仍然引发读者的"考古"兴趣。关于莫斯科和柏林的两篇文章描述的是一个已经消失在历史尘埃中的世界。而关于巴黎和剑桥的两篇文章可能捕捉到了这两座城市在被大众旅游业吞噬之前的风貌。或许岁月长河中某些时刻的某些场景在所有这些文章中被定格。平淡无奇的场景,平淡无奇的时刻,就像家庭相册中出现在快照背景里的海滩和花园那样。

1968年,我写了个人首个电视剧本,得到了父亲的鼓励,这是他第二次就我从事写作一事给予支持。但更让我开心的是,一年后,关于古巴的一系列报道让他第三次(同时也是最后一次)对我表示肯定。"你应该多做做这种事。"他说。至于他是意识到我在此前十余年时间里一直断断续续在做"这种事",还是记起来自己在约二十年前让我萌生做"这种事"的念头,在我有机会的时候,始终没能找他问清楚。

---

[1] 1951年5月,英国外交官、间谍盖伊·伯吉斯和唐纳德·麦克莱恩逃往苏联,两人均是同性恋者。

告别金钱
古巴，十年

没有代表权——自然，就没有税收[1]。没有酒吧——自然，就没有醉汉。

没有新闻，没有保护个人权利的机构，商店里空无一物。水管里没有水是常态，电线偶尔也会断电。"自由主义是不存在的！软弱也是不被允许的！"（卡斯特罗）至少十年时间里，看不到过上更安逸生活的希望。

但是，没有乞丐，没有赤脚的孩童。没有卖淫，没有赤贫，没有种族歧视。到目前为止，也没有出现真正意义上的恐怖活动。

---

1 No taxation without representation. 这句口号源自18世纪，概括了美国13个英属殖民地的不满，也是美国革命的主要原因之一。简而言之，殖民地很多人认为，既然他们在英国议会中没有被直接代表，任何对殖民地居民造成影响的法律（例如食糖法和印花税法）都违反了1689年制定的《权利法案》，也是对他们身为英国臣民应得权利的否认。

古巴革命十周年,公认最艰苦的一年进入尾声。每一年,情况似乎都将往好的方向发展,但事实是,每一年都在走下坡路。几乎所有能买的东西都实行了配给制,几乎所有东西都要排队才能买到。这个国家给人一种阴郁、疲乏的感觉,仿佛经历了十年战争似的。

哈瓦那的景象最令人伤感——破败、荒凉、一无所有。去年(1968)发动的"革命攻势"让余下的小商小贩被迫关门歇业,所有街道两旁的店面都被木板钉死了。国营商店几乎没有东西可售。其中多数压根儿就没有商品。走进一些曾经摆满各式缝纫用品的大型百货商店,如同置身于象征主义影片中——店员站在一排排的陈列柜后面,柜子里除了空气外,什么都没有。

许多直到去年还存在的知名夜总会面对"革命攻势"掀起的浪潮,也难以逃脱关门的命运。同时消失的还有酒吧。街角的咖啡馆仍在,出售甘蔗汁或一种类似可乐的饮料。它们的外立面想必也曾光鲜亮丽,如今却显得阴郁凄清。它们为人们提供液体摄入,其功用和公共厕所几无二致,后者为人们排出的液体提供了去处。

当可能有咖啡供应的消息传开后,这些咖啡馆外就会排起长龙。只要有传言称某些商品到货了,到处都可以见到排队的盛况。当我第一次在哈瓦那散步时,看到有百余人为了买面包(据说不存在供应短缺问题)和雪茄(实行配给制,每天两根)排起长队,颇为惊讶。为了买到自己应得的那份,人们清晨6点就起床,买到后再去上班。他们还会付钱让别人帮自己排队。

你也可以去餐厅吃掉属于自己的那一份配给——可即便是这

种方式，也得排队。如果是清晨 6 点起床排队预约，需要花上一个到两个小时。如果在没有预约的情况下直接去餐厅，则需要等上两三个小时。一位古巴朋友打算请我吃晚餐，他说认识餐厅内部的人，能帮忙，我们不用等三小时那么久，两小时就行了。可到最后，即便是这样不算太过分的请求也落空了，或许是因为不久前哈瓦那另一家很受欢迎的餐厅中负责订座的人被杀，据说就是因为这种"走后门"的行为，导致我朋友认识的那个内部人士担心自己的安危。这些餐厅外面都闪着霓虹招牌，里面铺着桌布，灯光营造出温馨的氛围。你会情不自禁地觉得，再过几年，餐厅用餐这种"伤风败俗"的行为就会被曝光，到时候，这些餐厅也将消失殆尽。

哈瓦那在衰退，这一点毋庸置疑。大多数能体现城市风貌的常规新陈代谢过程——如同其他任何生物体——似乎都停在了十年前。街头巷尾充斥着使用了十年之久的美国车在垂死之际发出的痛苦哀号——松动了的挡泥板哐哐作响，老旧磨损的发动机在低辛烷值的苏联汽油的驱动下支撑着，每次遇到红灯，精疲力竭的发动装置都会挣扎着让偃旗息鼓的引擎复活。

除此之外，街上出奇地寂静。没有任何事发生。不，那只是假象。有好几次，待在酒店房间的我冲到窗边，因为听到外面有事发生。一次是十几辆旗帜飘扬、喇叭声不断的卡车沿马勒孔（Malecón）海滨大道驰过，这条空旷的公路依大西洋海岸而建，车上载着去市中心参加游行的示威者。还有一次是二十辆全新的拖拉机，极具仪式感地亮着前灯开过。一次是装载着一个坦克连的大型运输车。一次是一中队海军巡逻艇排成直线经过。一次，在安静的夜晚，一辆拖拉机拖着一台色彩鲜艳的彩车经过，车上的人跳着恰恰舞。对了，还有一次，我乘坐出租车时遇上示威游行，被堵在路上。司机们不约而同开始按喇叭，发出不满的咒骂，那一刻确实很热闹。

哈瓦那是出于其他目的而建造的——为那些已经不在岛上的地主提供住宿地和娱乐选择，当地的经济状况已经无法再支撑如此庞大规模的资产阶级，其中大多数是来自美国的侨民和游客，还有4万卖淫者以及从事各种附属行业的人，例如皮条客、为人堕胎者、性病学家和色情摄影师。如今，这些快乐的灵魂都离开了，这座城市就像是一件被丢弃的日间正装，转而被瘦骨嶙峋的难民套在了身上。

新城（Vedado）像是美国城市的市中心，这里是大型酒店和一流影院的聚集地。我住的里维埃拉酒店是一家美式豪华酒店，在革命前一年开业，革命结束后很快被国家征用。我的房间位于19层，从窗户望出去，高楼构成的天际线好似一片石化的森林，永远为阳光所照耀，永远空荡荡的。但奇怪的是，衰败、废弃、挥之不去的特有苏联汽油味儿，使得这里更像苏联，而非美国。

在老城的港口旁，我想到了格雷厄姆·格林（Graham Greene）[1]笔下的吸尘器推销员伍尔摩，他是"我们在哈瓦那的

---

[1] 英国小说家，被认为是20世纪最伟大的作家之一，曾21次获得诺贝尔文学奖提名。

人[1]"。每天早上,他走出自己位于兰帕里拉街的小店,去普拉多大道上的奇迹酒吧和朋友哈塞尔布克一起喝台克利鸡尾酒,周围尽是皮条客和兜售下流明信片的小贩。眼下,奇迹酒吧只剩下一块挂在百叶窗上的破旧招牌,里面黑漆漆的,布满蜘蛛网,高脚凳被堆了起来。现在,再构思兰帕里拉街上有一家吸尘器店就显得很荒唐了。这里只剩下一家理发店,一家低档咖啡馆,除此之外就是脏乱污秽,满目疮痍。到了晚上,狭小杂乱的起居室门纷纷打开,这些房间看上去就像是商店前厅改建的,点着昏暗的电灯。当伍尔摩的女儿米莉每天沿着兰帕里拉街从修道院走回家时,街头男孩都会冲她吹口哨。可此刻,我无法想象兰帕里拉街上还会有人吹口哨。

在古巴期间,我见到了何塞·伊格莱西亚斯(Jose Yglesias),一位会说西班牙语的美国作家,他的作品《革命之拳》(In the Fist of the Revolution)生动描述了这个国家的日常生活场景,富有同情心。他告诉我,过去在哈瓦那,当你和妻子一起走在街上时,妓女会捏你的屁股。"忽然——噢!当你四下张望的时候,她们就会扭过头去,放声大笑。"

一些当地人告诉我,古巴人仍然沉迷于感官享受。据说,哈瓦那仍然有一些小旅馆(posada),为情侣提供按小时出租的房间。对于周末来乡间收割甘蔗的志愿者而言,茂密的甘蔗地也能起到相同的作用。但进一步逾越就超过了官方能容忍的最大限

---

[1] 《我们在哈瓦那的人》(Our Man in Havana)为格林创作的小说之一。

度。去年,一群常常聚在卡普里酒店外面的长发"嬉皮士"被捕,随后被送到卡马圭(Camagüey)去收割甘蔗。据称他们涉嫌组织卖淫者为外国水手提供服务,但在我的印象中,蓄长发才是他们被捕的真正原因。

位于奈普图诺街、圣拉斐尔街以及兰帕区的同性恋传统集会地仍然得以保留,但我认识的一些担任公职的人毫不掩饰他们对同性恋的厌恶。一天晚上,我在普拉多大道上见到一个表情严肃的高中生,他觉得自己是同性恋者,这种可能让他痛苦万分。他说,现在在古巴,同性恋是比禽兽更可怕的存在。他好几次企图自杀,希望自己能在出生时就死去。

但有时候在晚上,当热带地区炫目的橙色日落勾勒出老城的塔楼和皇家棕榈树的轮廓,温暖的暮光遮掩了破烂不堪,我对这个地方抱有的怀疑似乎显得荒谬。街上随处可见衣着光鲜的年轻情侣在散步,夜幕中的他们沉浸于爱河之中,欢笑着,不失得体。你大可以走上街头悠闲散步,有理由相信自己不会遭到抢劫或刺杀,又或者受到警察的棍棒击打。

诚然,在这里,物资短缺和排长队的情况屡见不鲜。可事实上,我是否看到过吃不饱、穿不暖的人呢——哪怕就一个?对于这样一个世界上最不发达的国家之一而言,这种现象难道不令人震惊吗?确切地说,在之前去过的其他国家,无论贫富,我是否见到过同样的情形呢?美国,当然不是——苏联也不是——英国也没有。

无论如何,只要出了哈瓦那,情况看上去并不是那么糟糕。

农村地区从来就不富有。据说,"人民农场"产量低,不得民心(不过我和一位外国农业专家谈过,对方很肯定地表示以农场规模看,这一政策最终能收到回报),糖产量——在古巴出口货物中所占比例超过80%——仍被认为低于革命前水准。这个国家依靠苏联的大规模援助维持运转。但可以肯定的是,革命让农村地区的贫困人口获益。政府向农村提供教学和医疗服务,强制规定老师和医生要下乡任职。对于那些在蔗糖丰收的两个月里才有活干的砍蔗工和糖作坊的工人而言,革命带来的是全年的工作机会。对大量遭受不在家的地主高额租金压榨、时刻担心会被驱逐的穷苦农民而言,革命无疑给他们带来了安全感。

英语代表团(我持有由对外关系部[Ministry of External Relations,简称Minrex]颁发的文件,是被正式委派来的)能以相当舒服的方式参观整个古巴岛,乘坐一辆1959年产的宽敞黑色凯迪拉克轿车,有专车司机接送,还有对外关系部派来的翻译兼向导陪同。对于这样的待遇,我心怀愧疚。1966年,伊格莱西亚斯为了写小说来到这里,是乘坐公交车去奥连特(Oriente)的。可当我看到哈瓦那公交车站的长龙时,我打了退堂鼓。后来,我在圣克拉拉(Santa Clara)的汽车旅馆见到从卡马圭回来的伊格莱西亚斯,他去那儿是替《纽约时报》办事,也乘坐一辆对外关系部的宽敞黑色凯迪拉克轿车,这让我感觉好多了。他说,他现在只能乘坐政府提供的车辆出行,没法再搭乘公交车了。

我的向导卡洛斯·桑切斯是一个总是睡眼惺忪却讨人喜欢的

家伙，比我遇到过的形形色色的苏联向导更简单、率真。他曾接受《星期日泰晤士报》的委托，带艾德娜·奥布莱恩（Edna O'Brien）[1]参观。每到一处，我都会像第二任妻子那样，急切地问向导是否也带艾德娜去过那里。（几天后，我觉得自己和艾德娜熟到可以直呼其名的程度。）没有？那他之前带了几个代表团来参观过这家特定的糖作坊呢？只有6个？噢，行吧，那么……

想想我们坐在古老的凯迪拉克轿车中，来回穿梭，热切地盯着电动车窗外令人难以捉摸的农村，试图用相同的自以为机智的问题来抓住向导的破绽，那情景真是荒谬。我们每到一个城镇，都会有古巴之友协会（Cuban Institute of Friendship with the Peoples，简称ICAP）在当地的代表来迎接。对方会尽可能安排我们入住政府出资建造的新汽车旅馆兼游客中心，环境优雅。这些地方自成一个独特封闭的古巴，里面住着外国代表团、外国顾问和工程师、外国商人以及来度蜜月的古巴夫妻。谢天谢地，这些地方设有酒吧，穿着白色上装的酒吧招待等在一摞摞成金字塔形状的五彩斑斓的酒瓶前，如同守候在地狱之火前的撒旦使节，他们会为外国代表团调配台克利鸡尾酒，或者卖给他们一整盒雪茄。餐厅供应丰富的菜肴、黄油（商店里只售给孩童）和奶酪（市场上压根儿就找不到），这些小东西自然不在话下，牛排大小与美国相当——每份都可能有¾磅，相当于古巴人一周肉

---

[1] 爱尔兰小说家、传记作家、剧作家、诗人。

食的配给。

就这样,我们驱车往西穿过比纳尔德里奥(Pinar del Rio)形似面包的蓝色山脉,这些山峦被高大的皇家棕榈树所环绕,和雪茄盒上的小图片一模一样。向东,我们驶过卡马圭平坦的甘蔗田,当初,格瓦拉的人赤脚穿过这片淤泥地,最终在奥连特外围向圣克拉拉发起攻击,获得胜利,结束战争。复杂的热带积云团随信风从大西洋飘来。雨水将至,在低速旋风中,秃鹫聚集在一起,无止境地盘旋。每一头吃草的牛旁都有一只小鸟,等着小虫冒出头,如同时刻保持警惕的艾尔斯伯里鸭(Aylesbury duck)[1]。农民骑在马背上,手叉腰,草帽垂在脑后,嘴里抽着雪茄。

车载收音机里不间断地传出动感舞曲,夹杂着本土的恰恰元素,偶尔还会有 go-go-cha 和 cha-go-ye 的节奏,其中一些伴随着据卡洛斯说支持玻利维亚武装革命的歌词。在比纳尔德里奥,迈阿密的 WDVS 电台很有影响力,由当地一家连锁超市付费接收,可以获取各种消息——持械抢劫、售价 65 美分的鸡肉、各式杀戮,还有一位不时发笑的节目主持人,只要有人写信称"我需要一套缝纫工具,就如同我想要……"(例如,脑袋上有个洞),就可以免费得到一套缝纫工具。在这种环境下待上 15 分钟,我就会成为这个岛上第三投入的革命者。

---

[1] 一种被驯化的鸭,体型较大。18 世纪,英格兰白金汉郡首府艾尔斯伯里兴起养白鸭热潮。

*

古巴充斥着大量激进的理想，好似热带云团般纯真无邪。卡斯特罗声称有朝一日会取消货币。其实，货币在古巴的使用率已经大幅下降。这里没有任何名目的税收，政府组织之间不存在金钱瓜葛。大多数公共服务费用低廉，其中一部分是免费的。1945年后建造的房屋不收取租金，年代更久远的房屋现在只收取廉价租金。

宪法规定每月最低工资为85比索，最高工资是450比索（比索不可能保持与美元平价），但即便是这种相对较小的差异也并不如看起来那么要紧，因为几乎所有仍然能用钱买到的东西都是配给供应：食物、饮料、衣服、汽油、电子产品、玩具、雪茄及更常见的香烟。人们有多余的钱。为了花钱，城里人会到农村，直接从农民那里购买所需物资，补充口粮。严格说来，这么做是非法的，但政府方面对此睁一只眼闭一只眼，表明农村的物资数量不足以多到形成分配的程度。然而，农民越来越不愿意用自己种的粮食来换钱。他们拿着一沓沓厚厚的钞票却没地方花，所以他们坚持以物易物。

从社会交换论的另一个角度出发，报酬与付出的劳动力之间也没有太多直接关系。古巴拒绝用物资进行奖惩，看不起采用这种制度的苏联人。（卡洛斯很认真地告诉我，南斯拉夫人被官方认定为"典型的资本主义例子"。）以劝诫的方式来支持自己的信仰似乎是古巴人的行事方式，如果这个方法不成功，劳工法院——面向工人的特别法庭，可以下令减薪、换岗以及长达两个月的暂时停职。

在古巴，标准工作时间为一周 48 小时，但大量工人自愿无偿加班，有时候一天加班两小时，在某些情况下，一天甚至要加班四小时。他们还会志愿花上数小时无偿履行民兵职责，花上数天无偿干农活。对于无偿加班，似乎不会有人提出异议。我在那儿期间，古巴轻工业共 59610 名工人一致同意不要加班费。我得知，在某工厂召开的大会上，当党员干部将无偿加班的决议交付表决时，所有工人一致大喊"不需要，不需要"，以这种方式表达对决议的支持，那位干部立马就明白了。

当地的党员干部承受着来自上级的压力，要达到目标，而目标业绩是以工作时长来衡量的。我常常会有这样的感觉，那就是投入的精力和工作本身同样重要——甚至比结果本身更重要。以志愿干农活——通常是播种或收割甘蔗，还有种咖啡树——为例，一方面，城里人帮忙分担农活是好事，可另一方面，这么做是否对农村或者国家有利，就有待商榷了。业余的砍蔗工砍甘蔗的位置过高，将甘蔗含糖量最高的部位留在地里。过去，职业砍蔗工能在两个月时间里完成收割，现在劳动力更多却需要四个月，从甘蔗还未完全成熟的 12 月就开始。当这些业余砍蔗工周末下地，就会选在周一休息，如果是工作日下地——常常这样，且一连数周——他们仍然有工资领，往往能享受城市熟练专业技工的薪资水准，而他们无法从事日常本职工作，国家就会蒙受损失。

我向"Juceplan"（Junta Central de Planificacion，中央规

划委员会的简称）提交了一个问题，询问志愿劳动对古巴经济有怎样的贡献，但没有答复。很可能是从没这方面的统计。我被告知，新项目的劳动力成本通常是难以估计的。我问卡洛斯，诸如此类的方式是否真的有利于提高生产效率。他跟我说，我是站在发达经济体的立场来思考问题的。在古巴的经济体系中，产量才是最重要的，而非生产效率。无论如何，加班的意义主要在于它表达的政治态度。

有这个可能。不过，虽然国家作为雇主，可以获得免费（或者看起来是免费的）劳动力，但在节约人力成本方面，难以找到合适的激励办法，在可见的未来，越来越长的工作时间何时才能休止也是个未知数。金钱无疑是个坏主人，但可能存在更糟糕的情况。

*

英国当局总是一副高高在上、不近人情的姿态，令人难以忍受，它们就像来自另一个世界似的，下达命令、伸出援手、进行惩罚、予以补偿。而在古巴，权威近在咫尺，就在隔壁，就在街角处，就在公寓底层——在当地的CDR，即保卫革命委员会（Committee for the Defence of the Revolution）。

这些无处不在的委员会就像是监督员。究竟是它们一起构成了"老大哥"统治，无产阶级专政细分成邻居专政，抑或是代表了我们所处社会所缺乏的某种参与及共同责任？后者恰恰是我们社会最为人所诟病的一点。

城里每一个街区，农村每一处房屋聚集地，都有自己的CDR。住在街区范围内的任何居民都可以加入CDR。古巴有超过¼的人口参与其中，这场运动由各级权力部门层层把控，最高管理部门是执政党委派的国家理事会。保卫革命委员会充当了国家与个人之间的纽带。国家想要血、废铁、空瓶子，地方CDR就会去收集。国家希望所有人——包括住在14号的赫尔南德斯老太太——知道美帝国主义在越南犯下的罪孽以及宫颈涂片检查的好处，CDR就会召集大家，告诉他们这一切。入夜后，CDR会在街区巡逻，保持"革命警惕心"，留意搞破坏的反革命分子，向公共秩序部（Orden Publica）——即内政部警察局——汇报任何可疑的活动。

当住在理发店楼上房间的伯穆德斯夫妇申请更大的居住面积时，他们在CDR的邻居亲自登门，核实这对夫妻的居住环境究竟有多糟糕。当马丁内斯先生申请去和流亡美国的儿子团聚时，他在CDR的好朋友来到他家，就其拥有的财产列出一份完整清单，如此一来，马丁内斯先生就没有机会将自己的财物慷慨赠予他人，而国家可以在其离开时将其财产充公。当赫尔南德斯太太的女婿罗德里戈偷偷从农村给她带来一块猪肉时，CDR的主席把他们两个都给告发了……

一个人不仅会因为邻居的指控而背上罪名，还会因为邻居的主观判断而承担法律责任。现在，大多数轻微案件由人民法庭审理，后者是在夜间出现的非正式法庭，每一个人民法庭都由三个从该街区选出来的热心公益的居民主持，他们都接受过五周的培训,可以做出从警告到在家软禁、入劳改营至多六个月这些判决。

更为严重的罪案仍然由原来的法院审理,在革命之前,这些法院由职业法官主持,但在司法部,我被告知他们的目标是用更高级别的人民法庭取代这些旧法院。此外,偶尔还会出现革命法庭,审理某些被认为具有严重反革命性质的罪行——蓄意破坏、挪用公款、穿制服抢劫等——最高可判30年监禁或死刑。

一天晚上,我在卡马圭旁听了一场人民法庭的审判。法庭设在一个工人娱乐场馆内,法官席就设置在乐队所在的高台上,乐队会在这里为舞者伴奏,后面的墙上绘有架子鼓和沙锤,色彩鲜亮。我和翻译兼向导卡洛斯在庭审开始前一刻钟抵达,最好的位置——一排破旧不堪的金属摇椅——都被看起来彼此熟识的女人所占据,感觉她们每晚都会来看法庭审案,就像那些围坐在断头台周围的织女(tricoteuse)[1]。

当夹在这些女人中的唯一一个男人过来和我们聊天后,这种印象得以进一步加深。他说,我们应该在前一晚过来。由于太多人想看庭审,法庭不得不搬到街上去审案!前一晚的庭审于8点开始,直到近午夜才结束——其精彩程度不亚于电视上播放的法庭电影。一对夫妻指控女房东诽谤。但随着审判的深入,被告成了原告,原告遭到了指控——真的和电影桥段一模一样!——原来这对夫妻搬进老太太的房子,声称老太太已经去世,目的就

---

[1] 指在法国大革命期间,巴黎执行公开死刑时,坐在断头台边的妇女,她们会在行刑期间隔期编织衣物。

是冒领原本属于老太太的钱。

　　法官们一个接一个走进来,加入我们的谈话。总共有五位法官——一位是乳品企业的雇员,一位在地方政府工作,一位在对外贸易部工作,还有两位铁路工人——不过每次审案,五人中只有三人能上法官席,他们轮流担任庭长和书记员。我们真的应该在前一晚去,法官们都这么说,回忆起前一晚的情形,他们一边笑一边摇头。

　　最后,他们回到法官室——也就是温暖的、星光灿烂的户外。重头戏开始了,一个男人登上高台,将五个金属杯和一个橙色塑料水壶放在桌子上。高台前瘫在椅子上的两个男人中的一个——显然是民兵——立刻大喊"起立",前三位法官依序登台。

　　审理第一个案件的庭长是对外贸易部的官员,一个头发浅棕色、长相值得信赖的男人,像古巴版的达格·哈马舍尔德(Dag Hammarskjöld)[1],他穿一件亮蓝色的开领衬衫。法官席前摆放着两张椅子。庭长一声令下,原告和被告坐上椅子。前者是一位干练的年轻男子,穿着在青年积极分子中似乎很流行的军靴,鞋带只系到普通鞋的高度。后者是一个60多岁的强壮男人,铁灰色的头发,表情严肃。

　　按照规定程序——与开领衬衫和沙锤形成奇特的对比——庭长询问被告是否对法官有异议,是否希望依法寻求诉讼代理人(他可以自掏腰包聘请私人律师,在更高级别的法庭,国家可以

---

[1] 瑞典经济学家、外交官,联合国第二任秘书长。

为其指派一名律师,被告不需要支付任何费用)。接下去的程序相对没有那么死板,书记员念出指控:被告威胁说要杀了原告。

两个男人轮流作证,他们站在法官席前,双手放在背后,做手势是绝对不允许的。原来年轻人曾与年长者的女儿坠入爱河。依据年轻人的说法,他与女孩分手后,女孩的父亲坚持认为是他引诱了女孩,要求年轻人娶自己的女儿。在早些时候进行的一场庭审中,女孩父亲指控年轻人制造丑闻,但被驳回。那之后,女孩父亲声称如果年轻人落入自己手中,会折断他的脖子,这话传到了年轻人耳中。

而根据年长者的说辞,年轻人的态度忽冷忽热,不仅伤了女孩的心,还让他们一家人很是苦恼——并且年轻人强奸了女孩。整个法庭都轰动了!年轻人被要求重新起立,就此事做出解释。而他的说法让观众中的一些男人觉得很是好笑。"他说,"卡洛斯咧着嘴悄悄跟我说,"老人以为自己的女儿还是处女,但其实城里所有年轻男人都和她上过床。我想,对这个老人来说,这实在是个非常不幸的消息。"

三个法官拼命抽烟。一条狗溜进房间,跑到原告和被告身边都嗅了嗅。一群小孩倚着高台一侧的窗户,仿佛坐在台口包厢里似的。终于,法庭宣布退庭讨论判决。五分钟后,庭审继续,庭长宣布给予双方公开警告处罚。突然,他好像身处偏僻的为聚光灯所照亮的阳台上似的,提高嗓门,以演讲者的热情,从宣布判决转为执行判决。庭长大声谴责,原告和被告都是优秀的革命者——年轻人是青年共产党员,老人是其所属CDR的主席——

理应更清楚不该发生这样无谓的争吵，浪费所有人的时间和精力，他们应该齐心协力反抗美帝国主义。至于针对强奸指控的反诉，庭长决定提交更高级别的当地法院。

第二个案件也是当晚人民法庭审理的最后一个案件。乳品企业的雇员坐到椅子上。被告是一个约莫20岁的女孩，看上去像是个问题青年，原告也是一个身型庞大且健硕的灰头发男人（却一反常态，穿西装打领带），同样是其所属CDR的主席。在先前的一次庭审中，女孩因为抛弃自己的两个孩子，被判在家监禁，那个男子被法庭指派监督女孩服刑。这次，他指控女孩不遵从法庭命令，称她在某个周日溜出家，彻夜未归，还有一次则是在家里举行派对，抽大麻和其他毒品，并当着孩子的面和男人亲吻。

对于这个女孩的情况，法庭显得很严厉，好似一校之长。其中一名法官亲自进行过一番调查，显然人民法庭的成员经常这么干。他表示很清楚女孩的生活作风，和很多男人有染。他问女孩现在的相好叫什么名字，女孩说她不知道那个男人的名字。

不过，法官们对原告也相当严厉。我很同情他，下班回家后，晚上还得忙着组织人一起回收旧瓶子，对委内瑞拉进行谴责，中途他还得跑到43号去查看这个当地有名的荡妇在干什么。这个晚上，他待在法庭上，被厉声告知说话时不准挥动手臂，还得面对法官冷冷的质问——当女孩于那个周日溜出家时，为何不及时上报，非得拖延一个月。

我没能听到法庭对女孩的判决。当我离开时，那位CDR主席正在进行解释,称自己并不想对女孩过于严苛,真正让他下决心告发女孩的是那场大麻派对。"我绝不允许我的街区出现这种不检点的行为。"他说。

一个健康的社会应当如此吗?这些疲惫不堪的人在下班后还要无偿熬夜工作,听到派对的吵闹声就前去敲门进行调查,他们是否代表了一种密切相连的共有责任,而后者是我们的社会要想疗伤就必须建立起来的?

古巴官员告诉我 CDR 就像是家庭的延伸。何塞·伊格莱西亚斯在他的书中对这种同胞之间彼此监视的生活津津乐道,称之为"一目了然的生活"。

或者可以称之为全民皆为基督教青年会(YMCA)的生活?

*

在司法部,我被告知刑罚政策的总目标是尽可能关闭监狱,让囚犯参加农村劳改营,通过体力劳动改过自新。并且,囚犯干活的时长和普通工人一样,能领到和普通工人一样的薪水,每两周左右可休息一个周末。

我认为,如果我获得的信息都是真的——很有可能是真的——那这种方式确实值得赞赏。但尽管我以书面方式向内政部提出正式的申请,却没能得到参观刑罚劳改营的许可。我问司法部的官员,监狱里总共有多少名囚犯,其中有多少人在劳改营服刑。他回答说不知道。他甚至不知道过去一年里有多少人被处以死刑。在撰写本文期间,我向内政部提交了同样的问题,经过多次追问，终于得到了回复，内政部表示这方面的信息不能对外公布。

我还询问有多少政治犯，也没能得到回复，只有司法部的那位官员给出了一个模糊的估计，可能"只有几千人"。1965年，卡斯特罗给出的数字是20000人，但当时其他统计数据给出的最高人数为75000人。

的确，UMAP（Unidades Militares de Ayuda a la Producción）在两年前关闭了。这些所谓的生产援助部队其实是臭名昭著的农村劳改营，被送进去的人没有接受过任何形式的审判，他们因为在政治、社会或性倾向方面存在偏差，被要求接受无限期的劳动治疗。UMAP遭到很多关注古巴事务的人的谴责，包括格雷厄姆·格林和菲德尔·卡斯特罗。

从理论上说，现在任何公民都不会在未经审判的情况下被剥夺自由。实际上，从我了解的情况看，有很多例外。一个人可能被征召去服预备役兵役，然后随部队去干农活，也可能被捕，接受长达数周或数月的"调查"，在这期间压根儿就没有出庭受审的机会。我和一个英国人聊过，他和一个加拿大人一起坐上了离开哈瓦那的航班，后者刚从哈瓦那古老的地牢卡巴纳放出来，（据他说）他在未经过起诉和审问的情况下被单独囚禁了60天——他还称自己只是有这般遭遇的众多人中的一个。他没有看到体罚现象，但一些囚犯因为长期被关押而发狂，守卫任由他们大喊大叫，等这些人冷静下来后，再把食物推到牢房门口。

军队随处可见，武装民兵也是无处不在，他们守卫一切，包括哈瓦那自由酒店的停车场，提防蓄意破坏的反革命分子。我得知，仅去年一年发生的反革命活动就创下了自 1961 年猪湾事件[1]以来的最高纪录。在 9 月底发表的一次演讲中，卡斯特罗列出了这一年发生的 18 起破坏分子采取的主要行动，多数是在工厂和仓库纵火，此外还有 25 起影响相对较小的事件，以及 36 起校园火灾。

连我都清楚，反革命活动并非只有这几起。走在奥连特的马埃斯特腊山（Sierra Maestra）上，这里是古巴革命的摇篮，担任向导的当地人告诉我，在 9 月，有一支 30 余人组成的反革命游击队在该地区活动，不过很快就被一个混进队伍、对革命忠心耿耿的间谍出卖。我还得知——虽然只是二手消息——奥连特北部的水晶山（Sierra Cristal）和巴拉科阿（Baracoa）后面的山间都有游击队出没，巴拉科阿地区的空军演习其实可能是要镇压叛乱。据说，奥连特和卡马圭这两个东部省份是最容易受反革命活动影响的。

我找不到迹象表明这些不同的反革命团伙是有统一组织的，很多事件无疑是因不满引发的，属于完全孤立的行为。但反革命组织确实存在，不过很难知道他们从迈阿密那里得到了什么程度的帮助。就在卡洛斯 9 月发表演讲不久后，国家安全部宣布以涉嫌参与卡斯特罗提及的大型火灾之一为由逮捕了六个人，这场火

---

1 1961 年 4 月 17 日，由美国中情局训练并资助的 2506 突击旅对古巴发动军事入侵，以失败告终。2506 突击旅绝大多数成员是在卡斯特罗上台后流亡至美国的古巴人，还有部分美国士兵，他们选择了古巴南部海岸的猪湾为主要入侵点。

灾发生在卡马圭一间纺织仓库内,烧毁了价值150万美元的衣物。国家安全部称被捕的六个人属于一个名叫民族解放阵线的组织。

而我听说,那些在山间出没的游击队也打着政治名号,自称为"3·13",1957年3月13日,参与革命的学生——与卡斯特罗无关——发动自杀式袭击,试图冲入总统府刺杀巴蒂斯塔。

*

想要投票反对现有政权,仅有的另一种方法就是流亡海外。据美国方面的消息,自古巴革命爆发以来,有大约50万人离开古巴。每周,不断有古巴人登上由美国政府安排的往返于巴拉德罗(Varadero)和迈阿密之间的十趟"自由航班",而那些在海外有亲戚可以承担费用的人可以搭乘少量定期航班,从哈瓦那前往西方目的地——墨西哥城或马德里。根据古巴政府的说法,目前申请离开古巴的人多达20万人。

当然,也有少部分人回来。我在圣地亚哥的时候,当电视宣布又一架被操纵的班机抵达的消息时,酒店大堂传来微弱的欢呼声,这是那一年大概第20架返回古巴的飞机。事实是,仍然有70万左右的古巴人流亡海外或等待流亡。对于一个现有人口不足800万的国家而言,这个数字无疑很惊人——但也并不像部分人所设想的那样,相当于所有旧中产阶级的人数,据估计,旧中产阶级在古巴总人口中所占的比例介于 $1/5$ 和 $1/3$ 之间。

流亡可不是个轻松的选择。从提交离开申请的那一刻起,你将失去工作，除非你私下还有其他收入来源——仍然有人在企业被国家征用后依靠赔偿金生活——否则在离开之前只能去农村劳改营干活。等候名单上有 20 万人，每周只有约 1000 人能离开，因此你必须做好最长等待四年的准备。据说，gusanos（"寄生虫"——政府给选择离开者起的名字）在劳改营的待遇很糟糕。我申请参观此类劳改营，但未获批准。

离开古巴时不能携带任何财物。我在机场见到海关人员在检查 30 个和我乘坐同一趟飞往马德里航班的"寄生虫"，他们没收了好几把零钱，随意翻看夹在《圣经》里的照片和旧信件。大约十分钟后，官员得知我的存在，命令我离开。我不明白他们为什么试图隐瞒，相关规定已不是什么秘密，且就我所见到的，这些官员严格地执行了规定，甚至接受了态度和蔼的建议。"这些人不重要，"当我就自己被逐提出抗议时，卡洛斯这么对我说，"他们只是少数派。"

当这些人登机时，有个女人在祈祷，还有个老态龙钟的男人，步履蹒跚，几乎赶不上其他人的步伐。当然了，每个人都穿上了自己最好的衣服，看上去就是一批无可救药的中产阶级。用一个伤感的苏联词语来形容就是 *byvshiye lyudi*，"过气之人"。在他们脸上，看不到欣喜，也看不到泪水，他们下意识地不带任何表情。但让我震惊的是，几乎所有人看上去都怀有愧疚感。在些许的愧色中又夹杂着蔑视，当人们做一些他们自认为完全正当但不知怎的又显得不道德的事时，就会出现这种神态——成为少数派是错误的，这些人就是活生生的例子。

＊

在哈瓦那时，有一天，我被带去参观国家艺术学院，学院所在地曾是乡村俱乐部，在《我们在哈瓦那的人》中，米莉·伍尔摩为了加入该俱乐部，差点儿让她的父亲破产。在昔日的俱乐部会所内，正式的客厅内能看到具有时代特征的优雅家具以及创建俱乐部的富有地主的肖像画，餐厅里餐桌的摆放给人感觉像是市长大人即将举办一场盛大宴会似的。我问院长是否有重要的外国代表团来访。她的回答是否定的，学院的学生会被带到这里来用餐，学习使用如外科手术用具般复杂的餐具和玻璃杯，而不是在食堂里拿着餐盘吃饭，这么做的目的就是让学生们学会用餐礼仪。他们有三名专门的礼仪老师。很快，这将成为古巴所有学校必修的科目。

好吧，好吧——一切都会及时恢复正常。院长说就连菲德尔也脱下制服去参加派对了。我觉得，卡斯特罗其实就是社会学家韦伯[1]在得出魅力型权威理论时脑海中出现的那种领袖，他们凭借其个人威信来推翻对社会的常见的观念。如韦伯所言，这种个人魅力不可避免地会成为"常态"，但鲜少能影响一代人以上。

古巴举国上下围绕一个领导核心，形成凝聚力，在这个过程中，某些阶层要比其他阶层更快完成转变，以卡斯特罗本人为例，从其演讲就能看出。或许最令人难以置信的是他避开了诸

---

[1] 马克斯·韦伯，德国著名社会学家、哲学家、法学家及政治经济学家。

多权力腐败行为。然而，从他那著名的演讲《历史将宣判我无罪》——1953年攻打圣地亚哥蒙卡达兵营失败后，他在庭审上进行的自我辩护，表达了对古巴人民所受苦难的极大同情和感同身受——到1968年为苏联入侵捷克斯洛伐克予以辩护的发言，以及教导其他拉美国家如何取得革命成功的演讲，听上去有点像那些白手起家的百万富翁所写的关于如何功成名就的书，旁观者的心情会变得低落。

卡斯特罗似乎越来越执着于谴责和威胁他所代表的政权的敌人。"在革命结束前，这个国家不允许有哪怕一个反革命分子仍能保住其项上人头。"1968年9月，他以其特有的愤怒态度宣称，"这就是这场游戏的规则，这就是这场游戏的规则！所有想要摧毁革命的人，在他们动手之前，脑袋就已经搬家了。其余一切都是废话。"

而1968年"革命攻势"——即政府发起的关闭所有酒吧及剩余小型企业的运动——期间，他在读完由"党内激进分子"准备的社会学研究报告后，对哈瓦那热狗摊贩提出严厉批评，显得既可悲又荒谬。

"我们收集到的关于热狗摊贩以及类似摊贩的数据，"卡斯特罗对其听众说，"表明有相当一部分欲离开这个国家的人从事这一行当。这一行当不仅能为他们带来丰厚的收入，还能让他们与无业游民及其他反社会、反革命团伙保持密切联系……热狗摊贩中，不参与革命的人数所占比例是最高的。在41个接受该问题调查的人中，有39人，或者说95.1%的人是反革命分子……在对热狗摊贩的调查中,除了革命态度之外,也考虑了道德及社会行为,18人就这方面的问题给出了回答,这18人全都是反社会、不辨是非的人。"

这实在是太荒谬了,甚至到了令人怜悯的程度——就像堂·吉诃德向羊群发起攻击一样。然而,由堂·吉诃德领导政府,而且还是一个专断独行的政府,这个想法可一点都不幽默。难道这一切都是为了这个目的?所有的苦难,所有的死亡,所有的无偿劳动,就是为了让伟大的游侠最后能策马前冲,除掉危害国家的热狗摊贩?

一天晚上,我在电视上看到卡斯特罗在讲话。他娴熟地讲一些即兴笑话取悦观众,接着,不经意地将胳膊肘搁在讲台上,不停地捋胡子,他最爱的就是展现其在浩瀚的数据海洋中单枪匹马辨明方向的能力。讲到一半,他甩出一个彼时让人惊讶的过激想法,再度让古巴人陷入反思,重新考虑此前的预设。这一回,卡斯特罗指出在古巴,高校的发展会导致高校的消失,因为最终接受高等教育的人会很多,以至于高校将融入社区,所有毕业生在投入工作后还能继续接受教育。

大约一个小时后,电视机——在奥尔金(Holguin)一家酒店的大厅里——突然没画面了。当时大概有20个人在看,多为一时兴趣,没有人流露出丝毫的崇敬之情。有些人漫不经心地召唤酒店管理层,可没有人愿意从扶手椅上站起来去修理电视机。我溜到市中心的广场上,那里有一个扩音器正在播放卡斯特罗的讲话。这是周日的夜晚,广场上聚满了人。但他们并不是来听菲德尔演讲的，而是照例在每周日晚上穿上最好的衣服，在广场上散步。

举家出行的人相互问候着，孩子们彼此炫耀。男孩们看看女孩们，女孩们聚在一块儿，互相聊天，不时刻意放声大笑。多么美丽的景象！在温暖的冬夜，在广场路灯的照耀下，这些美丽的人看上去穿着考究，显得富有而轻松。这感觉就像是置身其他拉美国家，只不过找不到饮酒的地方，就连想喝杯咖啡也难以如愿。背景音是那个高亢、熟悉的声音，还在滔滔不绝地训诫着，可人们对其听而不闻，如同在其他任何地方一样。

*

但关于卡斯特罗及其同伴在马埃斯特腊山上度过的那两年时光，仍然具有神话色彩。在比纳尔德里奥，一个身形瘦弱的年轻党员干部带我去参观一个新的农业项目，他的行为举止让我很是不解，他看上去就像是穿着牛仔靴的大卫·弗罗斯特（David Frost）[1]。只要有人在他可以触及的距离之内，他便会与其握手，力道之足几乎能让对方的手骨开裂，他还会拼命拍打对方的背部，劲道之大让人的脊柱直发颤。他还会时不时弓身，假装自己是一挺冲锋枪，冲着周围低矮的灌木丛吐射假想的子弹。他25岁，在扮演 *guerrilleros*（游击队员）。

卡斯特罗及其手下经历的艰难困苦，尤其是在乘坐"格拉玛"号游艇从墨西哥出发，登陆古巴行动失败后的数周时间里的

---

1 英国电视主持人、记者、喜剧明星及作家。

遭遇，给人一种宗教净化感。而他们在遭受背叛后，转过来通过并执行对叛徒的死刑，也在道德上予人以启发。切·格瓦拉（Che Guevara）撰写的《回忆录》中有大量关于古巴革命的描述，如传说故事般简洁又让人觉得陌生。

卡斯特罗一直很反对在共产主义中引入宗教特征。据说，在革命早期，面对那些纯真热情的肖像画家提出的将他描绘成基督的要求，卡斯特罗予以婉拒，他还明确表态禁止政府机构对自己进行偶像崇拜，避免受到斯大林主义的影响。

然而，卡斯特罗的神话仍具有宗教特色。他在马埃斯特腊山上的经历被媒体反复提及，到了国庆日，还会举办各式庆祝活动予以纪念。学校、商店、工厂等各类机构以牺牲的革命者的名字命名——那些革命者就如同守护神——或者用协会认可的名字命名，例如"格拉玛"和"蒙卡达"。小学生学唱虔诚的歌曲，发誓"要像切那样"。尽管格瓦拉已经死了，可他的头像无处不在，古巴甚至还专门成立了一个全国委员会，对格瓦拉名字的使用实行配给制。

古巴国庆节那天，我听到电台在播放一个特别节目，悼念革命期间牺牲的烈士。"'切'这个字的含义是什么？"主持人用神父特有的神圣语调问道。一些类似教堂会众的人开始一遍又一遍，用低沉哀泣的声调反复喊："切！切！切！"我当时正好和两个干部在一起。其中一个满怀敬意地说："切。"另一个人也以同样的语调说："切。"他们充满期待地看着我。于是，我也严肃地说："切。"这似乎让他们很满意。

将这些往事塑造成传奇事件，这么做之所以重要是因为它们既是对当下的解读，对未来也具有指导意义。昔日山里艰苦的生活进一步表明当下朴素生活的重要性。游击队必须时刻保持警觉，防止遭遇伏击和变节，体现了现在极力推行的始终要拥有"革命警觉"精神这一主张。将山里的敌人具体化使得眼下存在反革命敌人这一说法得到证实。

"革命"概念的模棱两可进一步凸显了过去和现在的并存。从某种意义上说，1959年1月，"革命已经取得了胜利"，但另一方面，古巴的情况让人感觉革命仍在"继续"，和以前几乎没有差别。或许这段神话给出的最重要的启示就是现在忍受磨难的人民最终会和那些在山里吃苦受罪的人一样，收获满满，心满意足。

古巴的整体经济运行就真如同发动战争一样，有一种不成功便成仁的气势，尤其是农业。发起声势浩大的运动，清除灌木、种植咖啡、指定特定省份实现生菜自给自足，仿佛是想要完成最后的沉重打击，让大自然屈服，无条件投降。在这场战争中，卡斯特罗本人忙着从一个地方赶到另一个地方，对包括连、排在内的各个级别进行具有启发性的干预。各拖拉机站也卷入了这场较量中，举国陷入严重混乱。随着战略方针的调整，整个运动也就此作废。前线的危机突然暴露——没有洋葱！——于是不惜一切代价投入人力和物力，只为了有更多的洋葱。

受邀来古巴的各路外国顾问在见证了这一疯狂跃进后都颇感忧虑。据说，通过没收私有大中型土地资产开发出的"人民农场"，其产量仍然低于小型农场，不过与我交谈过的那些最具同情心的外国专家认为从长远来看，规模较大的农场的产量肯定能提升。

蔗糖是古巴经济的核心，在该国总出口额中所占的比例高达85%。革命结束后，制糖业规模遭到刻意削减，因而其产量从1961年的680万吨下降到了1963年的380万吨。这么做旨在让古巴摆脱单种栽培的诅咒，即对一种作物的依赖。但1963年年底，卡斯特罗突然决定改变这一政策，宣布从此以后经济发展将以蔗糖为核心，到1970年丰收季将蔗糖产量提升至1000万吨。如此一来，蔗糖不仅仅是单种栽培，而且是到了近乎偏执的程度。在古巴，只要走一百码，你几乎肯定会看到以此为主题的大幅劝勉广告牌："为了实现1000万的目标，你要做什么？""1000万——光荣的义务。"为了庆祝革命十周年，古巴将蔗糖也加入配给供应清单中。

我和那些外国顾问聊过，他们中的一些人认为，时下古巴在经济方面投入的精力和资源有望在十年内收到一些回报。在此期间，这个国家得依靠苏联的援助存活。我询问相关的金额，但没有得到回复。外部观察人士给出的传统数字是每天100万美元。昂贵的战争。

*

终于，我亲自去了一趟马埃斯特腊山。和很多访客一样，我被带到位于米纳斯德弗里奥（Minas del Frio）的教师培训中心，这里就像是在海拔3000英尺高的马埃斯特腊山山顶的淘金小镇，到处都是乱糟糟的，旗帜脱落，棚屋肮脏。革命早期，卡斯特罗将指挥总部设在这里。现在，奥连特所有的实习教师都得来米纳斯德弗里奥接受为期一年的培训，只为了牢记过去。在我看来，这么做的代价着实不菲。所有生活必需品，包括访问代表团的所需，得用结实的苏联六轮卡车从道路一端的拉斯梅赛德斯（Las Mercedes）拖上来。长达12公里的陡峭坡路，卡车只能放慢速度，引擎嘶吼着。

我是在晚上抵达的，云幕低垂。这是我第一次在古巴感受到阵阵寒意。指定给访客住的棚屋阴森森的，显然不同于我在大多数时候下榻的优雅的游客中心。厕所堵住了，地上还残留有粪便，雨水从敞开的百叶窗里灌进来，在地板上形成一个又一个水洼，床上用品湿漉漉的，就像睡在坟墓里一样——感觉就像是住进了糟糕透顶的青年旅舍。我和衣躺在床上，把所有能找到的毯子都盖在身上，可整个晚上依然冻得瑟瑟发抖，湿气让我身上的各个关节直发僵。当我离开时，正好一个苏联作家代表团抵达。后来我在圣地亚哥又碰到他们，得知整个晚上都有老鼠在他们身上窜来窜去。

第二天，我找了一位此前当过赶骡人、加入过游击队的人担任向导，跟着他沿陡峭的骡道去了几个隐匿在周边地形险峻、林木遮蔽的山坡中的小村庄。茂密的森林间长着半野生的咖啡树和香蕉树。这些是山上的经济作物。装载骡子的火车将收获的作物运到拉斯梅赛德斯以及其他道路的起点处，然后带回极为有限的农民所需的制成品：衣服、家用器具、盐——没有其他东西了。

农民会把自己种植的其他食物堆在棚屋旁边。他们依旧过着简单的生活,并没有因为革命而发生太大的变化。但我有种印象,我看到的那些农民肯定没有以前那么贫苦。奥连特素来是古巴最落后的省份,而马埃斯特腊山是奥连特最落后的角落。格瓦拉如此形容山区革命期间被带到他这里来接受治疗的人:"(他们)几乎都一个样,早衰、牙都没了的女人,肚子肿胀、感染寄生虫、患佝偻病、缺乏维生素的孩子——这些都成了马埃斯特腊山的标志。"在他的书里有一张山区农家人的照片,他们站在用棕榈叶搭的小屋外。女人和孩子都赤着脚,衣衫褴褛,全家人都带着那种饱受贫困折磨的愁苦表情。

而我在白天出行的过程中,没有看到一个营养不良的人,所有人都穿着得体的衣服,脚踩像样的鞋子。女人的穿着打扮往往和城里的女人差不离——让我惊讶的是,古巴所有农村的女人都如此——例如,她们会穿色彩鲜艳的紧身裤。我看到的那些人很穷,这一点毋庸置疑,但没有像那种真正受贫苦煎熬、如同被人类同胞所抛弃的人。

在一座名叫马格达莱纳的小村庄上方有一片开阔的坡地,我们坐下来休息。在我们的前方,群山间有一个深蓝色的三角形:拉普拉塔(La Plata)的加勒比海区域,卡斯特罗的人在这里向一个小规模军营发起攻击,并取得了首场胜利。我们身后是卡拉卡斯山,在这里,卡斯特罗的一个手下叛变,将他们的位置透露给政府空军,革命差点前功尽弃。

差不多下午4点了,我们还没有吃过午餐。我的向导从树上割下几个酸橙，我们开始吮吸那酸得令人难以置信的汁水。山中徒步的感觉总是很好，这次也不例外，甚至那过酸的橙子也让人愉快。在那一天，在那个特定的时刻，在古巴岛最清贫的一隅，在游击队员历经苦难和战斗的地方，我才感觉革命的严苛似乎不再那么令人难以容忍了。我思索着，假如还有机会来古巴，我会带上一个背包、一双靴子，从圣地亚哥到克鲁斯角，徒步翻越整座山脉，每天午餐都吃一个酸橙。

可我不知道未来会如何。就在我离开三周后，在圣地亚哥东部，有 80 人一路突围，成功逃出古巴，进入美国海军设在关塔那摩的基地，而另外有大约 70 人在突围的过程中丧命、受伤或被古巴守军捕获。或许，任何人都无法忍受连吃十年的酸橙。

（1969 年）

第一次出国的滋味

再见春天,再见巴黎

无论如何,用过早餐后匆匆跑到维多利亚火车站,搭乘10点去巴黎的火车,依然令我愉悦!郊区站台上,人们等候着前往佩茨伍德(Petts Wood)和克拉珀姆(Clapham)交会站的火车,在他们的注视下,我乘坐的火车穿过雨幕,将多佛脏兮兮的码头,还有蒸汽船"不可征服"号(SS Invicta)上古色古香的酒馆甩在身后。我敢说,《邪恶的肉身》[1]中梅尔罗斯·艾普太太、迈尔斯·马尔普拉蒂斯及其他人就是乘坐这艘船过海峡的。走出巴黎火车北站,感受柔和湿润的黄昏阳光,进入一个与英国截然不同的世界。

我九年没来巴黎了。但这里似乎没有发生任何的改变。岂止九年,可以说是十八年不变。十八年前,我和一个同窗好友一道

---

1 英国著名作家伊夫林·沃的早期讽刺小说。

搭便车，第一次来巴黎，口袋里只揣了价值相当于六英镑的法郎，过了两周，主要靠面包和一罐英国果酱果腹。那是我第一次尝到出国的滋味，对于大多数英国人而言——在寒冬将尽时出游，探索精彩外部世界的本质及其象征意义是必不可少的（或者说总是意义非凡），而因为战争的缘故，孩提时代的我们没有这样的机会。

在一个阳光与雨水并存的下午，货车司机把我们放在巴黎北部一条普通的林荫道上。在我们走到最近的地铁站前，我已经知道这个世界远比我想象的更大、更明媚、更秩序井然，充满更多的可能。第一次见到巴黎的那一刻，至今仍历历在目。我把包留在酒店，打算四处逛逛。酒店位于一个干净的小广场上，以优雅的城市灰为主色调——浅灰色的墙面，鸽灰色的百叶窗，舒爽怡人的鱼鳞天映衬着深灰色的石板瓦和电线。

圣日耳曼德佩区附近咖啡馆的露台上已经人满为患。人行道上都是悠闲散步的人——将灰白头发梳得整整齐齐、老成持重的男人带着打扮精致到无可挑剔的女孩一起漫步——夜晚的空气依旧温暖，充满了交谈声和欢笑声。我走到河对岸，又走回来，沿着码头穿过巴黎圣母院的后花园，发现构成我心目中海外世界的核心依然井井有条，只等着我的到来。暖风吹动了瓦尔嘉朗（Vert Galant）的马栗树，这是西岱岛后部的一小片绿地。成群的年轻人坐着，和十八年前一样，天气不错的晚上，他们会来到这里，脚悬在水面上，沉浸在轻柔优美的吉他声中。和我当初离开时没有任何变化！

或者说看上去如此。新的区域突然在市郊涌现出来——我第一次来下榻在沙蒂永门（Porte de Châtillon）的一家老式青年旅舍，但现在，为了建造环城公路，旅舍被拆除了。不过出人意料的是，市中心的新建筑显得很低调。"药店"很流行，就像国王路（King's Road）[1]上的那家，还有"酒馆"。有几辆处于试运行阶段的全新双层巴士，样子很像谢菲尔德公司生产的老式有轨电车，让人感觉有点儿晃神。如今，两条地铁线都使用了充气轮胎，列车轻柔地飞驰，有一种陌生感。不过一旦下了这些胶轮列车，又是熟悉的情景，抱着婴儿或露着畸形脚的乞丐，卖彩票的盲人，同样拿着手风琴和用脚踏泵的古老口风琴的人，演奏着同样令人心碎的老曲子，这座城市仿佛是童话故事中的王宫，陷入了沉睡之中，得以完好保存下来。

距离去年发生的那场几乎称得上是革命的运动[2]已经过去一年时间，同时也是将军[3]辞职后的第一个月。到处都能看到警察的身影，似乎巴黎一半的人都干起了警察这个行当。他们或成对，或五六人，或大批出动，守在交叉路口；或等在人行道上一字排开的警车里；或等在停靠于加布里埃尔大街上、带纱窗的巴士上，这条街就在爱丽舍宫后面。我从来不知道这世界上居然有那么多警察。又是六辆巴士——闷热的下午，车门开着，但每辆

---

1 伦敦主要的街道之一，穿过伦敦西部的切尔西和富勒姆区。
2 此处指的是1968年发生在法国的一场运动，以1968年5月为高潮，被称为"五月风暴"。
3 即法国前总统夏尔·戴高乐，他被法国人民尊称为"将军"，于1969年4月辞职。

车里都是警察,全副武装——等在先贤祠后面,时刻准备着。在阿尔贝德利佩街的哲学院以及其他一些中心区,也就是研究生抵制教师资格考试的地方,警察已经出动了。

索邦大学后面,更多载着警察的巴士等在法国最有名的高中路易勒格朗中学外面,监视着在停课九天后逐步返校的学生。路易勒格朗以及周边地区其他"过火"(停课)的中学的情况已经从混乱发展到了暴力阶段,就像《蝇王》里流落到荒岛上的孩子们一样。路易勒格朗此前因为遭到极右分子的袭击而关闭,当时有大约40名强壮、戴头盔、手持棍棒的"突击手"闯入校园,还扔了一颗手榴弹,一个名叫加布里埃尔·雷伯塞特的19岁男孩被炸断了右手。地铁里能看到用铅笔写的口号:"加布里埃尔,我们会替你报仇!"而据报道,在另一所"过火"的亨利四世中学里,有人对被指证为"法西斯分子"的人执行"死刑",其中一人被棍棒殴打得不省人事。

革命口号依然随处可见,尤其是广告牌上总是涂满了各种口号。"民主是狗屎"——"买,沉默,死去"。有一款某品牌啤酒的海报,很倒霉地中招,海报上有一个姿态做作的男模,脖子上挂着一瓶酒,如同挂着法国荣誉军团勋章那样。海报上有很多留白,正好能写字,也因此成了固定靶子。"为了赚钱,我出卖我的肉体。你呢?"在某个地铁站里,这个男模就这样微笑着。

*

无论我走到哪里,政治始终是个绕不开的话题——关于选举,关于那场五月风暴。我感觉就像是回到了戴高乐掌权之前的时代。没有人提及他，一个人也没有，他刚辞职，就被人彻底遗忘了。

我和一个在法律院校教书的朋友共进午餐。我上一次见到他是在三年前，当时的他非常欣赏戴高乐，博士论文写的就是"戴高乐及欧洲格局"。可现在，让我备感震惊的是，他成了左翼分子、异见人士。"你应该在五月风暴期间来，"他说，"所有人都因为这纯粹的快乐而发生了变化。就连在街上遇到的女孩看上去都更迷人了。"

1968年，他按捺不住参加了抵制教师资格考试的运动。他还带我匆匆参观了几所大学，了解今年的抵制行动规模。我们去了异见人士在索邦大学校园设立的情报中心，很多学生和老师站在那里，交换最新消息，阅读钉在隔板上的牛皮纸，那上面写着来自不同考试中心的新闻简报。"圣吉纳维夫彻底陷入停摆……""阿尔贝德利佩街已经被警方所控制，装上了闭路摄像机……""布雷蒂尼：300名参考人中有140人缺考……"

地上散落着各种手册和传单。我那朋友来来回回跑了好几次，把手册和传单都捡起来，仔细查看。他正在收集这些东西 自五月风暴后，他已经收集了一人摞传单和手册，他一边说，一边比画着距离地面大约三英尺高的地方——他的下一本书就打算记录这段时期的历史。

我们快步穿过拉丁区，他的耳朵里始终塞着耳机，通过一台苏联产的迷你晶体管收音机来获取抵制运动前线的最新消息。在位于桑西耶街的新大学园区里，墙上涂满了各种口号。"打倒选票至上主义""摧毁大学""老师都是无能的白痴"——我那朋友都收集了。只有一个新口号引起了他的注意——"闭上嘴,行动起来,国际隐形人"。

"我认为法国将面临和中国'文革'一样的危机,"我的朋友说,"中产阶级不为所动,但工人阶级正好相反。任何问题都没有得到解决。戴高乐的离开解决不了问题——选举也是。现在海外有一股势力,无论谁当选总统,都压制不住。"

*

真奇怪,每座伟大的城市都有其独特的气味,每次念及,脑海中率先浮现的都是气味。一年中的这个时候,巴黎散发着一股油漆味儿,和画家使用的油画颜料的味道一模一样。这种气味与小丘广场周边为招揽游客而绘的油画的气味混合在一起,有时候让人感觉整座城市就好似一幅画。

至于地铁里的气味,尤其是在阵阵车轮摩擦声中,突然传来一股刺鼻的味道。这么多年后,我才弄清楚这是列车停下来时刹车片发热发出的气味。单单巴黎地铁站的站名就足以唤起人们对往昔的回忆:塞夫尔－巴比伦(Sèvres-Babylone)、雷奥米尔－塞瓦斯托波尔(Réaumur-Sebastopol)、丹费尔－罗什洛(Denfert-Rochereau)、巴贝斯－洛舒雅(Barbès-Rochechouart)——更像是翻开《哥达年鉴》(*Almanach de Gotha*)[1],而不像是地铁站名。你能

---

1 1763 年创办于德国,是一份记录欧洲权贵阶层的期刊。

想象一个法国人一边念托特纳姆法院路、克拉珀姆北和莱斯特广场，一边努力回忆伦敦的过往吗？

我走啊走，几乎不记得自己现在已经能负担起偶尔在咖啡馆的露台喝杯咖啡了，直到胃部和后腰出现熟悉的挤压感，我在城市中游走很容易出现这种感觉（可在乡村地区哪怕走一整天也不会这样）。原本温和的春天突然被一股热浪所取代，原本淡蓝色天空映衬下的优雅的灰色城市变成了耀眼的白色，光线通过干净的白色砖石、白色砾石路和波光粼粼的水面反射进人的眼睛里。接着，天色转变，在雨水的冲刷下，街道和屋顶染上一层醒目多变的深灰色，空气中弥漫着生机盎然的青草和新鲜绿叶的香气。

我很高兴能将下雨作为借口，出于怀旧，我买了一本麦格雷[1]的侦探故事，在圣日耳曼大道的一家咖啡馆找了个位置坐下来，开始看书。咖啡馆外，银色的云裹挟着雨点，砸在街面上。就连这雨也给人一种舒适的熟悉感，或许是因为在西默农的故事中，巴黎经常下雨的缘故吧。对我来说，巴黎很多充满熟悉感的东西都出自西默农的描述——塞纳河上的驳船、隐匿在后街小巷里的廉价旅馆，还有普克普斯街（Rue de Picpus[2]）这样的偏僻街道。巴黎近一半的人也让人觉得似曾相识。如果这种感觉不是来

---

1 麦格雷探长是比利时著名作家乔治·西默农笔下的一个人物。
2 Picpus，源于法语 pique-puce，意为跳蚤叮咬。

自西默农,那就源于《巴黎屋檐下》(Sous les Toits de Paris)[1],还有些来自罗特列克[2]和福楼拜。从未有城市似巴黎这般通过艺术、电影和文学为世界所彻底了解并产生亲近感。对我们而言,借助莫奈、毕沙罗和西斯莱的创作,19世纪的巴黎几乎比自家后花园更真实、更熟悉,尤其是那些描绘当时城外田园风光——如今那些地方已经被城市街景取而代之——的画作,却不知怎的,仍代表着人们已经记不清的往昔或者梦想,极具震撼力,令人感伤。

在我买的这本关于麦格雷的书中,有一件让人忧心的事——英国警官派克先生被派去学习麦格雷探长的破案方式。在法国人眼中,派克先生就是个不折不扣的英国人:穿着得体、举止端正——甚至能说一口纯正的法语,让麦格雷探长感到不安。可我的不安感远胜于探长。这个假冒者究竟是谁?英国人怎么能指望自己成为我所遇见的那些巴黎人呢?即便是最炎热的天,听我说着蹩脚的法语,穿着无可挑剔的深色西装、打着朴素领带的巴黎人仍然能面不改色,他们拥有超乎想象的自控力。想象一下这样的情景,他们读着关于派克的描写,20分钟后抬头,看到我急匆匆跑过来,既没有穿夹克,也没有打领带,汗珠从脸上滑落,气喘吁吁地解释道:"J'ai pris le train de Métro incorrect! No, I mean, le train incorrect de Métro! No — le train pas juste — non juste - injuste…Well, anyway, le train pour la Gare d'Orléans

---

1 由雷内·克莱尔导演的法国早期有声片之一。
2 亨利·德·图卢兹·罗特列克,法国后印象派画家。

instead of the Porte d'Orléans..."[1]

置身其他城市，最大的乐趣之一就是熟悉这座城市复杂的地形和礼仪习惯。你会觉得自己做得还不赖——总之，好过那些出洋相的同胞，他们点啤酒，却发现上来的是皮尔开胃酒（Byrrh），他们会让侍者"把茶端上桌"，诸如此类的。然后，那个混蛋派克出现了，提升了期望值，但到头来，你可能还是会让侍者拿着一品脱皮尔酒"爬上餐桌"。

*

突然，一家名为"小野猫"的夜总会的招牌——英语："危险！来小野猫充电吧。最漂亮的'小姐'，最具巴黎风情的表演。咯咯笑……放声大笑……停不下来！"——让我想起看过的一场巴黎式的表演，在我看来，这算是独一无二的法式趣事。我不敢相信空虚卡巴莱（Cabaret Le Néant）[2]竟然还开着——但事实摆在眼前。这家自称有"卡巴莱哲学"的餐厅位于克利希大道上，夹在若干脱衣舞俱乐部中间，我第一次来是和朋友一起。我们在迪耶普路搭上了一位旅行推销员的车，就是他带我们来空虚卡巴莱的。对那些玩笑，我们理解得很慢，而那位旅行推销员也无暇顾及我们。如今，墙上的黑漆已经剥落，但空虚卡巴莱里的玩笑

---

1 此处为半生不熟的法语夹杂着英语，意为我坐错了地铁，坐到了奥尔良车站，而不是奥尔良门。
2 位于巴黎蒙马特高地的卡巴莱餐厅，于1892年开始营业，是现代主题餐厅的先锋之一。

一如既往：关于死亡。

客人坐在棺材而不是餐桌旁，喝着贵得离谱的啤酒，房间里挂满了不同部位的骨骼，此外还能见到各种讨论死亡本质的严肃文字（例如，"太阳和死亡，都无法直视"——拉罗什富科）。一位打扮成祭司模样的节目主持人开始发表各种关于死亡的不可避免及随时可能发生的言论，引人发笑。他还会在棺材间穿梭，在昏暗灯光的映衬下，调侃客人被昏暗灯光映衬的苍白脸色和发青的舌头。

接着，他开始摆弄周围墙上那几张破破烂烂的人像画，变起戏法来，画中那些原本穿着衣服的血肉之躯一下子会变成骨架，他便畅谈生命的短暂和渺小。到了这个时候，心情不错的顾客们会被带到隔壁一个布置得像小礼拜堂的房间。在主持人的劝诱下，其中一人会进到棺材里，被裹尸布包到脖子的位置。唱片吱嘎响起，播放葬礼用的管风琴乐曲，借助佩珀尔幻象（Pepper's Ghost）[1]，这位幸运顾客脸上的肉会逐渐腐烂，露出里面的颅骨。

整出表演就像是波德莱尔诗作的低俗喜剧版。其余观众——即便是在皮加勒这样游客云集的红灯区，也都是法国人，即大多为带着女友的年轻男子——都快笑死过去了，如果这么说合适的话。我并不觉得很有意思——法式幽默有其深度和微妙之处，外国人不太容易理解。我曾在圣米歇尔堤岸（Quai St Michel）后面的一家玩笑商店看到一包粉末，你可以将粉末放到别人的饮料

---

[1] 一种利用玻璃和光来操控视觉效果的技术。

中。说明书是这样写的:"受害者会立刻产生难以抑制的小解冲动!而且,对方会惊恐地发现自己的小便完全变蓝了!"

要是派克先生发现好友麦格雷探长在自己的博克啤酒里下药,他会怎么应对?毫无疑问,肯定不会出任何差池。心领神会,从停尸房借一具尸体放到探长的床上,作为回礼。

*

无论如何,还有其他相同的兴趣使得两国人民之间结下了牢不可破的纽带。《这里是巴黎》(*Ici Paris*)[1]是我遇到暴雨天时阅读的备选读物,标题写着"玛格丽特嫉妒安妮公主"。"'可是玛格丽特,我不明白,'女王对她说,'安妮取代你是正常的……说实话,我这是在帮你的忙呢,这样一来,你就不用处理那些例行公务了……不管你到哪里,都代表了我。大家都说你只有在离开时脸上才会有笑容。'"

"玛格丽特垂下头,没有否认……'你说得对,'她承认,'那样更好。再说安妮年轻漂亮。比我更适合……'"

咯咯笑,放声大笑,停不下来。

也可以是,买,沉默,死去。

(1969年)

---

[1] 法国杂志,创刊于1941年。

逆时针方向最有效

以色列，一英寸接一英寸

"你来自《观察家报》？那请你告诉我，为什么《观察家报》总是针对以色列？《泰晤士报》怎么能刊登那种可怕的阿拉伯广告？为什么BBC在与我们有关的报道上撒谎？为什么人人都反对我们？"

很多对话都是这么开始的。坐在某人的屋外，通常是在夜里，桌上摆着用来抵御酷热的壶装果汁，白色衬衣在露台灯光的映衬下显得格外亮眼。不远处，洒水器正在有节奏地浇灌干旱土地上层那脆弱的绿色生命，这片绿地的边缘并不十分遥远，可能在几英里之外，也可能只隔了几百码。在那之外，就只剩下敌人了：军队与恐怖分子，战败者和难民，在他们背后的就是怀有敌意或冷漠的列强，那些不友善的朋友。

"这太不公平了，让我抓狂。就因为我们赢得了这场战争，人人都觉得：'当然了！这是很自然的！你怎么能指望少数贫苦、热爱和平的阿拉伯人来支持这台不可战胜的军事机器呢？'可是，在我们恰巧获胜之前，没有人觉得我们是所谓的不可战胜的军事机器！我们是被逼到走投无路了才参战的！我们觉得自己要完了！你无法想象，当这一切突然结束，我们发现自己存活下来时的心情……"

有人记起来是时候看新闻了。总有人记得。大巴上会转播电台新闻简报——从上加利利（Upper Galilee）到耶路撒冷的途中，我听了四次简报，每小时整点播报。年迈者在街头散步，耳朵紧贴着晶体管收音机，就像年轻人那样。他们的儿子或孙子正在苏伊士运河参战。在特拉维夫，我路过一个乞丐身旁，他在人行道上，身边摆了台收音机。我问他现在播报的是什么新闻。哦，也没什么事。就是运河上又发生了一次交火——周一晚上在戈兰高地被叙利亚人击中的士兵伤重不治。

洒水器有条不紊地工作着，蝉声大作。夜色中充斥着树脂融化的气味和味美思酒散发出的香味，对北欧人来说，这些气味等同于地中海和假日。

"你还记得佩雷兹的表兄吗？"一个人问，"就是去年夏天和我们在一块儿的那个人。他受伤了——他也在运河那里。肺被飞溅出来的弹片刺破了。他们认为他会好起来的。不过他们现在也不能完全肯定。"

"周一晚上，埃及人在提姆萨赫湖发动攻击，雅可夫的儿子就在那个小队，他们遭受了重创。雅可夫担心得头发都白了。"

一天下午，一位政府新闻官驱车载我穿过一片尘土飞扬的郊区，这里属于内盖夫地区一个仍处于开发阶段的城镇。他打开车载收音机听新闻。听到第一条新闻，他的脚一下子松开了油门，一只手捂着前额，另一只手夸张地搭在我的前臂上。汽车偏离了公路，慢慢停在沙漠里。我目不转睛地盯着他，被吓得一动不动，我猜不出那段希伯来语究竟是什么意思。

"我们在戈兰高地击落了七架米格-21战斗机！"终于，他开口了，低沉的声音中透着敬畏，"七架！我们没有任何损失！那些犹太人接下来还会干什么？"

*

"Nu？[1]"当大家不再抱怨英国媒体时，就会突然转换话题，"好了，你已经来这里一个礼拜了。你觉得这地方怎么样？"

"我觉得这里很……"

"知道吗，我嫉妒你，因为你是第一次亲眼见到这里的一切。这是一种非凡的体验。"

"是的，没错，我……"

"关键是，以色列不像其他国家。这里的一切都是全新的——与其他地方截然不同……"

确实如此——这是唯一一个200多万人口都从事政府公共关系相关事务的国家。我的一个朋友说，在以色列，如果无法全身心投入这份事业，压根儿就无法生存。这位朋友在努力尝试了

---

[1] 希伯来语，意为现在。

五年后选择放弃。即便只是以访客身份来以色列，也不能保持中立。我在什么地方读到过这样一句话，这不是一个国家——而是一种信仰。

当然了，这个世上到处都有依赖信仰而存在的地方，于茫茫淤泥之上，仅基于海量的统计数字，宏伟的未来便呼之欲出。看看以色列那些落后的新边缘开发区——位于沙漠地带的新建城镇和定居点——你完全能想象得出这个国家在二十年前是多么地粗糙。可眼下，一个现代国家的有形框架真的出现了，精细且复杂。虽然缺乏自然资源、廉价的本土劳动力，但一个人人平等、民主、充满活力的社会正在形成，并且能做到自给自足。一切运转正常。

我不知道这究竟是怎么发生的。经济受到高度管制，缴纳的税可谓天文数字，政党机器和总工会（Histadrut）握有太多政治和经济权力——前者在独立前构建了有效政府，后者不仅在面对雇主时代表其成员，而且本身就是最大的雇主。镇压被征服的阿拉伯人，延缓其余资源将被耗尽的速度，这样的任务让感觉变得迟钝，不再有逻辑。尽管如此，在我看来，这依然是个能生活和呼吸，能争论和拓展自己，能大呼小叫和窃窃私语，甚至是欢笑的地方。

小小的以色列，管控森严的以色列。你无法经陆路离开这个国家去北边、东边或南边，即便是以色列人想逃往西边，也并非易事，他们需要缴纳出国旅游税，外加诸如去伦敦的高达50英镑的机票费用。"六日战争"结束后，人们纷纷涌到约旦河西岸去一看究竟。现在鲜少有人涌入——不过在东耶路撒冷和戈兰高地，还是聚集着大量以色列人。当我问他们是否有一种透不过气的恐惧感时，人们露出了吃惊的表情。很多人，尤其是老年人，似乎将这个国家的每一寸土地都铭记于心，见证了每一块砖的堆砌。

"看，那里有一幢老房子！至少有70年了——第一次阿利亚运动（Aliya）[1]时建的——从这些铁栏杆就能看出来……这座房子是50年代后期建的——是为哥穆尔卡（Gomulka）[2]开明时期大量波兰移民建造的……"

"……看看这些公寓——里面住的都是来自东方的移民。换作其他任何地方，这就是一个贫民窟。但我们的妇女组织来这里教他们怎样在现代社会生存——如何使用厕所，什么时候该换内衣……"

"这里是游戏室。当然了，所有的东西都是我们自己弄的。看到柜门上用来固定把手的螺丝了吗？它们很特别，我们好不容易才得到的……"

*

在年代久远的基布兹（kibbutzim）[3]，绿树有时间成长为繁茂

---

1 希伯来语意为"上升"，指离散世界各地的犹太人移居以色列的大规模移民运动。第一次阿利亚运动发生在1882年至1903年。
2 瓦迪斯瓦夫·哥穆尔卡，波兰政治家，1956年至1970年担任波兰工人党第一书记。
3 以色列的一种集体社区，过去以农业生产为主，现在也从事工业和高科技产业。第一个基布兹建于1909年。

大树，草坪有时间成熟。二十年时间，这些地方洋溢着稳定舒适、令人起敬的气氛，就像芬奇菲尔德（Finchingfield）[1]或上斯劳特（Upper Slaughter）[2]。一个朋友的朋友的朋友邀请我（在以色列就是这样）去他的基布兹待几天——这个基布兹位于上加利利的胡拉山谷，建于以色列独立前。它介于高档度假营地和小型大学之间。成员的住房为绿树鲜花所掩映。基布兹内还设有一个游泳池以及几个网球场，四周一派田园风光。阳光透过树木照下来，在地面上留下一片斑驳，骑着自行车的人沿着蜿蜒的小径，穿梭于光影之间，像是在去听讲座或上辅导课的路上似的。

清晨5点，我就坐在拖拉机的挡泥板上，往果园进发，和其他人一起去采摘苹果。人工降雨浇在树上，穿过透着寒意的雨水时，我不禁往后退缩。太阳已经从戈兰高地后露出脸来，棉花上的洒水器已经打开了，就像是经过反复排练的群舞演员。一架负责对农作物进行喷洒作业的飞机一再俯冲向隔壁那块田地。苹果园里充斥着液压升降机的吼声，这些机器会将采摘工送到树顶上。这里的每一寸土地似乎都在现代科学一丝不苟的管理之下。

基布兹的主人说，在刚刚独立的那几年里，这里的食物状况比欧洲被占领期间更糟糕。他的妻子说，他们婚后的前三年不得不和其他人挤在一个帐篷里，那个帐篷里有两张床，外加三个橙色的箱子。真是一段艰苦的生活，我如此评价。

---

1 英格兰埃塞克斯郡西北部的村庄。
2 英格兰格罗斯特郡科茨沃尔德地区的村庄。

"一点也不苦，"她回复，"我从来没觉得苦过。首先，我们一直感恩能活着，而且我们没有那些住户要面临的各种麻烦。那时的我们没有选择！现在，孩子们得做出选择。我的孩子们就难以下决心，不知道要做什么，去哪里生活。年轻人也很难找到新的定居点。毕竟，他们还有其他选择——他们还有家可以回。我们那个时候没有其他地方可去。"

现在，基布兹的农业产量仅占全国的28%。最常见的定居点模式叫"莫沙夫"（moshav），在这种农村合作组织中，每个成员拥有自己的土地，自给自足，事实证明，对于以色列独立后大量涌入的移民而言，这种模式更容易被接受和适应。基布兹仍然能对这个国家的政治生活施加异乎寻常的影响，它们依旧顶着某种道德光环。"每次我去基布兹，"有两位城里的知识分子都这么跟我说，"我都会有深深的愧疚感。我觉得这也应该是我的生活方式。"

但基布兹正在改变。因为国内的农产品市场已经趋于饱和，并且它们想为年龄渐长的会员创造不那么繁重、更有保障的工作机会。基布兹开始转向工业化——我访问的那个基布兹从事果汁装瓶和鞋类生产，其他基布兹则从事皂片、电子器件等各种物品的生产。

基布兹发现有必要聘请外来劳动力——可这么做在根本上与这场运动信奉的理念背道而驰，正因为此，我访问的基布兹经常受到其所属的中央组织的严厉斥责。"可我们能怎么办？"一位成员说，"我们需要更多人手——路的那一头就有一个新开发的镇子,镇上都是没有工作的移民。"另一方面,反向迁移开始兴起——一些年轻的基布兹人每天都去镇上工作。

在基布兹,最初是没有工资的——按个人所需分配物品。你可以走进商店,说"我需要一支牙膏",就能得到一支牙膏。但有人抱怨,尤其是在服装问题上,于是改为配给制——对所有人一视同仁。但这么做的效果也不好。现在成员们领取标有和货币一样面值的代币,代币可以换成货币。一位成员沮丧地说:"有些人说下一步就是引入工作定额。可我觉得这会破坏基布兹系统的核心。"

家庭通常会在家中用晚餐,而不是去公共餐厅。一些年轻的母亲不会让孩子去儿童屋过夜,而是把他们留在自己身边。"如果继续这样下去,我不知道会发生什么,"招待我的女主人说,"这些房子最初设计的时候并没有给孩子留卧室——我们只能全部重建。"

随着昔日边缘人群的条件的改善,生活变得更私密,越来越以家庭为主,成员之间的生活越来越相似。一天晚上,我在餐厅遇见了一群不再抱幻想的海外志愿者,用他们的话来说,这里的生活变得更懒散、更制度化。"就像是回到了学校,"一个从英国来的志愿者说,"他们的行为方式都固定了,压根儿容不下外来者。要是你顺时针方向擦洗壶,肯定会有人过来告诉你这里的人都是按逆时针擦的。"

他们围在一张桌子旁,没有和其他人坐在一起——尽管他们中的一些人是在一年中最好的时节来到这个基布兹的——这是一个心怀不满的小规模团体,靠着私下带抵触情绪的幽默,在诸如军队之类的其他机构,这种小团体也很常见。"我在读一本漫画书的时候,因为笑得太大声,挨批了。"一个人说。就在这个时候,一位在餐厅当值的成员走过来,说我们太吵了。

"我刚到这里时被分配到包装厂,待了一周,以适应环境,"第一个人说,"我跟负责管理志愿者的那个人说,我感到厌倦了,想做些改变。'厌倦?'他说,'你肯定会厌倦的!那我呢?一个有资格证书的建筑师来经营一家苜蓿草粉厂?难道你觉得我不会厌倦吗?还有那个在汽修厂当老板的博士——他不厌倦吗?我们都厌烦透了!这就是生活!'"

"人们来这里,本来以为只是待一两个月而已,结果一待就是数年。在这里,时间就这样不知不觉地流逝。你每天工作八小时,其余时间就是睡觉。大家都很无聊。没有人想干责任重大的工作——负责管理这一切的还是那些老面孔。"

在耶路撒冷,我把这些话转述给了一位刚刚移民过来、在基布兹待了一段时间的女孩。她的反应很是激烈。"要是基布兹人告诉你应该逆时针方向擦洗壶,你大可以放心照着做,因为这是他们多年积累的经验,逆时针方向才是最有效的。"

*

当我来到以色列议会见尤里·亚弗纳瑞(Uri Avnery)时,他正在发言反对一项议案,他认为这项议案将赋予政府以进行颠覆活动为由关闭阿拉伯学校的权力。亚弗纳瑞曾是伊尔贡恐怖组织的成员,如今因持续质疑政府对阿拉伯人的政策以及敦促放弃犹太复国运动(Zionism)而扬名海外(在以色列国内却是声名狼藉)。他作为这个世界党(This World Party)唯一的成员出席议会,这个党派以其创办的新闻周刊的名字命名,该周刊以揭发政治丑闻闻名,风格类似英国的《侦探》(*Private Eye*)杂志。

每个人都警告我离亚弗纳瑞远点儿。"外国人总是任自己被他打动,"他们这么说,"因为他留着那样的胡子,看上去很浪漫,还因为他的那种自由主义观念让人震惊,恰恰是外国人能理解的。他办的那本杂志真够恶心的。你看到他们最近合成的一张照片了吗?看起来好像一个拉比在和一个没穿衣服的女孩说话。真是粗俗透顶。"

亚弗纳瑞看上去确实是个具有浪漫气质的人,蓄着胡子,开着那辆有名的白色野马。他带我去了老城一家阿拉伯咖啡屋,点了水烟,一边抽一边提及几个我之前去过的位于占领区的新以色列定居点。

"对那些在明知道是偷来的土地上定居的人,我只觉得恶心,"他说,"土地的真正主人仍然生活在那里——可能就在边境线之外几公里远的地方。我在耶路撒冷的一些朋友搬到了阿拉伯人的房子里。我经常好奇,不知道他们会不会在晚上醒过来,想到盖房子的那些人。"

他认为在过去两年里,以色列的氛围变得很糟糕。"到处都是廉价的军国主义——关于我们来到纳布卢斯,永远不会离开的流行歌曲。我们错过了战后的大好机会。胜利者在战场上应该表现得宽宏大度——这是能被理解的。"

他在最近出版的《没有犹太复国主义者的以色列》一书中敦促单方面重新安置难民或给予他们补偿，并在约旦河西岸建立独立的巴勒斯坦国，与以色列结成闪米特联邦。他表示希望能将自己所在政党在选举中的席位从一个增加至两个。然而，他似乎是孤掌难鸣。他在书中称《这个世界》杂志社的办公室遭遇过三次炸弹袭击，他的双手在一次针对编辑的夜袭中受伤。

咖啡屋其他顾客都是阿拉伯人。咖啡屋外，老城的街头空无一人。我感觉我们是整个东耶路撒冷仅有的两个非阿拉伯人。周围的人不是打纸牌，就是在玩中东十五子游戏，收音机里传出阿拉伯语，不断回荡，仿佛持续流淌的溪流，叫人昏昏欲睡。亚弗纳瑞说这是开罗电台。"通篇都是宣传——现在更有效了，因为人们晚上更加无事可做了，只能坐在那儿抽抽水烟，抿两口咖啡，任自己被洗脑。"

*

以色列的要人和阿拉伯的同僚之间有过一些非正式的接触，但看上去并不是很乐观。《以色列杂志》（*Israel Magazine*）说服五六位被普遍认为是部长级别的阿拉伯人与以色列政治家、知识分子就其所发表的文章交换看法。至于结果——杂志社的一位员工一边为我寻找那期杂志，一边沮丧地表示——对于典型的自由主义信仰而言不啻又一次当头重击，此类信仰认为只要能让双方坐到谈判桌旁，展开争论，一切都不是问题。无论是哪一方，对对方抛出的诱饵，几乎没有人不上当的。其中一个参与者告诉我，商讨仍在继续，只是没有公开，不过现在他们都觉得应该放弃了。

双方互相缺乏了解，彼此之间隔着巨大的鸿沟，有时候，让人感觉根本无法逾越。一天晚上，我和一位富有的阿拉伯地主进行了一番长谈，此人举手投足之间透露着英式上流社会的风范，讲究礼数，无可挑剔，并不担心会遭到报复。他列举了对以色列人的诸多不满——珍贵的建筑被拆毁，房屋被没收却得不到足够的补偿，甚至完全得不到补偿，家破人亡。

但有一件事始终让他耿耿于怀。一起炸弹事件发生后的一天晚上，他被拘留并接受了审问，四个小时后才被释放。他对自己被拘留没有意见——他曾担任过军官，换作以前的他，也会下达同样的逮捕令——而且他并没有受到非人的对待。让他感到受伤害的是以色列情报局的一位上校，后者正好是他认识的一位熟人。当他和其他被拘留的阿拉伯人一起等待审问时，这位上校正好走进房间，却假装没看见他。

"我永远不会忘记这件事，或者说原谅他的行为。这么说吧，如果我是耶路撒冷的军事长官，我也这么对你，你会怎么想？"

我觉得他不会这么做的，不过我能想象那位以色列上校当时的心理活动，那瞬间，他意识到自己认识其中一位被拘留者，认定若对其区别对待将是不可饶恕的。

为我提供消息的人认为今年选举之后以色列方面会出炉和平

方案。"如果没有，肯定会开战。若到明年年底，阿拉伯国家的政府没发动战争，阿拉伯国家肯定会爆发你从未见过的流血革命，父子反目成仇。"

顺便提一下，我们的对话有一个古怪的起头。"我读过你的一些文章，"他说，"我知道你是犹太人。""对，一定程度上。"我听到自己这么回答。一定程度上！据我所知，我有 1/32 的犹太血统，但在这里，实在没什么可吹嘘的。奇怪的是，除了有一次，在紧邻哭墙的一座犹太教堂里，一位热情过度的拉比将护身符绑在我的前额外，这是我访问以色列期间唯一一次有人提出这个最基本的问题。

*

以色列的和平政策很简单。达扬将军（General Dayan）[1]有一句著名的话，即以色列在等阿拉伯国家政府的电话。有人会觉得，在最后审判日到来之前，不太可能发生什么事。然而，在耶路撒冷和一些以色列政府官员交流后，我觉得变化随时可能发生。

"只要列强不再干涉，"人们一遍又一遍地向我解释，"让阿拉伯人觉得他们可能在无须协商的情况下就把领土要回去，他们很快就会明白。要是大家让我们和阿拉伯人来解决问题，只需几

---

[1] 1915—1981，以色列军事领导人、政治家，在 1941 年的叙利亚-黎巴嫩战役中失去左眼，后来被称为"独眼将军"。

周,我们就能搞定一切。"

用官员的话来说,阿拉伯人渐渐习惯了以色列人在此扎根的想法,再一个回合,他们就会心悦诚服。我和一些年轻人交谈过,他们泰然认为交战状态还将持续二三十年或五十年——甚至无限期。我在耶路撒冷某聚会上遇到的一位女士以哲学性的冷静口吻说(顺便提一下,和其他一些我在以色列遇见的以色列人一样,她并非犹太人):"哎,当你是对的一方,而另一方是错的,要解决争端往往不是件容易的事。"

"以色列人永远是正确的!"同样是在那次的招待会上,一位外国外交官愤怒地说,"我刚来这里时,是非常支持以色列的,但这种正确论让人不胜其烦。"

直到最近,政府的官方立场还是和解条件不受任何影响,前提是阿拉伯人同意进行谈判。但现在,这种强硬的态度其实已经随着议会联盟(Maarach)公布选举纲领而发生了变化,这个联盟是由几个工党党派结盟组成的,自战争开始后,就一直联手治理以色列。这份选举纲领呼吁保留戈兰高地、加沙地带以及沙姆沙伊赫的土地使用权,还有在约旦河沿岸常设的以色列东部边境安全机构。

最后一条其实就是阿隆计划(Allon Plan,以计划提出者——副总理的名字命名),设想以色列人在约旦河谷西部定居,如此一来,除了穿过约旦河谷中部的狭窄走廊之外,整个约旦河西岸都将脱离约旦。我在耶路撒冷期间,这份纲领尚未公布,因此还没有经正式讨论。但事实上,该计划已经付诸实施。约旦河谷建起了三个军事-农业定居点（纳哈尔，Nahal），总理果尔达·梅厄（Golda Meir）女士向议会承诺，不久后就会听到占领区建立新前哨站的消息，政府觉得有必要落实安全保障。

这些定居点已不是秘密。在获得军方的许可后，我参观了其中两个。定居点由年轻男女负责打理，有点儿像加长版的兵役，除了履行军事职责外，他们还得干农活。这并不是一个轻松的选择。在低于海平面1000英尺的谷底，你会感觉自己如同浸在热糖浆里。这里的土属于盐渍土，不经长时间、耗资不菲的冲洗是无法作业的。整个裂谷死气沉沉。从杰里科（Jericho）出发往北驱车，穿过褐色的空旷地带，途中唯一的生命迹象是偶尔出现的军事哨所，以及一两个被遗弃的阿拉伯村庄和难民营。

最北的定居点（宗教聚集地）梅霍拉（Mehola）已经盖起装有空调的小屋，在犹太教堂角落里设有装了空调的餐厅，夜晚，人们可以在此学习《托拉》（*Torah*）。再往南，在阿加蒙（Argaman）定居点，人们仍然生活在帐篷里，而阿拉伯劳工负责盖小屋。通过看守哨所的哨兵的双筒望远镜，能看到约旦河谷另一端的约旦炮台和一座废弃的小屋——曾有人看见法塔赫恐怖分子在此居住——以及沙尘和灌木，此外别无他物。很难相信这里有朝一日会变成绿意盎然的以色列领土，但人们正在朝这个目标努力。

这就是犹太复国主义开拓殖民地的古典传统。有这样一句口号："一杜纳姆、一杜纳姆地占据，一只羊接一只羊地吞并。"（一杜纳姆相当于¼英亩）用犹太复国主义的措辞，这个过程就是"创造事实"。

当我跟耶路撒冷的官员提及这些定居点时，他们表现得轻描淡写。"才三个而已，"他们说，"无足轻重。如果你想知道我们是如何认真对待开拓殖民地这个问题，去戈兰看看吧。"他们担心我当时带着"一切"（例如整个约旦河西岸）都会"还回去"的印象离开。不过正如一个持怀疑态度的记者朋友对我说的："在以色列，重要的不是他们说了什么，而是他们做了什么。不经任何通告，先做，然后再找理由为其正名。"作为对政府政策态度最坚定的批评家，以色列人尤里·亚弗纳瑞告诉我，阿拉伯人视以色列开拓约旦河谷为殖民地的举动为战争行为。我和一位著名的阿拉伯温和派谈过，他也认为这么做会危及所有达成协议的可能。

"一杜纳姆、一杜纳姆地占据，一只羊接一只羊地吞并。"以色列这种在不知不觉间"创造事实"的阴险策略难道不正是阿拉伯人所害怕的吗？梅厄女士最近对构成新纳哈尔核心群体的一个青年团队发表讲话，她极为简洁地总结道："外来者不能，并且永远无法决定我们的边境。我们在哪里定居，哪里就是我们的边境。"

*

我在耶路撒冷期间，有一天，《耶路撒冷邮报》上刊登了一封信，称耶路撒冷"是比列强更高等的力量赐予犹太人的……尽管所谓的联合国安全理事会无礼、专断地赋予自己决定所有的以色列人未来的权力。倘若他们轻率到在无法满足《耶利米书》31：36、37的先决条件的情况下就强制执行决定，他们就是在直接与神对抗，那将是灾难性的"（撒迦利亚书，12：8，9；14：12，13）。

就连我见过的最世俗、最不信宗教的以色列人在谈及耶路撒冷时都表现得神神秘秘的。"你必须明白，"他们说，"我们还以为自己这辈子再也见不到老城了。十九年来，没有一个犹太人获准去哭墙祈祷！"眼下，市政府迅速行动起来，在哭墙前清理出一大块空地，进一步激起阿拉伯人的愤恨。在希伯伦（Hebron）的清真寺——这也是犹太人的圣地，因为传说亚伯拉罕及其家人的坟墓就在清真寺内——前面，同样有一长条土地被铲平了，变成了一座平淡无奇的市政花园。"看上去是不是更像圣地了？"我的以色列向导，语气中透出明显的满足感。手持冲锋枪的军队守在清真寺入口对面的屋顶上——墙上坑坑洼洼的，布满了弹片坑，早前，有人朝这里扔了一颗手榴弹。我们前去表达敬意，却碰到一些阿拉伯男孩，兜售面向游客的小玩意儿，乞求着。"看看他们都教了他们什么，他们还都只是孩子！"我的向导说。

以色列人尝试用不同的术语来描述他们1967年占据的领土。"占领区"——就是听上去直接；"解放区"——只是没有人可以面不改色心不跳地说出这个词；"治理区"——一个容易被人接受的平淡叫法，似乎是现在最常见的官方惯用语；而在日常对话中，人们就称之为"地区"或者"领土"，这么做就避免了争议，更省心。

这些"地区"的军政府尽可能保持低调谨慎，整个行政体系依然由阿拉伯人运作,幕后掌控的以色列人不到 300 人。以色列人会告诉你纳布卢斯以里亚德将军的名字命名其主广场,3 月,这位埃及参谋长在运河作战时遇害,而现在,达扬将军拒绝对此事进行干预。

他们宣称在这些地区,你不会看见哪怕是一个以色列士兵。但事实并非如此。我看见很多武装巡逻队——加沙随处可见士兵。截至今年(1969)6 月,在这场"战后的战争"中,有 140 人被恐怖分子杀害,目前有 2000 多人因为涉嫌参与恐怖活动而遭拘留,依据旧的英国紧急条例,他们中的不少人都没有经过审讯。此类恐怖主义活动大多不分青红皂白,显得笨拙无能。人们也许会觉得,任何真正坚决的抵抗运动都可能引发混乱。恐怖分子真正成功做到的——也可能这就是他们所希望的——就是让整个阿拉伯社区都成为被怀疑的目标。在以色列,无论驱车去哪儿,都会遇到警方设的路障。警察看一眼你的脸,然后挥手示意你继续前进——对那些长得像阿拉伯人的人,警察会拦下他们的车,搜寻炸弹。一位年轻的阿拉伯校长告诉我,他曾驾驶一辆约旦河西岸牌照的车前往埃拉特(Eilat),沿途一次又一次地被拦停,除了警察的盘问之外,还有好管闲事的平民,他们想知道一个阿拉伯人究竟是出于什么目的去那儿的。

*

整个约旦河西岸是否会步约旦河谷的后尘,一杜纳姆、一杜纳姆地被以色列所侵占,最终消失?我和很多人谈过这个问题,他们都赞成少说废话，直接吞并——尤其是年轻人。

问题在于，那些对吞并领土建立"大以色列"这个概念最感兴趣的人往往是那些对建立犹太国家最执着的人。既然如此，怎么再去吸收100万的阿拉伯人呢，他们的自然增长率高于说希伯来语的犹太人。一位工业化学家跟我的一位朋友说，应该给西岸现有的居民发钱"让他们去其他地方安家"。

不过，"大以色列"概念支持者更常提出的解决方法就是坚信可以通过移民增加犹太人口数量。他们常常提及的目标数字是500万或600万。目前犹太人的人口数量不足250万，一年涌入的移民约为3万人，此前1966和1967两年，移民数量骤降至这一数字的一半。犹太事务局移民部主管纳基斯将军告诉我，如果这一增长率能保持下去，到20世纪末，自然增长率就能达到500万或600万。

这些移民都是从哪里来的？苏联大概有300万犹太人。没人知道确切数字，也没人知道如果获得许可，他们中有多少人会想要离开。有人估计是50万，纳基斯确信远不止这个数字。（事实上，现在已经有一小部分人陆续出来，但没有人谈论此事，因为他们担心苏联人会加以阻止。）

北美有600万犹太人。以色列对美国的犹太人寄予厚望，那里的暴力事件和种族冲突日趋增多。去年，有4000个美国犹太人过来，今年他们预计会有6000人。"几年前，谁能料到会这样呢？"人们会乐观地告诉你，"这表明一切皆有可能。"

大多数温和的以色列人认为在西岸建立一个独立、中立的巴勒斯坦国才能解决问题。尤里·亚弗纳瑞在其书中竭力主张这一独立的巴勒斯坦国应该与以色列结成闪米特联邦，耶路撒冷为联邦首都。"巴勒斯坦怎么可能在经济上自力更生呢？"一位和我交谈过的著名阿拉伯人表示反对，"我们就应该当以色列的傀儡。"

"我们在经济上当然可以自力更生了！"另一个阿拉伯人反驳道。谈到独立的理由，此人滔滔不绝："谁说我们不能……哦，行吧，这是当然了——他领的是约旦薪水。你以为约旦是怎么存活下来的？靠国外的援助。如果我们能分到其中一部分援助，我们也能活得好好的。独立之后，我们或许会和约旦结成同盟——以后可能也会和以色列结盟。但那还早着呢。"

巴勒斯坦国与约旦结盟不可能让以色列人安心。一位和我交谈过的以色列高官认为独立的想法纯属做梦。"我们不能强行要求他们独立。我们应该和谁打交道？大多数地方官员都是约旦人任命的，他们希望西岸仍然归约旦所有。我们不能强行要求他们进行选举，选出新一批更顺从的官员。无论如何，约旦人是不会认可这种局面的。你能想象他们同意永远失去一半的国土吗？约旦的恐怖组织会立刻向独立的巴勒斯坦国发起攻击。"

阿拉伯人的以色列国？永久的阿拉伯监狱－殖民地？阿拉伯军队与特拉维夫相距不足12英里？这是不可能的选择，铁定不会是有意为之的。人们陷入各式双重思想。"他们嘴上说联邦，想的却是吞并。"尤里·亚弗纳瑞说。反对他的人指责他只是一厢情愿罢了。很多人干脆选择不再思考这个问题。问他们觉得应该怎么做，他们都是当场想到什么说什么，几乎全都是信口胡诌,马上就会陷入自相矛盾。

*

事实上,如耶路撒冷官员所提议的那样,我确实去了戈兰高地。据地方军事指挥官雅科夫·斯特恩上校介绍,自叙利亚人在1967年被逐出后,这里已建起十个新的以色列定居点。"我们对这个地区的定居点有信心,我们正在做其他所有必要的事,让戈兰成为以色列的一部分。"这包括拆毁每一个"具有重要军事意义的"村庄。

我被带去参观了一个想必是戈兰地区最奇特的定居点——位于赫尔蒙山坡上的拉马特-沙勒姆(Ramat-Shalom),此地距离黎巴嫩边境4公里。和所有危险的边境定居点一样,这里被带刺的铁丝围栏围着,到了晚上,就会亮起探照灯。围栏里不是基布兹或莫沙夫,而是由一群人在山坡上开辟出来的度假中心,这些人成立了一家股份有限公司——这种情况算是异类,他们似乎无法从所有为定居点设立的机构那里得到帮助。

一个名叫菲利佩·波诺(Philippe Bonneau)的前法国摄影师带我转了转,这个非犹太人在"六日战争"期间志愿入伍,随军来到以色列。他变得精力充沛,很有决心。"当时我们有50个人,"他解释道,"坐在乌尔班(ulpan,为新移民开设的希伯来语学习班)里,除了厌烦,还是厌烦。我们不想去基布兹,不想站成一排摘水果。我们想找一个自己能拥有主动权的地方,能看到自己的想法付诸实践。有一次,我们路过这里,看到这个地方——一见钟情。"

其实这里本来是一个名叫乔巴塔扎特（Joubbata ez Zaite）的叙利亚村庄，是那些被军队摧毁的村庄之一。据波诺说，两名以色列官员遭杀害导致了军队采取这样的报复行动。而用斯特恩上校的话说，那两名被害的以色列官员的经历可谓传奇。他无法确切地解释这个村庄被摧毁的原因。我有种感觉，可能是军队搞错了，或者是他们未经授权擅自采取行动。

无论如何，村庄被毁了。现在，这个长相讨喜、富有创新精神的法国人和他的朋友们展现出想象力和活力，亲自上阵，承担艰苦繁重的劳动，使得这里拥有了一家餐厅、一所儿童骑术学校和一个滑雪度假胜地。我问波诺，如果有一天，和平协议出现意料之外的妥协，他发现乔巴塔扎特的阿拉伯人就站在铁丝围栏外面，等着把村庄要回去，他会怎么做。波诺陷入沉思，脚在尘土上来回摩擦，然后笑了一声。"我不知道，"他坦诚地说，很无助的样子，"我能回答你什么呢？"

*

在内盖夫期间，有一天，我去了马萨达（Masada），这座非凡的要塞是在五年前由雅丁教授主持发掘出来的。

要塞立于裂谷边缘饱经风霜的沙漠上，望着一望无际、焦褐色的荒芜景象，远处下方，在水平面之下，是死气沉沉的死海。岩石顶部平坦，四周都是陡峭的悬崖，希律王在周围建起一道城墙和37座瞭望塔。每次耶路撒冷陷落，人们就会撤退到这里。

当年，提图斯率军将耶路撒冷洗劫一空后，奋锐党人（Zealots）就退守到这里，最后，他们宁愿集体自杀，也不愿向罗马人投降。过去几年里，马萨达成为国家的象征——代表反抗和对死亡的抵御。就在我去参观的前一天，马萨达发现了27具遗骸，被认为就是当年的奋锐党人，人们以最隆重的军葬礼安葬了这些逝者。我参加的旅行团的向导——一个随和、颇具幽默感的人——在谈及马萨达对当今以色列意味着什么时，情绪突然激动起来。

军队参与了马萨达的发掘，并且仍然与这座要塞保持着密切的联系。当我们登上要塞时，已经有一支军队在上面，正在有条不紊地搬动包裹、无线电和自动武器。阴凉处的气温达到105华氏度（相当于40.6摄氏度）——如果有阴凉处的话。在正午阳光的直射下，又出现了一列小小的人影——士兵，或者是疯狗和英国人，他们正从东面沿着长长的斜坡爬上来。"他们会在这里进行比赛，"一个美国姑娘说，"前几天我和军队里的人聊过。他们是跑上来的。"向导称装甲部队会在结束基本训练后来这里举行非常感人的仪式。士兵们倾听关于马萨达的故事，宣誓效忠，齐声高喊："马萨达不会再陷落！"

这里无疑给人一种小以色列的感觉。要塞内有一套集蓄水系统，使得人们能在山顶上进行耕种，还提供用于举行洁净礼的浴池，甚至还有一个游泳池。城墙外则是沙漠和形成包围圈的敌人。

可马萨达同时也是一个引人担忧的象征。罗马人不得不在周围筑起一系列防御工事,用土石垒起一道斜坡,这样才能在马萨达的城墙上打开缺口,而他们最终做到了。我不禁想起一位在耶路撒冷的朋友说过的话:"在埃及的大规模教育项目产生效果之前,我们只有二十年左右的时间,而我们正在失去能抵挡他们的一大优势。"如果他说得对,以色列人只有二十年时间去找到奋锐党没能找到的解决办法:找到城墙的替代物。

(1969年)

无处之都
柏林花园的夏日

柏林很大，着实出乎我的意料。东、西柏林加在一起，跨越20英里——这个距离相当于从格林尼治到伦敦机场。柏林的面积相当于慕尼黑、法兰克福和斯图加特的面积之和，也相当于巴黎的两倍大。

将柏林视为又一个国际问题，你就会忘记它其实是世界上最伟大的首都之一。正因为是首都，作为贸易和政治权力的中心，它得以发展扩大。现在，除了更破败的东部行政区外，这里就是无处之地，一个一无所有的中心。原材料的供应被切断，脱离市场，西柏林的企业——规模庞大的西门子电气集团、博尔齐格机械公司、成衣厂、食品业、制药业——无法生存。这座城市陷入停滞——就如同失去了私有土地的庄园，或潮水退去后搁浅的鲸。

不过，柏林仍然保留了一个首都应有的富丽堂皇。通过精心制定补贴体系来帮助企业，给予公民大幅税收减免和便捷的支付方式，联邦政府竭力避免它沦为像东德那样——如威尼斯渐渐被大海吞噬一样。这么做的成本可谓相当惊人。本年度，这一数字将达到 4 亿英镑，相当于美国为整个拉丁美洲和印度提供的援助款总和的两倍。

可看看钱能买到些什么吧！创造出使得在一个伟大城市生活变得更舒适多彩的剩余价值的享受，提供快乐、文化和非主流文化的体系。位于市中心重建区的设施大多不甚起眼，却很实用。夏夜，选帝侯大道（Kurfürstendamm）人来人往，人们坐在咖啡桌旁谈笑风生，热闹程度不亚于圣日耳曼大道。人行道好像拥有昂贵宗教艺术藏品的博物馆，两旁是独立的展柜，展出了代表工业文明的高精度产品，既有复杂到令人难以置信的相机，也有设计典雅、主张颠覆整个社会的左派书籍。妓女们面带微笑。更远处，在马路牙子上，人们扫视着那些窗户上贴有待售标记的车辆。

在与选帝侯大道相邻的街道上，绿树间弥漫着浓郁的资产阶级宁静气息，19 世纪的公寓楼里全是精致高档的房间，楼与楼之间的空地则被用作停车场和洗车场。即便是工人阶级聚集的韦丁（Wedding）和纽克尔恩（Neukolln）看上去也很整洁繁荣——以英国标准看，一点儿也不糟糕。往西去，这座城市渐渐融入平静的郊区绿野——达勒姆（Dahlem）、策伦多夫（Zehlendorf）、尼古拉西（Nikolassee）——绵延二三十英里，绿树掩映，花香扑鼻，无论是战时，还是战后，几乎都没有受到影响。郊区之外，是森林和一系列布满岛屿和帆船的湖泊，仿佛是这座城市的后花园一般。再往外,和所有花园一样,就是围墙[1]。一个封闭的世界,安全却受到限制。

我那些坚持马克思主义的朋友——我见到的大多数人似乎都是马克思主义者——试图让我看到他们眼中的城市。一座古老、冷酷的城市,工人受施普林格出版集团操控,人际关系被金钱腐蚀,聚集了战争寡妇和一无所有的老人的收容所,他们觉得自己的人生被毁了,却不明白为什么会这样,勉强忍受着恼怒的威权主义的统治,后者在1968年的学生示威运动中采取了暴力行动。

这座城市中有近⅓的人年龄超过60岁。过去有来自中欧腹地的新鲜血液输入(同时让这座城市变得如纽约那样兼具时尚和幽默),如今这层联系已经被切断,随着老一代的逝去,年轻一代的离开,人口正在减少。这里拥有全世界最高的自杀率——是整个西德的两倍——但年龄或所谓的墙内城市特有的"自杀前综合征"无法完全解释这一现象。

可我不禁觉得,在一座大城市里,人口稀少其实是一种独特的魅力。想想吧——西面有200万人,东面有100万人,居住在一座曾经拥有400万人口的城市。我几乎没有见过交通拥堵的情形,也从没被夹在难以动弹的人群之中。周日上午,你可以去格鲁内瓦尔德,5分钟后,你就能走完最后一条郊区街道,且看不到其他任何人。

这一切能持续下去吗?那些位于鲁尔地区肮脏城市的纳税

---

1 柏林墙。

人会永远保持现有状态吗？随着《柏林四强协定》于6月签署，柏林被赋予的西方"前哨"及"展示场地"的角色就此终结。（这一已经衰落的昔日强国所承担的职责——相当于英国被奉为"英联邦元首"。）柏林还有什么用呢？

我和这里的商人、市政官员交谈，他们看上去没有丝毫的担忧。他们怀有希望地表示，随着与东德以及其他东欧国家关系的改善，人们可能不再需要那么多补贴。他们预见在未来，这座城市将会成为与东方往来频繁的重要贸易站，成为像芝加哥那样关键的空中交通管制中心，充满活力的文化交流城。柏林一位参议员向一位我见过的记者指出，等东德获认可后，东柏林将会聚集孤单的外交官和疲惫的商人，这样西柏林就有机会成为"中欧的红灯区"。

失落帝国之都！谁还会想要住在其他地方？面对滚滚财源，联邦德国的人为什么不蜂拥而至呢？提供搬迁费，所得税享30%的优惠，工资之外还有8%的奖金，没有征兵政策……他们一定是疯了！

*

左派党（左派中的左派，革命左派）和柏林这座城市有点儿像——只有脑袋，没有躯干，这个构成复杂的中产阶级组织想要解放工人阶级，却找不到准备被解放的工人阶级。1968年，示威者在韦丁——20年代被称为"红色韦丁区"——遭遇公开敌意。后来，学生们放弃大学入学名额，进工厂工作，与工人接触,等来的却是对方的反感或冷漠。

左派党因而四分五裂,有心无力——所有左派党人都会立马这么告诉你——只能做表面姿态。"一切都在走下坡路,"曾积极参与1968年运动的画家兼教师莎拉·哈夫纳(Sarah Haffner)说,"大家不是去SEW,就是抽大麻,或加入私有化企业。"SEW即东德社会主义团结党(Socialist Unity Party)在西德的对应党派,随着毛派、托洛茨基派和斯大林派内斗严重,SEW的纪律和组织工作变得越来越具吸引力。

"大多数学生都不是激进分子,"一位年轻的大学马克思主义教授告诉我,"他们要么是SEW、保守左派,要么是无政府主义者,或什么都不是。"他刚刚参加了一个任命新讲师的会议。这个职位有两名候选人,一位SEW党员,一位毛派分子,会议持续了7小时,SEW候选人退出,与会人员得到电话指示选择了毛派候选人。还有会议长达12小时的。"学院工作就是这么苦。"他讽刺地说,匆匆赶往下一个对峙场。

左派党的影响主要体现在中产阶级的礼仪和风尚方面(在柏林,我很快就不打领带了)。加入左派党成为一种生活方式,人们以此来自我定位,寻找志同道合的朋友,就如同跻身艺术圈,或者同一所公立学校出身的,诸如此类的效忠行为。

在左派杂志《切实》(Konkret)——该杂志会刊登《花花公子》风格的裸像,乌尔丽克·梅茵霍芙(Ulrike Meinhof)[1]曾为

---

[1] 1934—1976,西德极左派激进分子,建立了左翼恐怖组织红军派。

其撰稿——的小广告栏里，一位"左派市场研究员兼业余摄影师，40岁，178厘米"，寻找"一位具有吸引力、会说甜言蜜语的人，懂英语和打字，能缔结持久友谊"。或许他可以试试旁边这栏里的"汉莎航空的左派女乘务员，25岁，170厘米，无法再忍受飞行员和管理人员"。他们可以搬去和"狂野的已婚夫妇，28岁、30岁"同住，他们正在"寻找左派伴侣共度闲暇时光和假期，无须志趣相投。这对夫妇遵循小布尔乔亚的方式前往户籍登记处登记，不要感到冒犯"。

左派出版物刊登的大量广告都是想加入公社或 Wohngemeinschaften，后者是多人共享的公寓或房屋，同住者组成大家庭。《切实》杂志上，有人寻找一个"能让我实现自我解放，但同时也能展开具体政治工作的住处。本人思想偏左，但并不武断，不隶属任何党派"。在《额外服务》(*Extradienst*)中，有人渴望"过友好亲切的公共生活，人们谈论的话题不再局限于天气——同时不会过分理想主义，有精神洁癖"。

此类社交安排也出现在商业场所。有咖啡馆打广告，称会以"同志价格"供应热蛋糕，一直到清晨5点。有裁缝提供缝红旗服务。西德一公社宣布："为了帮助柏林的同志们暂时从压力重重的日常生活中抽离出来，放松一下，同时也为了让我们有时候略显单调乏味的乡村生活更加充实，改善我们的经济状况，我们决定将房间租给同志们……"

他们不是最先发现以货物和服务来换钱这一新点子的同志。左派分子在柏林各地做起了小规模生意——手工艺品展廊、古董店,尤其是酒吧(Kneipen)——通常都提供食物和饮料。一位出版商及其妻子堪称此类场地的鉴赏行家,他们带我去了一家位于克罗伊茨贝格区(Kreuzberg)的小馆,里面挤满了艺术家和"外籍工作人员",那是我吃过的最美味的一顿饭。侍者长得像布莱希特[1],剃着光头,戴着一副小圆眼镜,用令人难以置信的温文尔雅的态度催促上开胃酒和餐后利口酒。"他正在扮演一名奥地利侍者,"我的朋友悄声说,"他们都在演戏——侍者、餐厅老板、商人。过几个月,这个游戏就会结束,他们就会消失。"我们周围坐的都是穿着李维斯战地风格装的年轻人,他们相互问候,严肃交谈,吃着葡萄叶馅料卷和平均每个大约3英镑的烟熏牡蛎,除非他们得到的是我们无法享有的同志特价。"看到那个站在柜台旁的人了吗?"我的朋友说,"就是那个只喝啤酒的家伙?他就是附近社区的普通工人。"

有迹象表明下一代可能会反对这一盛行的左派风尚。大学社会学教授沃尔夫·勒佩尼斯(Wolf Lepenies)告诉我:"这是第一次有学生来找我——学生,来找我(我不是系里最左派的老师)——他们说:'或许在用马克思主义批评理论驳斥例如韦伯的思想时,我们应该先学习一下韦伯的思想。'"莎拉·哈夫纳被一些新生代学生吓坏了。"他们要么吸大麻,要么就是法西斯主义者。是真的。他们想要恢复死刑,还想要当众执行。"

---

[1] 1898—1956,德国戏剧家、诗人。

*

中欧的夏天来了——中部大陆将持续数日的炎热,学校放高温假,孩子们都回到家里。夜晚,雷声隆隆。白天,更多的轰响声让这座城市震颤不已——苏联战斗机突破音障后发出的巨响。在巴德尔[1]被捕后,欧罗巴中心附近一座豪华公寓被炸,目的是摧毁隐藏在其中的武器装备,但没有成功。我认识的人都为古德伦·恩斯林(Gudrun Ensslin)[2]的被捕过程感到尴尬,当时她在一家时装店试衣服,脱下身上的夹克,结果枪从口袋里露了出来。"可怜的古德伦!"每个人都这么说,"在时装店里!天哪!"

我去朋友那里住了一段时间,那是一个半独立式的屋子,位于格鲁内瓦尔德北部边缘一条安静的郊区街道上。(中产阶级的国际阴谋,他们总是知道该和谁待在一起。)演员迈克·温特泽赫(Mac Unterzaucher)和妻子住在这里,迈克还在上大学,他的妻子在医院工作,为进一步学医做准备。他们和另一位演员及其妻子组成了一个小规模共享公寓——他们称之为大家庭,一起做预算,分担家务活,照顾孩子,在晚上一同探讨遇到的问题。

这个屋子给我一种亲切感,让我觉得好似做梦一般。这条街就像我儿时在伦敦住过的郊区街道,但又不完全像,房屋看上去没有那么笨拙,花园也没有那么刻板。这是伦敦郊区在另一种介

---

[1] 前文提及的左翼恐怖组织红军派最初的领导人。
[2] 红军派创始人之一。

质中的表现形式，如同一幅画作，和画作一样，这种转化让熟悉感产生了距离，让它变得肉眼可见。

这个大家庭就是如此。这就是我伦敦所有朋友在过去15年里过的生活！某种中产阶级的安逸。用各种不易被察觉的技能熟练地制造出混乱效果，孩子们跑进跑出，网球拍和雨衣塞在客厅衣柜最上层。所有人可以围坐在餐桌旁，分享木碗里的美味沙拉。前屋是供孩子们玩耍的地方，一大堆乱七八糟的玩具下面是一架贝克斯坦大钢琴。这里居住着两户人家，而不是一户，并且他们说的是德语——更多时候，为了照顾我，他们会用英语对话，说得极为准确，很自然——使得这一切变得有些奇怪。

花园里摆满了古老的藤椅，因为历经岁月变成了灰白色，都是迈克在街上找到的——这些椅子被扔出来，按照柏林的规定，在垃圾车来之前，任何有需要的人都可以把椅子拿走。你可以为整个屋子配好家具，而不用支付任何费用。我会在屋外一边晒太阳，一边看报纸（大学教务会议因拿着扩音器的毛派分子受阻，汉堡发现了更多炸弹），大家庭的成员在我身边进进出出。迈克出发去学校了。另一位演员克里斯蒂安忙着修复后廊上破损的瓷砖，那是他们在一周前试图冒雨烤一头猪时弄坏的。迈克的妻子加布里埃尔刚刚从医院下早班回来。克里斯蒂安去参加另一场冒犯公众的表演——在选帝侯大道上演的彼得·汉德克（Peter Handke）[1]的戏剧。狗把克里斯蒂安干活时掉下的湿水泥带进屋

---

[1] 1942—　，奥地利小说家、剧作家，2019年诺贝尔文学奖获得者。

里。我此前未见过的孩子们，戴着严肃眼镜的年轻妻子们，在花园里漫步，面色凝重地冲我点点头，穿过树篱中的空隙，去下一个花园，这个街区所有的人好像都聚集在那里玩排球。

原来在富有社会的缝隙和边缘生活可以如此美好！这才是真正的富有，能够触及的感官享受——坐在别人扔出来的旧藤椅上，或早或晚出门工作，跑去超市花40便士买一瓶两升的葡萄酒，午饭后睡一会儿，知道孩子们和五个小伙伴一起去别人的花园玩儿了，运气好的话，他们可能在就寝时间前都不会回来。你觉得洛克菲勒能过上这种生活吗？

*

周日。我们和迈克的一个朋友一道去万湖（Wannsee）泛舟，回来后在花园里，就在松树下生火煮带香料的肉丸。用过午餐后，我们去和更多的朋友见面，那是迈克和加布里埃尔在小儿子幼儿园认识的一对夫妻，他们在泰格尔湖（Tegeler See）南端的岛上有一座周末度假的小屋。

我们从施潘道（Spandau）出发，乘坐小船穿行于密集的帆船和快艇之间，船长的收音机播放着瓦格纳的音乐。接着，我们沿小径穿过茂密的森林，耳边传来周末游人的笑声和舒缓的音乐，树木挡住了他们的身影。然后，我们猫着腰从灌木丛中间一道狭窄的缝隙中钻过去。我们置身于树林中一片小小的空地上，杂草丛生，高高的野草中有两条破败不堪的船，灌木丛中，一座只有一个房间的小屋若隐若现。市中心的柏林墙向东延伸约六英里,这个地方后面的柏林墙则向西延伸约四英里。

大型家庭聚会围绕小屋前摆放的桌子展开,阳光、周日和丰盛的蛋糕让人昏昏欲睡。我们坐了下来。很快我就发现,坐在餐桌主位的那位来访的大叔在这群人中占据主导地位。他正值壮年,身材高大,只穿了一条短裤,抽着大雪茄。看一眼那张夹着雪茄的强势、英俊的脸,你立马知道这就是上帝创造的急功近利的西德商人的原型。可事实上,他压根儿就不是商人,而是一名建筑师,在使命感的召唤下,是信念坚定的德国共产党,这是一个信奉极端清教主义的小规模"骨干"党派,旨在恢复20年代德国共产党的真正传统。

他牺牲了下午的休息时间,向我解释苏联是如何重新引入资本主义的,以及东德不过是苏联派出的特工。正是苏联复兴的资本主义促成了新东方政策的出台,苏联和西方联手瓜分东欧市场,引发对消费社会的需要和渴望。东、西德的工人都应该站出来发动革命,这是他们的"明确职责"。当我问他是否觉得这一切能在近期发生时,他大笑起来,承认目标还非常遥远。

他的妻子催促他快点穿上衣服,开车回杜塞尔多夫——党派他去那儿,他在那里得到了一份为商人设计酒店的工作——然后我意识到和我谈话这段时间几乎就是他在这一周里唯一的自由时间。他们走后,他的小姨子告诉我,作为建筑师,他在办公室的工作时间为上午9点至下午6点,下班后,他还得驱车去鲁尔参加党的工作。"如果能在晚上11点前到家,都算早了。他会跟妻子说:'来吧——让我们喝杯小酒!去电影院!'无论面对什么,饮食、工作、和人沟通,他都很投入,很享受,我从没见过这样的人。他在这个岛上只待了一两个小时。可就在这段时间里,他完全放松下来。"

我想起了见过的那一两个基督徒,他们以轻松愉快的心态享受着一个不受他们重视的世界,这个世界与他们脑海中的新世界截然不同。黄昏时分,我和这个家族的朋友、一个女孩一同在岛上漫步,她就读于美术学院。她告诉我,她在犹豫是否要加入德国共产党,她想弄清楚自己的立场。有亡灵从我们身边经过,那是一些早已死去的女孩,她们都出自好人家,在某些夏天周日的夜晚外出散步,与来访的英国人讨论是否应该投身宗教生活。湖面平静如镜,从另外一座岛上传来瓦格纳的音乐。雾气在芦苇丛中弥漫。夜莺在鸣唱。

*

无论走到哪里,你总能瞥到已经被抹去、令人难以置信的过去,就如同光线造成的幻觉,怪异且令人不安。那些20年代的画作,和马蒂斯的画一样现代,可画中描绘的是 座像特洛伊那样消失的城市。在宁静、绿意盎然的尼古拉西,一位有一半犹太血统的朋友指出他就是在这里度过了动荡不安的战时童年时光。

一天晚上,东柏林的房东带我来到公寓楼的庭院,这里与弗里德里希大街相交,他告诉我这里曾是集中营中央管理机构所在地。据可靠消息，马丁·鲍曼（Martin Bormann）[1]最后被人看见就是在弗里德里希大街的这一段，当时他跟在一辆德国坦克后面跑，后来坦克遭到袭击……

不远处的汉堡大街上有一个小公园，曾经是犹太墓地、老人之家。墓地被纳粹毁了，犹太人聚集的老人之家一度被改建成了集中营。现在这里成了基督徒的墓地。墓碑上写着："我们亲爱的爸爸，我深爱的丈夫。"墓地是在1945年夏匆匆挖就的，是为了掩埋街头随处可见的尸体——尸体属于一支仓促集合的纳粹精锐队伍，他们来自柏林警察总部，为保护证券交易所而死。

在东柏林的另一个墓地，我恰好看到一块墓碑，上面似乎是在用简单而又散发着凄凉感的密码总结了逝去的那些年：

Frieda Scholz, nee Sauerwald

* 10.12.1895　† 1.5.1945

Ursula Claassen, nee Scholz

* 22.1.1917　† 1.5.1945

Werner Claassen

* 14.4.1907　† 1.5.1945

Karin Claassen

* 19.6.1939　† 1.5.1945

Doris Claassen

* 11.3.1942　† 1.5.1945

---

[1] 1900—1945，纳粹党秘书长、希特勒的私人秘书。

*

"跟别人说你去过中国,"我在西柏林遇见的一位商人说,"他们会礼貌地说,哦,是吗?跟他们说你去过东德,他们立马就来了兴致。真滑稽——就好像我们都偷偷为此感到自豪似的。'你觉得那里怎么样?'从那儿回来后,我们都会故作轻松地说,'不算太糟糕,对吧?'。"

圣灵降临节期间,有将近70万西柏林人——占总人口的⅓(顺便说一下,单靠收取签证费,东德的净利润就占了100万英镑中的大部分)——前往东柏林探访,这是两地对于6月正式生效的探访协议进行的一次尝试。现在,当施普林格旗下的报纸谈论"隔离区"和"我们城市的另一组成部分"时,感觉如同比弗布鲁克出版社谈论"帝国"一样。

我在西柏林遇见的人中有很多希望我能喜欢东柏林,这大大出乎我的意料。"你得记住,"他们焦急地为我做心理建设,"他们为战争失利付出了代价……他们的公共医疗服务比我们好得多……那里的人更放松,也更亲和……他们的家庭生活有一种老式的舒适感,恰恰是我们所遗失的……"一天,我和朋友在一家餐厅用午餐,里面有一位年长的侍者,刚刚去见过自己的姐姐,这是两人25年来第一次见面。"他去看看她是不是还活着,"我的朋友汇报说,笑容意味深长,"他发现她有车,还有游艇,有三个人为她干活。"

不过真正让人们意外的是那里的一切几乎没有什么变化。

"这就好比参观昔日德国的博物馆,"他们跟我说,"感觉好像时光倒流——重温童年。"那位点评过西柏林人偷偷为同胞所取得的成就感到骄傲的商人刚刚从希登湖(Hiddensee)度完假回来。当他还是个孩子时,每年都会和父母一起去这个位于波罗的海的小巧度假胜地。"和1939年比,希登湖没有任何变化,"他说,"一点变化都没有!哪怕是一根钉子也没变!就多了一些灰尘,仅此而已。我去了25年前住过的那家酒店。还是同一拨人在经营,管理方式都一模一样。我坐下来,喝了25年前留下的那杯茶……我们驾车回柏林时,太阳露了脸。我心想,我,约阿希姆·塞韦林,刚刚从希登湖度完假回来!我从没想过这辈子还能再次看到这个地方!说真的,这是我遇到的最惊喜的事之一。"

*

必须承认,我需要人们帮我做心理建设。由于预订酒店时日期出错,不管在东柏林怎么奔波都没法解决,无奈之下,我只能连着好几天搭乘通勤工具往返西柏林和东柏林之间。每天,我都从住地,也就是格鲁内瓦尔德边缘郁郁葱葱的郊区乘坐S-Bahn列车。每天,当柏林墙出现在列车窗外时,我的情绪就会变得低落。

那些粗糙的混凝土板散发出的不加掩饰的绝望令人难堪,穷人相互射杀,只为阻止对方跑到富人那里。在这个中心,无论哪一边,生命似乎都枯萎了。西边,东部领土的飞地显得格格不入,带刺的铁丝网后面一片荒凉,当你靠近时,兔子就会躲进高高的杂草丛中。（东德刚刚以近 400 万英镑的价格将飞地的一部分卖给西柏林。）东边，是一片倾斜的沙地，这是自由射击地带，路尽头是被称为"西班牙骑手"的三角形铁丝障碍组成的一道屏障，阻止什么？叛逃的装甲师？

武装警卫在瞭望塔上走来走去。武装警卫守在两条西部地铁线在东柏林经过的每一个废弃的车站旁，灯光昏暗，他们无精打采地看着列车从身旁经过。武装警卫在 S-Bahn 列车从柏林墙开始到弗里德里希大街这最后一公里的空中轨道两旁巡逻，进行管控，从车站穹顶下方高耸的路标架上俯视下方。

在通过如此骇人的禁区之后，置身于平凡的东柏林，会有一种反高潮的失落感。这里从来都是这座城市脏乱差的尽头，连战前的内城区域也留了下来。战后充满苏联巴洛克风格的斯大林巷（如今是卡尔·马克思大道）几乎肯定会被拿来作为装腔作势的例子。但其余新建筑都很朴实，是区议会建筑的垂直风格（等我终于入住酒店后，从房间看出去，共有 37 座这样的大楼，高度不一，有些与酒店平行，有些则与酒店成直角）。新的城市中心亚历山大广场（Alexanderplatz）说不定是科顿和科洛[1]设计的——巨大的步行广场，为高耸的办公楼和停车场坏绕，S-Bahn 列车在头顶上方的玻璃罩中行驶，电视塔最为醒目，就像鼓乐队队长手中的指挥棒。当我拖着沉重的步子走在这些几乎无所不在

---

[1] 杰克·科顿是英国房地产开发商，查尔斯·科洛是英国金融家、零售商兼地产大亨。

的铺好的平路上时，酸酸地想，这就是在老旧弹子机上构架出来的未来景象，就差一艘停在电视塔上的飞艇了。

西柏林，无处之都，像一座首都。东柏林（如每一个迫不及待提醒你的公共标语所显示的），其实给人感觉像是一个大规模的省级城市。一个不错的地方，虽然有些顽固，不招人喜欢，这是我对它的印象。这里的房租极低——每月5英镑可以租到一套普通的小公寓，这是根据与西德马克等值的官方汇率计算出来的（换算基于商店显示的价格基础，应该是合理的），而每个月的平均工资达到94英镑。出行交通费很便宜，公共设施保持战前的价格水准。这里有一些不错的餐厅，大量的浓缩咖啡吧、冰淇淋店和啤酒馆。商店里有足够多的食物，排队的情况少之又少。很多消费品，价格合理，有一定可选择的范围——其实以东欧的标准看，这里的选择相对丰富，波兰人和捷克人会组团跨过新开放的边境来购物。

这里对波兰人存有某种反感情绪。据说，他们会整个村庄集体出动，车子上挤满了人，专程来购买被波兰经济忽视的物品。一位与我交谈过的老人声称，他见过一个波兰人买了60双童鞋。东柏林沦为波兰笑话盛行的城市，就像芝加哥那样[1]。"我不喜欢听到那种笑话，"人们说，"但你知道为什么亚历山大广场没有草坪吗？——因为波兰人会把他们的牛带来，把草全吃光。"

---

[1] 芝加哥是波兰移民的主要聚集地之一，自1837年起，波兰人就在芝加哥历史中扮演重要角色，在经济、文化等多方面做出贡献。

"想看电视——我们会搭建更高的天线。"地铁里，一家名叫J. Baron的公司打广告称。在《柏林日报》(Berliner Zeitung)的小广告栏里，房地产经纪人能提供郊区待售的房屋。厄姆克公司"迫切"想要周末用的小块土地，"买家支付现金"。很多商店都为私人所有，在诸如丽宫街（Schönhauserallee）这样的街道上，你会看到很多小型工坊，门上挂着牌子，写着"希伯特和赫尔曼""霓虹标志"……"马克斯·普雷兹手摇织布机"……"弗里茨公司""百叶窗"。我被告知，大约10%的经济仍掌握在私人手中——多为商店和服务业。很多医生依旧是私人执业。直到今年，一些制作衣服、玩具等产品的私营公司以及"手工艺合作社"——一开始都是提供修复和服务的机构——发现大规模生产利润更丰厚。大多数公司很成功，据说，过于成功了，以至于政府现在要将它们收为国有，以防"经济资本结构改变"。

但西德的物质富裕极具吸引力。西德的胸衣和贴着"Levi"标牌的假冒李维斯牛仔服很受欢迎。在弗里德里希大街车站外面，会有人凑上来，动动嘴角，问你是否想卖德国马克。"亚历山大广场上所有的孩子口袋里都揣着100德国马克。"约翰·皮特说。这位昔日的路透社记者如今正在为东德政府编辑宣传单，所有来访记者和电视摄制组都会找他。"前几天，我在那上面和一个警察聊天。他说警察只会在那些人进行交易的时候抓他们——他们会拦住从西柏林来的无辜者，提出一比一换钱的要求，然后以三倍的价格转手。"

"我不想成为一个'冷战'分子，"一位外国记者充满歉意地说,"但在这里除了看电视之外,人们几乎无事可做,而且大多数时候,他们看的都是西柏林的电视节目。"我不禁好奇,那些西德没有最先生产,电视上也没有出现的物品,有多少会出现在市场上?会有人愿意下功夫制作洗碗机吗?或者是那些能帮助减肥的在地上滚动的小轮子?还有我在一家店里看到的售价不足1000英镑的鸡尾酒吧吧台和6张凳子(红色塑料和锻铁做成)?

*

或许他们不再需要柏林墙了,没有人知道。仍然有人逃跑、丧命,或在试图逃亡时被捕。但拥有西德护照的朋友——往往能够去探访在东德的亲戚——告诉我,过去两三年情况有了变化,就连老一辈也不愿离开了。

东德政府显然不那么肯定。现在,他们会为少量出于家庭原因紧急需要赶赴西柏林的人开绿灯,外界普遍认为如果这些人中的多数最终回到东德,政府会进一步谨慎放宽限制。东德小说家斯蒂芬·海姆(Stefan Heym)告诉我,人们不知道一旦可以离开自己会怎么做,他们对西德的感情很是矛盾。

"如果没有柏林墙,现在就没必要烦恼了,"约翰·皮特说,"但因为它就立在那里,对人的心理有显著的影响。如果政府表示'在某一天,任何人都可以去探访在西德的亲戚',这个国家 ¾ 的人都会消失。之所以说没必要烦恼是因为他们真的想走,可一旦这么做了,那将是他们唯一的机会。"

东德诗人沃尔夫·比尔曼(Wolf Biermann)住在离柏林墙

不远的肖西街（Chausseestrasse）上，写了一首很不错的诗。他称，弗朗索瓦·维庸（François Villon）[1]的鬼魂就住在这间公寓里，经常吃力地阅读党报《新德意志报》，当比尔曼带女孩回家时，维庸会悄悄地到柏林墙墙头上散步，结果遭到了边界警卫的攻击。早上，当他回到比尔曼的住处时，咳出三磅重的铅弹，"我们都很能理解"。

比尔曼本人则是反方向出逃，他在17岁时出于政治信仰，从汉堡过来，一直忠于且没有离开过民主共和国。同时，他坚持用温柔、粗俗、愤怒、滑稽的诗歌搭配自己作的乐曲，亲自演唱，也令民主德国很是伤脑筋。例如《男人民谣*》（*是亲手砍掉自己双脚的男人）描述的就是一个男人不小心踩到粪堆，厌恶至极，以至于他决定砍掉自己的脚——然而不幸的是，他砍错了脚。"很多干净的脚，"比尔曼说，"党就这样错误地把它们砍掉了。"德国就是老鼠窝，他在《我30年代的收支对照表》中这样唱道。"我的朋友，如果你任由自己被收买，无论是东德货币，还是西德货币，你会被吃掉……消化……在次日早晨之前被遗忘。"

在东德，有六七位重要作家的作品遭禁，比尔曼就是其中之一。但政府允许他们领取作品在国外出版获得的版税，他们可以见外国访客，有时候甚至可以去西德。比尔曼在西德的朋友告诉我，他的电话遭到窃听。可能吧，知道比尔曼的东德人对此不以为然，说不定他说的每一句话都会被收进厚厚的档案中，搁在某

---

[1] 1431—约1463，中世纪末法国诗人。

个地方。不过就到这一步为止。不少人——既有东德人，也有西德人——都肯定地告诉我，现在没有人会因为政治犯罪被投入监狱，我本来倾向于接受这种说法。但国际特赦组织并不认同，该组织列出了一系列政治罪行，称有人因为这些罪行正在服刑。

但公众人物似乎都很有信心，或许是出于与西柏林紧挨在一起的心理作用。最近三部作品都被禁的斯蒂芬·海姆告诉我，当他在未获许可的情况下于西柏林出版了其中一部作品时，被罚款300马克（37英镑），这是在不提起诉讼的前提下给出的最高罚款金额，随之而来的还有更高的关注度。"我称之为××斯大林主义。"他说。

*

海姆的家在远郊的格鲁瑙（Grünau），我就是在这里和他见面的——这是一座舒适的独立式房屋，为树木环绕，屋前有一块精心修剪的草坪，屋里挂满了图片，摆设有精美的家具。我们好像置身于利兹海德或斯托克波吉斯附近某条半乡村风格的郊区小巷中。我和在西柏林认识的一个朋友又去了一趟郊区，这回是科佩尼克（Köpenick）。我见到了她的一些亲戚，都属于上层工人阶级——认真、责任心强的党员。这个郊区的风格很不一样，柏林东边周围的郊区都这样，土路呈齐整的网格状分布，路两旁是小平房，隐身于干净体面的私家花园中。玫瑰开得正盛。柏树组成的树篱遮住了菜地和鲜绿色的小草坪，草坪上摆满了装饰用的地精像，再摆上"好莱坞式"的条纹秋千椅就完美了。

我们和她的叔叔——一位退休的印刷工人——一起坐在果树下,就在他的菜园里,整齐排列的生菜和胡萝卜旁边,听他讲述12年前盖这间平房的过程。他得得到工会的批准,因为他是党员,且工作表现出色,所以顺利获批。他以440英镑的价格从一位老妪那里买下了这块¼英亩的土地,为房子花了4000英镑,这笔钱是政府贷款,为期25年。现在政府计划清理这一地区,建造高层建筑。按照他的估算,随着该地区生活便利设施的改善,加上他对这间平房的装修,当局要花6000英镑买断其产权。

我们进屋喝咖啡,吃蛋糕。屋里有三个房间,他还加盖了一个走廊。定制的地毯,墙上装了一个晴雨表,盆栽植物,抛光的薄板上整齐地摆放着很有品位的装饰物,体现出主人的用心,有序、宁静,引以为傲的物品,一切都让人想到肯·洛奇(Ken Loach)在影片《家庭生活》中的那个最终走向毁灭的资产阶级家庭。

屋外安静的郊区街道上,我有一种奇怪的幻觉,仿佛是回到了过去,而那些逝去的岁月对我在西柏林的朋友们影响是如此地深远。只是对我而言,那是一段更近的历史——50年代后期,麦克米兰治理下的富裕时代,在香味尚存的时候,品尝第一口苹果的滋味。

在杂志广告上,一个女孩说:"现在,他相信进步。"她的身边坐着一个年轻小伙。女孩戴着金色假发,长而乌黑的假睫毛,拿着一瓶须前乳液:"具有收敛作用"。中心区百货公司的绅士服装专区,"精品70"这家店提供"优雅系列"西服,一次价格约为60英镑。我拿起一本宣传册,上面先是引用了马克思关于艺术对象创造出懂得艺术的大众的言论("因此生产不仅为主体生产对象,而且也为对象生产主体"),接着宣称精品店的员工想"帮助顾客获得购物乐趣……提供适应各种场合的时尚服装,能给人留下好印象"。

在报摊摆出的一堆乏味的出版物中,我能找到的最有意思的读物就是女性杂志《为你》(*Für Dic*),上面列出了年轻情侣结婚后所需要添置的50种家居设备(……两把蛋糕刀、一个调羹、一把大汤勺、一把小汤勺、一把撇渣勺)。在下一期中,一位读者称自己的婚姻变了质,每天晚上两人坐在电视机前一言不发,最后绝望的她只能谎称电视机坏了——结果她的丈夫改成每晚喝酒了。她解释说,他们买了房子,孩子们都上学了,"我们已经得到了想要的一切。一路上总是面临各种困难,可到后来,我们总想要更进一步"。

"总想要更进一步。"我能想象在西柏林的那些自由派和左派朋友会怎么想,他们会认为这是一种生活方式,若没有那堵10英尺高的墙阻隔的话。或者,他们会认为这是东柏林富人的问题所在。"我用第一个月的工资买了一辆车,"一位刚刚晋升的科学家对约翰·皮特说,其每年工资为2万英镑,"接着,我用第二个月的工资买了一艘船,第三个月的工资买了一座乡间别墅。我还能用第四个月的工资买什么呢?"

再想到西柏林的所有同志,穿着开领衫,不拘礼节地待在自己的酒吧里，彼此称呼"你"而不是"您"，就像希特勒之前早期德国共产党那样，感觉有些奇特。在东柏林，只有党员才是同志。其他人是女士和先生，和50年代一样，他们不再用"你"称呼陌生人。我又开始打领带了，当穿制服的侍者在手臂上整理餐巾，弦乐三重奏响起时，我就觉得自己应该带一套深色西服过来。

不，一切都很好，很宁静。周围会有一些酒鬼，这倒是真的，据最高法院公告，一些年轻人会在酒精和帝国主义意识形态的影响下惹是生非。我没看到过这些人，不过有人在 S-Bahn 列车的弗里德里希站的站名牌上用英语写下了"sex"，字很小，模糊不清。可剧院里上映的是《窈窕淑女》《我爱红娘》《风流寡妇》和《屋顶上的小提琴手》，如果你从南海过来的姨妈考虑移民，我相信她会考虑这个地方的。

或者，随着覆盖在花园地精像上的苔藓越来越厚，与西柏林的联系越来越密切，改变会从这里开始？马克西姆－高尔基剧院的模拟交互系统？学生们厌恶锻铁打造的鸡尾酒吧，渴望在远东的城市过上更简单、更古老的生活——在弗罗茨瓦夫，在什切青——在那儿，他们用撒渣丿兜起酱汁，咣啷作响，却毫不在意……

（1972年）

再见，阿瓦隆
重游剑桥

每次回剑桥，我都会惊讶于自己对这个地方强烈而持久的感情。今年夏天，距离我第一次来剑桥已经过去十年，但于我而言，它仍然像阿瓦隆（Avalon）——那些不断出现在神话中的魔法岛及秘密花园之一，是活力和力量的永恒源泉——我猜，它代表了心理学家所说的原始好客体（Primal Good Object），在与客体分离（"断奶"）后，我们一直尝试通过寻求慰藉、买醉和宗教体验来与之重聚。

在校生对我们这些已经离别的校友重返校园早已习以为常，我们总有各种借口，要写关于他们的文章，或者给他们讲课，又或者为他们提供工作机会。他们中的一些人对我们的健康状况感到好奇。有几个人带着同情的口吻礼貌地问我是不是因为思乡心切导致的，好像我得了神经痛或者其他老年疾病。

或许只是因为思乡心切。回家的感觉很美妙，小巷、庭院、小径、楼梯、水道，还有桥梁，构成了这个纷繁复杂的迷宫，而我不出意外地，对这里的每一寸土地都再熟悉不过了——我感觉每一条街道，每一座建筑都曾是我的组成部分之一，至今仍然是。

当然了，剑桥发生了一些变化——我更喜欢它现在的样子。这里建起了大量新建筑，有些令人叹为观止，有些看上去古怪至极，（举个例子）带有错层式房间，有人从约莫六英尺高的上层掉下来，摔断了手脚——不过，这些建筑都很现代，与我在剑桥期间建造起来的那些新乔治亚式和新哥特式的愚蠢建筑有着天壤之别。

剑桥的在校生人数从 7000 增加到了 8000。漂亮女孩多了，自行车与迷你裙的组合成为剑桥街头一道靓丽的风景线。

我租了一辆老式的立式自行车，慢悠悠地沿着那些熟悉的街道骑着，开始觉得马歇尔·麦克卢汉（Marshall McLuhan）[1]终究是对的，媒介即讯息。在我周围，信息铺天盖地，这种架势前所未见，好似雨水渗入底土——关于西德尼[2]的小说《阿卡迪亚》，克莱斯特[3]的戏剧，教皇格里高利七世到教皇卜尼法斯八世。但这是剑桥发出的讯息。我恐怕，剑桥发出的讯息是有钱人和聪明的人应该继承地球上那些美丽的地方，予以悉心浇灌，从土地中汲取宁静和力量。

---

[1] 加拿大哲学家，其作品是媒介理论的奠基石之一。
[2] 菲利普·西德尼，1554—1586，英国诗人、廷臣、学者，被认为是伊丽莎白时期最具影响力的人物之一。
[3] 海因里希·冯·克莱斯特，1777—1811，德国诗人、剧作家、小说家。

不过，能再次骑上自行车，实在是太让人满足了！迂回穿行于车流之中，越过碍事的铁桩，它们存在的目的就是阻止自行车进入所有在人行道上的美妙骑行路线。其中最好的路线是从市中心出发，前往后花园（Backs）另一侧大学图书馆的狭窄逃生路线——沿着参议院大厅小巷（Senate House Passage）——夜晚，夜间攀爬者会从凯斯学院高高起跳，越过这条巷子，跳到参议院大厅的屋顶，穿过三一学院和三一学堂之间能产生回声的砖巷。然后骑上阁楼旅社桥（Garret Hostel Bridge），两侧都能瞥见河景以及撑篙船。经过一条鲜花怒放、绿叶葱郁的隧道后穿过后花园。如果最终不用进大学图书馆，这趟骑行能让你更舒心愉悦。

有一天傍晚，我发现自己在欣赏豌豆山（Peas Hill）路面上完美的油渍，并认为它们对大学的外观和功能来说都很重要。真的，我对剑桥的态度有点儿可笑。

*

我很享受在这里求学的时光。某种深层且持续的快乐支撑着我度过乏味的授课、痛苦的恋爱，以及在杂志社和讽刺剧里度过的不堪回首的时刻——也让我克服了对自己所在学院的强烈厌恶，甚至是仇视。

我觉得事实上，是作为在校生的那份纯粹给我留下了深刻的印象。纯真的做派，也可能很丢人，不富有，也不是特别聪明，可我总觉得与剑桥的这层联系赋予我一种富有的聪明者的模糊光环。

时至今日，我也不能肯定自己是否摆脱了这种感觉。造访剑桥给予我的愉悦感中有一部分来自一种归属感，即我属于享有特权的少数派。当然，所谓的少数派并非那么小众。粗略统计，世界上大约有十万名剑桥毕业生——足以坐满整个温布利体育场。设想一下这十万人一起出现在剑桥闲逛的场景吧！

*

从外面看，剑桥就像一个微缩的世界模型，具有令人难以抗拒的吸引力。宏观世界的消遣娱乐、商事企业和政治事务都可以在这个浓缩的小世界中找到。

由剑桥学生创办的《大学报》(*Varsity*)一如既往，比舰队街[1]还要像舰队街。我曾经在这家报社工作，但没资格写头条，最高也只干到过特写编辑助理一职。这个学期，该报赛马通讯员给了胜利者1000几尼的小费。在宣布收购又一份出版物《剑桥研究》时，熟悉的论调出现了，报社声称此次收购并非打算变更内容，而是"建立坚实的财政基础，为未来可能扩大发行量做准备"。

今年最有活力的商业开发项目当属流行音乐产业的兴起。已经有半打乐队站稳了脚跟，他们拥有诸如"波士顿螃蟹"(Boston Crabs)"117""尤瑟王"(Uther Pendragon)这样的名字。他们受雇在派对上进行表演，眼下的派对似乎是由五六个在校生联手举办的，他们可能要向乐队支付20英镑，此外租用公

---

[1] 伦敦市著名的街道，在20世纪80年代前一直是英国报界的中心。2005年，随着最后一家新闻机构路透社搬离，舰队街作为新闻一条街的历史就此结束。

共空间还需要掏 25 英镑。

一支名叫"菠萝卡车"(Pineapple Truck)的乐队好像是最成功的,至少是曝光度最高的。他们一周大概要参加三场订婚仪式,会营造特别的灯光效果,还有一个跳戈戈舞的女孩向观众撒糖块。这支乐队还拥有一匹赛马。

"菠萝卡车"有两个经纪人。一天早上,我打电话到其中一位经纪人皮特·拉奇的住处。他表现得温和、坦诚、接地气,这在如今的学生身上经常能看到。他说,不同于其他大多数乐队,卡车乐队不表演布鲁斯乐和灵魂乐,"我们很通俗的,我们不是那种很文明的乐队,我们可吵了"。

"开场时,我们会表明卡车是一支来自伦敦的新乐队——人们深信不疑!克里斯·贾格尔——米克·贾格尔的兄弟——过来和我们一起唱,人们知道他是从伦敦来的,所以他们觉得乐队里其他人肯定也是从伦敦来的。"

"我们跟所有人说这是一支很出色的乐队——他们都信了!这样一来,他们就会去看乐队演出。你知道的,他们可能会说:'昨晚的表演不怎么样。'那样的话,我们会说'那是因为有根电线进了扬声器',或者'昨晚我们的正牌吉他手不在,下次肯定不会再出问题了'。他们也会相信的!"

现在,在邀请他们参加表演的派对上,你能看到所有人——如拉奇所说的,"11 点在威姆(Whim),下午 4 点在联合会(Union)[1],

---

[1] 剑桥知名的酒吧。

全都是这种邀约"。威姆是一家咖啡馆。

不断有访客嗵嗵嗵爬上楼梯,想要采访拉奇,或邀请他的乐队。女房东来回踱步,一脸焦虑。"拉奇先生,您起来了吗?"她喊道,"我可以进去整理床铺了吗?房间肯定已经乱得不行了吧。"

*

自 50 年代初期,时事剧制作人、演员、记者开始将目光聚焦伦敦之后,衡量大学生企业实力及专业水准的标准就变得很高,并且一直在提高。我受邀去参加脚灯社(Footlights)[1]举办的被称为"smoker"的戏剧表演之夜——这是俱乐部私下为会员和宾客举办的表演会。这是一个非常愉快的夜晚,出乎我的意料,有很多有趣的小节目,数量比我记忆中的此类场合要多。

表演结束后,名为"空闲时间"的爵士乐队为舞会伴奏,在我看来,他们的演奏水平之高胜过我所处那个时代任何一支爵士乐队。此外,脚灯社现在也有女性成员加入——她们有天赋,漂亮迷人。相比过去的易装者已经有了很大的进步,虽然他们中的一些人确实有淑女风度。

后来,有几个成员问我,和我上学时相比,现在俱乐部的标准是否下降了很多。我很遗憾地告诉他们,我觉得情况似乎恰好

---

[1] 全称为剑桥大学脚灯戏剧俱乐部,1883 年由剑桥大学学生创立。

相反。我无法肯定在听到这样的答复后,他们是否全都很开心。剑桥世界仍然靠逝去的黄金时代以及与此地相隔1小时20分钟火车车程的那座恢宏大都市的宏伟过去所营造的神话维系,无法动摇。

我和我的同辈人凝神望着马克·鲍克瑟(Mark Boxer)[1]、乔纳森·米勒(Jonathan Miller)[2]、弗雷德里克·拉菲尔(Frederick Raphael)[3]、罗纳德·布莱登(Ronald Bryden)[4]等人高升至伦敦时在空中留下的金色轨迹[5]。如果他们再次回来,坦承他们只是和我们一样的凡人,那我们所勾勒的整个幻想世界就会崩塌。再说了,这也不可能成真。

*

反对怀念旧时剑桥的理由:在维多利亚时期,康河被当作下水道,后花园恶臭难闻。

又或者如格温·拉弗拉(Gwen Raverat)在《碧河彼时》中所回忆的那样——这是一本令人动容、颇具洞察力的回忆录,记录了她在上世纪末于剑桥度过的童年时光——维多利亚女王在参观三一学院时问校长胡威立:漂浮在康河上

---

[1] 英国杂志编辑、社会观察家、政治漫画家。
[2] 英国戏剧导演、演员、作家、电视节目主持人。
[3] 英国剧作家、传记作家、小说家及记者。
[4] 英国剧评家。
[5] 此处作者使用了assumption,该词有圣母升天之意,作者借用宗教典故来比喻这些人前往伦敦发展的经历。

的纸片是什么?"

"陛下,"胡威立严肃地回答,"那是禁止在河中洗澡的告示。"

*

这里还有人记得我!

一位和我上同一学院的在校生告诉我,辩论册上仍然能看到我的名字。能留下这样一个小小的永恒印迹让我有些激动——尤其是我压根儿就不记得自己参与过大学辩论赛。

"好了,"他解释说,"是他们把你扔进池塘里的那次,就因为你给《大学报》写了一篇文章。"

哦。原来是那件事。

*

在成为大学生的前一年,我还在军队,来这里学习俄语,其间读完了伊舍伍德的《雄狮暗影》(*Lions and Shadows*),剑桥在我心目中变得更像一座"秘密花园"了。如伊舍伍德在这本引人入胜的自传体小说中所记录的,他在剑桥无所事事,第二年年底就因为在考试中用刻意的模仿、无韵诗和俏皮话来回答问题,挑战主考官权威而被开除学籍。

他和一位被他称为"查尔莫斯"的朋友整日幻想在现实大学的表象之下隐藏着一个形而上学的大学城,他们称之为"另一座小镇"。他们在银街一堵空白的墙上找到一扇铰链已经生锈的旧门,确信从这里就能进入那个小镇。后来,在一个湿冷的冬夜,在忽闪的煤气灯的照射下,伊舍伍德瞥见"阁楼旅社桥"这几个字,从而获得灵感,构思出了"老鼠旅社",哥特风格的地下世界,可以从中得到超现实的神话支持,与大学对抗。

最终,他们将老鼠旅社从剑桥迁至一个名叫莫特米尔的村庄,这个村庄"为开阔的丘陵地所环绕,毗邻大西洋"。他们打算围绕这个村庄写下20世纪最伟大的小说。("查尔莫斯",其真实名字为爱德华·阿普沃德,后来真的写了关于莫特米尔的文章。)不过,直到今天,当我经过银街或者走过阁楼旅社桥时,仍会觉得有什么东西隐藏在我的视线之外。

*

我在剑桥的这一周里,学校发生了两起自杀事件。我和一些老师有过交流,有越来越多的学生表现得郁郁寡欢,这令他们很是担忧。

不可否认,在剑桥读大学有其残酷的一面。成功与失败的定义往往很明确。失败摧毁自信,而在这种氛围下,成功意味着个性受压抑。剑桥能培养出大量才华横溢的人,他们具备了取悦他人的能力,但几乎没有人拥有更值得称道的能力,即无视他人的看法。

现在,对于独自一人去餐厅或剧院这件事,我仍然觉得非常不自在,独处似乎成为社交失败的标志。尤其是在剑桥——尤其是11点的威姆,或者下午4点的联合会。

*

剑桥流行音乐的标杆，整个剑桥庄园的新贵当属乔纳森·金（Jonathan King）。

金先生在过去三年时间里偶尔会在三一学院读英语，他写流行歌曲，有时候会亲自演唱。他干这行赚了很多钱。最近一个假期，他在美国巡演，宣传自己最新录制的歌曲——一首反毒品的歌。

据当地专家分析，人在剑桥是他成功的秘诀：三一学院的高才生录制发行诸如《人人都去了月球》（Everyone's Gone to the Moon）这样的歌曲，能引起人们的极大兴趣。他戴着笨重的角质框架眼镜，分发宣传图册，上面印有他翻阅旧皮革装订的大书的照片。说不定是过期的《大学报》？

然而，他压根儿就不参与剑桥流行乐界的活动，而且从来没有人在剑桥的派对上见过他。（不过据说，他最近被目睹出现在11点的威姆，与巴特勒勋爵以及另外一两个三一学院的名人一道，为《大学报》拍摄照片。）

当我抵达时，他正瘫坐在沙发上读《荒凉山庄》，旁边的地板上摆着一部白色的电话。他解释说电话是出于职业需要。"我每个季度的电话账单大约是100英镑。我几乎每晚都要给美国那边打电话！不知为什么，我就是需要给美国打电话——那能让我很安心。"

又是那种轻松、坦诚、温和，流行音乐人的方式，接地气儿的口音（在这个例子中，是从查特豪斯公学腔调改过来的）[1]，还有在谈论自己时不费吹灰之力就能让人放下戒心的能力。他给我看了他刚刚拿到的一顶英国皇家卫兵戴的熊皮帽。"其实，我99%是个爱出风头的家伙！等着看我戴上熊皮帽后的亮相吧！"他声称将夸张造作的幽默引入了剑桥。他唯一不愿谈论的话题就是流行音乐。每每涉及，他都及时止步，慢悠悠地挥着手，样子很滑稽。"我会脑损伤的，"他说，"说实话，谈论流行音乐就是在损害我的神志。"

他以专业人士特有的蔑视表达对大多数同辈人的不屑，语气颇为平和。"他们都是外行，"他说，"这里只有两三个真正的专业人士。其他人——他们最大的野心就是当《大学报》的编辑，或者当上联合会主席。接下去他们就会走下坡路，一两年的工夫，他们会发现自己不再出名。最后搏一次，然后，就再也没有人会有他们的消息了——对他们来说，有这样的经历也够了。"

"反正，和我这样爱表现的人聊天没什么意思。你会更乐意和那些想自杀的人谈谈。"

晚些时候三一街出现了交通拥堵的情况，在无法动弹的车流中有一辆白色的跑车冲我鸣笛，金先生让我搭他的车。他正要去距离住处400码的地方买信封。

---

[1] 金先生曾就读于查特豪斯公学，后者是英国九大传统公学之一，位于萨里郡。

*

我打电话给一位老朋友——我们是在上大一的时候认识的。当时他在牛津。我俩是一份名叫《种子》的校际杂志的联合编辑,这份杂志印在灰色的纸张上,使用了斜体字,出版了一期就停刊了。我们绕着他所在学院的侪辈花园(Fellow's garden)走了一圈又一圈,谈论着一切变得有多么奇特。

他是个心理学家,给我看了一篇让他念念不忘的论文,出自埃利奥特·雅克(Elliott Jaques),题为"死亡与中年危机"。雅克称,人在30多岁时,有时候要直面"自己最终会死亡这一不可避免的真相"。在这之前,人一直在走上坡路,朝着最高点迈进,似乎永无止境。到了30多岁后,人到达了顶峰,发现另一侧的下坡路其实很短暂,自己的生命随时可能终结。

我坐在河边,沐浴在夕阳的余晖中,读着这篇论文。河对岸的朗德雷斯绿地(Laundress Green)上,一个年轻人正躺在草坪上,一个留着一头金色长发、穿紫红色衣裤套装的女孩爬到他的膝盖上,然后在他紧绷的手掌上完成了一次完美的倒立。

死亡的征兆。

(1963年)

从大海到闪亮的波涛

追逐美国

康涅狄格州斯托宁顿

"参议院"号、"地狱之门"号、"洋基快艇"号、"金边"号、"42街"号,你能听到它们沿着海岸从远方呼啸而来——这些闪亮的银色快车属于历史悠久的纽约、纽黑文和哈特福德铁路公司,拥有气派的名字,巨大的前灯,穿行在从纽约至波士顿的海岸线上,哀鸣着——为失去的乘客,为自己失去的偿付能力,为逝去的铁路黄金时代。

它们沿着穿过港口的堤道隆隆行进——三小时出纽约,再过两小时到达波士顿——匆匆瞥一眼停泊的船只,为枫树和栗树掩映的白色隔板屋,几家小型工厂,安静、绿树遮阴的街道,然后穿过韦克勒库克湾(Wequelequock Cove)的堤道,往罗得岛方向消失不见了。

它们本身似乎就是美国幅员辽阔的见证。窗户上留有子弹孔，是大平原上的印第安人留下的，至少也是在布鲁克林这一城市沙漠地带出没的少年犯干的。它们带着纽约的报纸，上面全是关于这座城市出现的神奇美国人和各式繁复事物的报道。电子洗牌机，六英尺长的三明治，每个售价12英镑，中央公园里"发生的事"，包括公众场合清洗脏尿布、示范吃进去然后吐出来的过程。这座大都市的关键词似乎是"迷幻"。蒂莫西·利里（Timothy Leary）博士，这位迷幻药的大祭司在格林尼治村举办"迷幻庆典"，重现了这个世界上重要宗教神话所使用的迷幻方法：感官冥想、超负荷的符号堆叠、媒介组合、使用分子和细胞相关用语、默剧、舞蹈、声光和福音布道。

确实，有时候在报纸上看到大标题使用的特殊用语以及整版的印刷错误，你会觉得斯托宁顿之外的世界蒙上了一层迷幻色彩。在新闻标题中，政治家"制订了"计划，"将对手一军"，引发支持者的"不满"。等你开始阅读正文时会发现他们对发生的事也深感震惊，可能是旧金山发生骚乱的消息，又或者是关于纽约地区"鸡手"局面不太可能"环节"的预测。听上去，外面的世界真的非常"枣糕"。

斯托宁顿见不到过于迷幻的事物：我们这里的三明治长度从来不会超过一两英尺，我们都用手洗牌（如果要这么做的话）。不过，可能会有一件事发生：好像有一只臭鼬住在我们屋子的下面，如果孩子们抓住它，冷酷无情地把它给煮了，即便不算"令人发质",也实在是太"扣怕"了。我预见届时会有很多感官冥想、超负荷的符号堆叠,外加默剧、舞蹈和让人喘不上气来的震惊。

*

当然,如人们常常跟我们说的,斯托宁顿不是美国。每次打开地图,我都惊讶于美国竟然还有这么多地方可以去探索。到目前为止,我们通过乘坐"参议院"号、"地狱之门"号、"洋基快艇"号,沿着收费公路、高速公路、普通公路、过境道路、林荫大道和环线自驾,以斯托宁顿为中心,在地图上也只覆盖了周边三英寸的范围,有大约三英尺的区域我们从未踏足。我们和朋友讨论出行计划,对着地图指来指去,大有高级将领指点江山的气势。

"你要知道,新英格兰不是美国,"他们严肃地说,"想看真正的美国,你就得走出新英格兰。"

在得知我们去过纽约后,"哦,老天爷!"他们叫嚷着,"纽约不是美国!"

其中一个人指着左边大约1000英里的地方说:"迈克尔应该乘坐火车穿过中西部。"

"哦,老天爷!"其他人怨声载道,"中西部不是美国,看在上帝的分儿上,那不过是新英格兰的延伸罢了!"

他们的目光往下移了1000英里左右。可没有人觉得通过拍摄几张威廉斯堡或新奥尔良旧广场的照片能帮助我更了解美国,所以我们往左移了两英尺，对着加利福尼亚陷入沉思。可加利福尼亚显然除了从堪萨斯城来的退休保险公估人之外，什么都没有。于是我们开始战略性撤退，视线上移至那些山脉，却发现那些就是再寻常不过的山脉，只会让我们对堪萨斯城保险公估人的生活有完全错误的认识。

"你为什么不去墨西哥呢？"我们的朋友说，"那是个很有意思的国家。"

*

斯托宁顿是一个宁静、安全、极具吸引力的地方，让人感觉不到时间的流逝。平和的秋日下午，阵雨来去匆匆，女人们慢慢地开车去镇上的图书馆换书，孩子们从学校走回家，脚底落叶发出沙沙声。贫穷——和英国社会一样，是美国人根深蒂固的疾病——离这里很遥远。

然而，是贫穷和困苦造就了这个地方。内陆这些迷人的小屋曾是农场，掩映小屋的绵延不绝的树林曾遍布石头，可怜的北方农民清除了原始森林，在此艰难谋生。镇上那些漂亮的隔板木瓦屋曾是捕鲸船船长的家，他们出发前往南极洲，一次就得耗上两年、三四年，甚至是五年的时间。西部开发后，捕鲸港口遭废弃，新英格兰贫瘠的土地复归为森林，人们再也不用忍受从前的苦日子了。

最终，那只做出六英尺长三明治的巨手会伸过来，甚至将斯托宁顿纳入其怀抱。有人预言，整个东北沿海地区迟早会变成一个长 400 英里的大都市圈——特大都会。树木将被再次砍倒，地狱之门会被重新命名为市郊富人区。不过，在小镇西面，还有约 2500 英里的土地可用于郊区发展。

纽约

  大城市就像电视机和洗衣机，表面光鲜亮丽，背面肮脏不堪，只不过我们都同意遵循一个奇怪的惯例，不去留意罢了。
  纽约让人意识到还存在着另一种关于背面的约定俗成，一种更为微妙的幻觉形式——剧院的惯例。
  剧院之所以令人兴奋不在于观众在里面看到了什么，而在于他们没有看到的东西。舞台上的演出（通常乏味至极，令人难以忍受）被赋予生命，是因为观众意识到它们不过是幕后那个秘密世界的外在表现罢了。在埃尔西诺城堡看《哈姆雷特》就没有那么戏剧化的效果了，我们兴奋是因为我们知道那些粗大的石柱是用帆布做的，后面是绳子、电缆，早已厌倦的后台工作人员，这些人套着脏兮兮的运动衫，正算计着自己能得到多少加班费。
  在空旷的剧院里，当舞台上未经处理的灯光照出后墙上的钢梯，当弗雷德对着吊景区的乔治大喊，让他把锤子扔下来，还没粘上假睫毛的女主角四处走动，边抽烟边咳嗽，看起来就像有 90

岁——整个戏剧史上没有哪部戏剧的场景能比这样更令人激动。

这就是纽约。一座冷酷、令人紧张不安又兴奋的城市——我认为这在很大程度上是因为人人都会留意到富裕的表象背后，肮脏随处可见，高傲繁荣的曼哈顿城区就建立在被遮蔽的贫民窟和郊区荒地之上。在纽约，即便是最随意的游客，走不了几步也会遇到乞讨者，撞见蜷缩在门口、绝望无助的人，瘫倒在人行道上的人，趴在停着的车上的人——喝醉了，也可能生病了，或者二者皆有。没有人会停下来问个清楚。

神话会进一步延伸对比感。在演艺神话中，我们乐意相信早期的奋斗和穷困潦倒的晚年。我们乐意相信喜剧演员刚离开垂危的母亲就来到舞台上。饰演反派的演员其实是大好人，好人其实是十恶不赦的混蛋。描绘激烈性场面的人实质上是性无能或性冷淡。

同样，纽约人会立马告诉你郊区发生的暴力事件，警告你不要去哈莱姆区，不要在夜间搭乘地铁，任何时候都不要去公园。不管是对是错，在他们眼中，这是一座冷酷、不安全的城市。

除了富有，还是富有，除了成功，还是成功，这就像是在鱼子酱上再抹一层鱼子酱，让人觉得有些乏味。为贫穷和失败所包围的富有和成功才是真正的富有和成功。

*

在我看来，政治是又一个体现剧院惯例的典型例子。议院（众议院、参议院）就是舞台，大厅、议员酒吧和餐厅构成了幕后世界。明确地说，众议院公开的举动变得越来越正式。和苏联报纸里的内容一样，只有当你对那个充斥着私下辩论和悄悄酝酿阴谋的世界有所了解时，才会觉得有趣。

真正对政治感兴趣的人在听到政治家当众说出奇怪、毫无意义或错误的话时，都不会感到惊讶，也不会表现出愤怒，至多像热衷去剧院看剧的人那样，当劳伦斯·奥利弗（Laurence Olivier）爵士——众所周知的英国人，布莱顿居民——演一个生活在威尼斯的摩尔人时，对其大喊"骗子"。

倘若政治变得完全清晰可见，人们坦率地说出自己的想法，余下的时间就用来骑自行车或者陪孩子玩耍——相信我遇见过的大多数政治评论家都会觉得很无聊。

*

餐厅——尤其是昂贵的餐厅——就是纯粹而简单的剧院。公共区域被夸张地装饰起来——戏剧性的灯光，摆放着各种小巧的绿植，或许还有镀金元素和镜子——或者营造出诸如洞穴、河船、土耳其妓院的效果。现场会安排节目，或许还会有音乐演出。我们都愉悦地意识到在那包有衬垫的旋转门后面，是另一个白色瓷砖铺设的世界，有着刺眼的荧光灯照明，厨师们就和那些后台工作人员一样，即便对这份职业的幻想破灭，还是得继续汗流浃背地干活。

穿着戏服的人——衬领，或者西班牙吉卜赛装，又或者是法式水手套服——匆匆从旋转门里走出来。（纽约有一家餐厅，侍者穿短的托加袍。）他们以侍者的姿态走路，像变戏法一样转动干红葡萄酒的酒瓶，展示出标签，真诚地推荐，不管我们接下来会点什么。他们很关心我们的口味和突发奇想，就像《正午》一片中，加里·库珀（Gary Cooper）极为看重法治一样。

我们知道，当他们回到家里时，妻子只会送上罐头意大利面。他们的脚不太好使——穿着开领衬衫从布鲁克林坐地铁而来——在旋转门后面，他们竖起耳朵，咒骂我们。

但餐厅就是这么做生意的——衬领下面是破碎的心，服务背后是眼泪。会有一天，在公众眼中，侍者将会比食物更高一等，就如同演员比戏剧更重要一样。每天晚上，人们会在服务入口处等着他们，尖叫，向前推搡着要求获得签名书。八卦专栏会与他们联系，透露出一些秘密，让我们获得深层次、截然不同的满足感，例如克莱利贝里的头牌侍者最喜欢的食物是甜甜圈和苏打汽水，而阿斯皮蒂斯特拉的侍酒师喝了一杯干马提尼酒后晕过去了。

如此一来，吃饭这件事便重新有趣起来。

华盛顿

我用胶卷顺利地拍下了林肯纪念堂和杰斐逊纪念堂，外加华盛顿纪念碑和国会大厦。相机，我现在可以休息一下，暂时把你搁到一边吗？

我的意思是，我不用拍摄白宫了，对吧？哦，拜托，现在不用拍白宫了吧！好吧，我知道，大老远跑到华盛顿来，拍了林肯纪念堂、杰斐逊纪念堂、华盛顿纪念碑和国会大厦，却不拍白宫，确实有点儿奇怪。如此一来，就得花时间向这个冬天围在幻灯机旁的热心观众解释原委。我懂了。

*

但是相机，关于你的一切都需要一些解释——被人看到你挂在我的脖子上，我感到非常尴尬。当初你是怎么进入我的生活的？然后，你又是怎么从付费旅行伴侣变成现在这样牵着我的鼻子到处走，命令我将你对准这儿，对准那儿，一直等到太阳露脸，让我眼睛眯起来，来来回回甚至侧着走，沦为我自己强迫性神经症的隐形奴隶？

我从一开始就知道，你会为我与阴影的变化搏斗，让它们保持静止。你会捕捉逝去世界的碎片，为我永远定格某些事物在某些特定时刻的样貌。和某些效力强劲的药物一样，你能唤回过去，净化感知，营造出令人难以置信的透视和色彩幻象，就像报纸在周末版的彩色增刊。

我们从路过的阅兵队伍中捕捉到了怎样奇怪的景象？杰斐逊纪念堂。你已经变成了某种迷幻药，可以随时随地唤起所有关于杰斐逊纪念堂的回忆。如果我想要彻底记起杰斐逊纪念堂，可以花一个5分镍币买张风景明信片。相机，我买过杰斐逊纪念堂的风景明信片吗？从来没有。我对杰斐逊纪念堂没有任何意见，只是这座宏伟的大理石筑就的公共纪念建筑与我的私人生活并没有很密切的联系。它们真的就是在和你对话,对吗,相机?

*

我相信你有一些艺术抱负。我觉得你在那五分钟或十分钟里怀揣着某种说不清道不明的希望,无须技巧,也不用费劲儿,你就能将杰斐逊纪念堂、其影子以及一棵近在咫尺的树组合成一幅让人对自然世界有全新了解、富于表现力、色彩丰富的作品。

好吧,相机,我得告诉你一件事。带有真正严肃的社会及艺术目的的相机不会去关注杰斐逊纪念堂。它们只会对准坐在社交俱乐部外的老人,穿着皮夹克倚靠在游戏机厅外墙上的年轻人,跳舞的女孩——诸如此类。你为什么不试着拍拍这些呢?

没错,相机,为什么你拍摄的照片里从来看不到人?你没有勇气盯着他们看,这就是原因。你害怕让他们难堪。你害怕他们也会盯着你看,或者走过来,用靴子踹你。(而且你得花不少时间来做好准备。)所以我们退一步,去拍摄杰斐逊纪念堂,它永远不会回瞪相机,也不会在快门摁下的那一瞬间偏离焦点。

*

行吧,我这么说有点儿不公平。你拍到了一两个人的后脑勺。你抓拍到了另一个正在拍摄林肯纪念堂的摄影师的背影——挺有趣的。你还拍到了一个正在波多马克河垂钓的人的背影——

很不错的人文记录。

可是相机,其他相机拍的都是正面!它们会将镜头直接对准人群中心,目不转睛地注视着泪流满面的脸、开怀大笑的脸、因为亲近而放松的脸——那些透露出各种情感的面庞。它们正好捕捉到了坐在食物广告前饥肠辘辘的乞丐,站在真人大小的沐浴美女纸板像旁的牧师们。

如果你看到有人在哭泣,就会立刻转向别处。如果你看到一个饥饿的乞丐,你最不愿意做的事就是侵入其本就已经很悲惨的生活。

倘若我给你加装那种长焦镜头——能帮助你吗?那样的话,你就可以假装聚焦于宪法大道和第六街之间的国家美术馆的大理石石柱,实则在窥视宾夕法尼亚大道和第七街拐角处来往行人的脸,伺机捕捉到富有感染力的表情。

当我陪着你站在宪法大道和第六街之间,你在宾夕法尼亚大道和第七街相交处看到的一切是否与我的生活息息相关?我相当怀疑。

你这个黑色的淘气鬼,别再来烦我了。

芝加哥

午餐时间,阳光暗淡,穿着几乎同样的灰色马海毛西装的人一拨又一拨，沿着密歇根大街匆匆而过，如同落叶一般，宽大的裤腿和装着宣传资料的文件夹在风中噼啪作响。这些都是来参加年会的商人，好似穿堂风，从四面八方吹向风城——这个国家的空港中心，拥有世界上最繁忙的机场。

事实上，你最近一次在伦敦看到或在曼谷听到消息的人——各式各样的人——迟早会像风一样掠过芝加哥。这是一座充满形形色色的想法和各种可能的城市——它始终处于变幻中，几乎就在人们的眼皮底下改变着形状。在北区，湖岸边突然建起了一系列豪华公寓，仿佛邪恶的武装人员——这些新出现的市郊街区让周末驱车而来的人惊讶不已。

到处都能看到旋风留下的痕迹。豪华大别墅在工业化的近北区的工厂之间若隐若现，曾经这里是芝加哥最炙手可热的住宅区，是斯威夫特、阿莫和麦考密克们[1]的家。在西区黑人聚集区的教堂里，你能看到希伯来语的铭文——这些教堂一度是犹太人的教堂，犹太人曾经居住在西区，如今这里发生了翻天覆地的变化，到处可见熟食店和各种机构，一直延伸到北部郊区。

南区，大规模的城市重建计划开始侵吞贫民窟。整片街区消失得无影无踪，昔日的活力荡然无存——城市丛林人口锐减，恢复了原先的平原样貌，只剩下一条孤独的高架线高高耸立着，成为这个地方的标志。

风继续旋转着。国家城市重建计划的目的是重新为穷人安置

---

[1] 他们都是美国昔日的商业大亨。

住房。但关注计划实施进程的美国人对此越来越怀疑，他们认为大多数项目都不过是用适合中等收入者的住房来替代贫民窟罢了，如此一来，穷人就会聚集在其他日渐衰败的中等收入地区。我觉得，最终，这些地区会变得人满为患，穷困潦倒，被列入城市重建计划，就这样循环往复。

这一阵又一阵的旋风引发了一些奇怪的组合和冲突。在南区，城市重建计划最具代表性的例子就是芝加哥大学。过去几年里，大学将周边的贫民窟改造成为具有相当规模的中产阶级街区，一方面是为学校员工提供住地，一方面也是保护学校不受犯罪和暴力行为的侵袭。这引发了学校与致力于保护黑人权利的激进组织之间的冲突。但有些人表示，风向已经改变，冲突有望变成合作，因为激进派黑人的顶梁柱本身就是中产阶级。

黑人不是唯一从南部来的移民。随着阿巴拉契亚山脉煤炭业的衰退，一群贫穷的白人来到芝加哥，在北区定居下来，他们住的地方被周边更富有的街区称为"山间天堂"。在这里，情况同样没那么简单——贫穷的白人通常是美国最顽固的种族主义者，但部分和这些人一起工作的激进组织的年轻领军人物坚信，在远离南方的芝加哥，通过劝说，这些人会接受黑人，并且与黑人联手共同发展事业——这是中产阶级几乎无法做到的。唯一能够肯定的是，若现有势头继续发展下去，黑人终有一天会接管这座城市。

按照芝加哥人的说法，在变化的表象之下，仍有些东西没有变。尽管威尔逊警长的改革政策广泛、公开，但社会底层的人表示芝加哥的警察依旧腐败，行事粗暴。这座城市仍然被黑手党和民主党两方牢牢掌控。在绝大多数生活领域，贿赂依然是不可或缺的，对于任何胆敢找麻烦的人，等待他的只有暴力。最新的卖工作丑闻被报纸称为"卫生部轩然大波"，最早察觉到这一丑恶行径的官员在自己车里发现了炸弹。

腐败和暴力——让胆小的英国访客震惊不已，我觉得，这就像面对英国人的无精打采和残暴思想，即便是最富同情心的美国人也会感到愤慨一样。福特基金会应该出资开发一个项目，就大西洋两岸存在的不足之处给出标准的定义。

*

我的母亲出生于芝加哥——我的外祖父母在美国生活了一段时间。我去南区尽头寻找他们住过的街道。朋友坚持要开车带我去——听说我要一个人去南区，即便是在白天，他们也坚决不答应。

我们发现那条街道被高架路遮住了，这条宽阔的高架路将芝加哥与横贯大陆的公路系统连接起来，部分街道被连续的高架匝道侵占。匝道之间仍然保留着原先的街道，一些是白人街区，还有一些是黑人街区。街旁有一座红色的老房子，有一个黑色的尖顶，像女巫的帽子——生锈的汽车停在排水沟里，轮毂外露——高架路的混凝土桩上写着帮派标语："小心公爵""小心皇家执事"。

十月苍穹之下，风席卷而来，猛烈地刮着。

圣塔菲

圣塔菲（Santa Fe）正在撒钱。还有阿尔伯克基、丹佛、埃尔帕索。打开租来的车上的广播，无论调到哪个频道，都会有激动过头的声音传来，西部各地都催我赶紧掉转车头，去最近的超市、汽车门店或家具店，赢取1000美元、一台冰箱、一辆福特野马或十辆福特野马。

车窗外，新墨西哥－科罗拉多交界处空旷的高地荒原缓缓移动，每一寸土地都枯干焦黄。这里撞见了地垛和方山，那里是隆起的红色砂岩顶峰，十分壮丽。叶刺茎藜、刺柏和矮松吸收着从岩石里散发出来的水汽。宽阔的河床早已干涸，泛白的航道通往格兰德河，威尔·罗杰斯（Will Rogers）[1]说过，这是他生平见到的第一条需要灌溉的河流。

这就像是在看一部节奏极为缓慢的旅行纪录片，还附带评论，勉强算是吧。"现在就来吧，赢得前所未有的丰厚的现金奖励！1000美元，你能相信吗？最好相信——因为这是千真万确的！"

轻飘飘的干枯风滚草团随风穿过公路，离开公路，转到乡村泥道上，路过的"车—子"（电台里有些人会拉长音）扬起白色尘暴，挡风玻璃、墨镜、头发上、鼻子、嘴巴里面都是尘土。

来到世界上的这个地方，心跳会稍稍加快，这整个地区超过

---

[1] 1879—1935，美国幽默作家。

海平面一英里，空气和饮水一样，都相对短缺。想到最早来到这里的人——在公路、汽车或汽车旅馆出现前，在阿尔伯克基的KDEF电台或圣塔菲的KTRC电台提供免费的烧烤炉之前——我的心脏几乎要停止跳动。他们向这片冷酷无情的土地发起挑战，身心都无比坚韧，简直超乎我的想象。16世纪，正是出于对黄金的渴望，科罗纳多及其全副武装的西班牙征服者从墨西哥北上，19世纪，贸易通道的开放吸引了第一批盎格鲁人沿着圣塔菲之路来此：内心深处电台的声音甚至比KDEF或KTRC更具说服力。

"现在就来吧，赢一辆1967年的福特野马——或者，一年免费的冰吸，城里最酷爽的饮料！"我关掉了该死的电台，认真听——行吧，空调的咆哮声。关掉空调——摇下车窗。再开大约40英里，应该会有一个镇子。在我脑海里，对于人性的各种怀疑和忧虑如风滚草一样，不断翻滚。我开始思忖这一切究竟有什么意义，就像那些研究形而上学的人一样。这一切有什么意义？我觉得自己能干什么？是的，离开为污染空气所笼罩的平和的工业化城市，来到这个令人想入非非的地方，我成了一个怎样的魔鬼？

唱歌能让我保持清醒。我的嗓子变得沙哑，喉咙里堵满了灰尘。太阳猛地消失在地平线后，时间还这么早，实在是出人意料。东面的基督圣血山脉被夕阳染成了阴郁的血红色，随后变成蓝色，接着，一轮圆月高悬空中，皓洁清冷，然后月亮消失在黑暗之中，雾气弥漫。打开加热器。1000英里之外的新奥尔良电台的声音传来，微弱却清晰。

新奥尔良也在撒钱。

*

到了9点，在我下榻的汽车旅馆外面，"客满"的霓虹标志亮了起来。院子里停满了吉普、皮卡和旅行车。可次日早上7点半，当我再看出去时——院子里空荡荡的，只有我从租车行租来的那辆忠实的伙伴。这是狩猎季节的第一天，没有人会错过这一刻。

根据我得到的信息，这些人来狩猎鹿、熊、火鸡以及彼此。当然了，严格来说，狩猎最后一种是非法的，因为智人是受保护物种，猎人们穿着显眼的红格衬衫，戴着荧光红的工作帽，这样老远就能看到并辨认出他们来——自古流传的狩猎技巧发生了奇怪的反转。

我在路上和一两个猎手聊了聊，他们似乎都更在乎如何防御，而不是如何发起攻击。"我打算就站在我那白色皮卡旁，"一个人说，"山上有阿帕切人，他们会朝任何移动的物体射击，还有得克萨斯人，他们总是胡乱开枪。"

另一位猎人说上一个狩猎季，有一个人给马涂荧光色——可还没涂完，他就被枪击中了。报纸上有一篇报道，称一个在北达科他州的人外出狩猎时突发心脏病，摔倒在自己的枪上，脚被打穿了。这个人一瘸一拐地去求助，却往自己头上开了一枪，为了彻底解决问题，他又往自己的身体开了一枪。至于每一次开枪后,他怎么还能不慌不忙地给枪上膛,报纸没有说。

*

在镇上,人们会过来聊天,提供帮助和建议,延续西部传奇的最佳传统。很多都是身材高大的男人,戴着波洛领带,头戴阔边帽,遮住了他们的眼镜。

某酒店吧台后面一位正派的中年女士直截了当地跟我说,她受不了我那该死的伊丽莎白女王。我问她,我那该死的伊丽莎白女王做了什么惹她那么生气。她有些隐晦地解释说,有一天,有人讲了一个关于总统的笑话,吧台一个英国女孩听了后哈哈大笑。"我受不了。我直接朝她走过去,跟她说:'你笑的可是我的总统。如果我告诉你,我无法忍受你们的女王,你会怎么想?'因为我就是受不了,这是事实。我真的很恨伊丽莎白女王。"

主路旁有一个脏乱不堪的小镇,名叫古巴,在镇上的一家酒吧里,原本只是在打撞球时开玩笑而已,却差点升级为一场斗殴,这一幕让作为旁观者的我愈发感到不安。打撞球的人中有一个得克萨斯人,他是来打猎的,戴牛仔帽,穿着一双高跟马靴,别人称他混淆了桌上的球,却引发了新墨西哥人的反得克萨斯浪潮。"在得克萨斯,我从没见过人这么打台球的。"得克萨斯人怒吼道。"你就是个色盲,得州人!"他的对手叫道。"我才不是色盲!""那就在台球桌上证明给我们看,得州人!"

糟糕的是,他们从裤子后口袋抽出大猎刀。但一个头戴荧光工作帽的小个子男人让双方冷静下来。早就该这么做了。过一会儿，就会有一个佩戴一枚银质奖章、拿着两把转轮枪的高个儿陌生人踢开门，轻声说："我是21世纪福克斯来的执法员，我要以侵犯版权罪逮捕你们。"

旧金山

英国选民来到投票站，他们的任务是从选票上的三个名字中选一个画上叉，此时，他们很容易被一种可怕的不知所措感缠上。他们会忘记这三个人哪一个是站在他们这边的，他们会打钩，而不是画叉，他们会画三个叉。我碰到的计票员告诉我，如果是市政选举，要从一打名字中选出三个，人们会彻底抓狂，分裂成支持保守派和支持共产主义者。

我无法想象他们在加利福尼亚参加选举会变成什么样。在使用选票的地区，选票像报纸那么大——必须列出所有的选项。在旧金山，选民面对的不是选票，而是选票机——大小相当于电话交换台，由一排控制杆组成。在上周的选举中，每一台机器都有114个控制杆，外加40个小翻页牌，选民可以在上面写下其他候选人的名字。

和在其他州一样，选民票选的不只是州长、参议员和众议员，州参议员和众议员，还包括所有的州政府官员，从总检察长和法官到教育部成员。不同之处在于，在加利福尼亚州，选民还要就本州及与城市政治相关的大量具体问题进行投票。

上周，旧金山的选民要从50名候选人中选出24名官员。然后，他们还要就16条州"修正议案"给出意见——修正州宪法，更改公共退休基金投资相关管理规定，为退伍的盲人老兵提供减税，以及其他各种值得讨论的问题，大多数选民派代表在这些听不到他们心声的领域发声。此外还有一个"立法提案"——不是由州政府提出，而是由私人赞助团队提出的修正议案（要求法律严惩淫秽行为）。再来就是城市和县提出的17条修正议案。

到这个时候，选民开始将注意力集中到公共事务上。消防委员会成员是否应该从三人增加到五人？在其他城市部门工作的警察是否应该继续留在警局养老金制度中？资本支出估算中针对公用事业预算赤字率0.0075%的限制是否应该被废除？

当然了，选民不会在完全没有准备的情况下去面对那114个控制杆。主要议案的利益关系方会向选民发起一系列宣传——"请选1A"，"不要选2S"，"同意第16条议案，快乐永相随"。当局会提前向选民发放116页说明材料，每张纸上都印得密密麻麻，列出了支持及反对每项提议的理由。如果选民能在投票之前消化全部说明，并且摘录重点，就算是大功告成了。

让我回到去年3月在伦敦南部拉选票的那段美好时光吧，那些经过深思熟虑的英国选民告诉我，他们打算把票投给自由党，而在那个选区并没有自由党代表。如果让英国选民对着114个控制杆进行选择，我们能撬动地球。说不定选择罗纳德·里根。

*

午餐时间的加利福尼亚大学伯克利分校是一道令人难以置信的风景线。中心广场就像是从不列颠展的场地搬过来的——高度不一，天桥，户外用餐区。阳光下，喷泉周围以及行政大楼的台阶上坐满了留着长发的男人以及穿着破洞牛仔裤、露出漂亮膝盖的女孩。还有政治煽动者们，轮流对着最高台阶上的麦克风发表演讲，号召各种左派行动，就像是最早的苏联士兵以及俄国革命后的农民。

在人群中，人们热烈地讨论着越南民族解放阵线的宪政。已婚学生的孩子笑着，尖叫着，跑来跑去。一个骑自行车的人在漫步者中迂回前行，身后是狂吠乱叫的狗。附近的草坪上，一个男人盘腿坐着，用一根木管表演奇异的东方乐曲。

伯克利的道德观与政治理念激怒了所有人。报上时不时会出现抗议信。上周，校方出台了进一步限制午餐时间游行示威的规定——据说是抢在当选州长的里根派州委员会进行调查前先采取行动，对广场进行清场。

据说，校园里到处都是联邦调查局探员。我和当地一位激进派律师罗伯特·特鲁哈夫特（Robert Treuhaft）以及其英国妻子杰西卡·米特福德（Jessica Mitford）在阳光下共进午餐。他们称自己的电话长时间被窃听（一位前联邦调查局探员在最新一期旧金山杂志《壁垒》中写到，特鲁哈夫特是其窃听的对象之一）。

我们和一位名叫马里奥·萨维奥（Mario Savio）的当地民

间英雄进行了简短的交流,他发起了1964年的言论自由静坐运动。然后,特鲁哈夫特指着一个非常英俊的男人,对方穿着黑色的运动夹克,在我们说话的时候,他就站在一根柱子后面,像是某些剧中的反派,很明显,他正凝望着太空。特鲁哈夫特说这人就是联邦调查局探员,他脚边敞开的公文包里有一台录音机,把我们的对话全都录下来了。米特福德女士走过去,先是看了看公文包,然后盯着那个男人的脸。他依旧全神贯注地看着远方。

真是滑稽的一刻。我本应对此表示怀疑,但想起了我的一个英国朋友的经历,他曾是伯克利分校的研究生,去看了早期在校园举行的示威,后来就有两名联邦调查局探员跟着他横跨美国——驾着车,从旧金山一直跟到华盛顿。

不过最让人惊讶的不是这些被认为是联邦调查局探员的人,而是一个没有车辆的公共广场——人们或步行,或彼此聊天——扬声器里传出的不是背景音乐,也不是免费赠品或付费政治广告,而是对智慧和精神提出的疯狂要求。一片绿洲,毋庸置疑。

洛杉矶

亨伯特·亨伯特,开车载着洛丽塔从一个汽车旅馆到另一个汽车旅馆,实现了所有美国神话中最基本的一种生活方式,即你随时随刻都能上路。

即便是疑虑最重的美国人,也会以这样或那样的方式表达出这种感觉。他们会打比方——换个工作,甚至是改行,相对容易些,也可以在人近中年时很方便地进入大学深造。但他们也有字面上的意思——如果你不喜欢现在待的地方,总有其他地方可以选择。

美国是一个幅员辽阔的国家,美国人一年在国内四处旅行所花的费用超过500亿美元,相当于美国每个人——包括男人、女人和小孩——花费约100英镑。$1/5$ 的人口每年都会搬家,从乡村搬到城镇,从南部搬到北部,从中西部搬到东部,基本上从所有地方——中西部、东部、北部和南部等——搬到西海岸和西部。

据说,战后的西迁大潮是由参加过西部训练营、体验过当地气候的退伍军人发起的。(是否有人统计过涌回奥尔德肖特或卡特里克的念旧英国退伍军人所占的比例?)人们冲动之下打包上路。我在这里最早接触到的人中有一个之所以离开布法罗,是因为他带着家人驱车来到1000英里之外的田纳西州孟菲斯,遇到持续的暴风雪,被堵在了路上,停滞不前之际,他决定右转,继续开1800英里,便来到了西海岸。

亨伯特·亨伯特的上路哲学有一个缺陷,那就是所有地方其实都一样。但很多美国人不接受这个观点,他们对这个国家的地域特征怀有强烈的浪漫主义情怀,能找出美国不同地区间的巨大差异——尤其是西部与其他地方的差别。加利福尼亚人向我保证,你能在加利福尼亚过上其他地方无法提供的高质量生活。一个普通人热切坚称,普通人能在这里过上比法国蔚蓝海岸的百万富翁更舒服的生活。可能吧。我对居住在法国蔚蓝海岸的百万富翁的生活了解不多，无法发表意见。

有时候，我能感受到这个地方的魔力，尤其是一天晚上，在圣塔莫尼卡山脉靠近悬崖的优雅住宅区一侧，在一座位于突兀石块上的房屋的露台享用晚餐时。天气很暖和，非常平静。下方是圣费尔南多谷一望无际的郊区，灯光不停闪烁，如大海一般永不安宁。渐渐地，东面的圣加布里埃尔山脉显露出来，月亮从山后缓缓升起。然后，很突然地，北面的圣苏萨娜现了形，被笼罩在摇曳的血红光芒中，如同世界末日的不祥征兆，火箭正在进行地面试验，在发射架上燃烧。

那些已经到达加利福尼亚的人还会继续有想要上路的感觉吗？我的一位线人说，很多人觉得加利福尼亚就是终点，如果他们不喜欢这里，就会转向宗教、毒品或选择自杀。可好像还有很多人不停地游走——从加利福尼亚的这个地方到加利福尼亚的另一个地方，从加利福尼亚到亚利桑那，从亚利桑那回到加利福尼亚，或许还会去佛罗里达度个假。如同那些薪酬少得可怜的摘水果流动工人在收获季到各地赶场一样，大量训练有素、薪酬丰厚的航空航天业员工也随着政府合同的变更从洛杉矶迁到西雅图，从圣迭戈来到图森。有时候，整个美国民族就如同蒙古人一样，属于游牧民族。

*

演员、制片人和音乐家当然也是游牧民族。越来越多的大学教师也加入这一行列。一个在全国范围内具有知名度的高校教师可能会成为演艺人口中的"香饽饽"。各大高校会争相聘请他,除了直接的金钱诱惑外,还经常给予充足的自由时间,三年或两年内可享受一年的学术休假。我猜想一个炙手可热的教师应该能谈成这样一份合同,即他可以永久享受公休假,除了允许学校简章中提及自己的名字外,不用付出其他代价,就像代言肥皂的女演员。

这其中往往还有名望之外的因素,有时候还关系到学校幕后的利益相关方。我在西部造访了一座城市,有很多显要公民通过安排参观美术馆、欣赏当地交响乐团演出来为当地大学吸引著名学者。他们认为,知名教师的加入有利于学校获得更多捐赠,吸引能力出众的学生,从而获得那些有工厂的实业家的青睐,他们需要稳定的毕业劳动力。因此,在巴赫以及借来的波提切利作品上花一点小钱,就能在新业务上获得巨大的回报。

*

西部自由土地的边缘地带于60多年前关闭,但上路的观点扎根于直白的神话传统中,19世纪,正是这些神话支撑着人们踏上穿越大陆之旅。

如亨利·纳什·史密斯(Henry Nash Smith)在其作品《处女地》中所阐述的,西部神话应需求先后出现森林、乡村和农业,其中体现的理念最终固化为被普遍接受的历史理论"边疆假说",该假说尝试完全用自由土地的可利用性来解释美国的发展。

史密斯证明了神话的虚拟性。但是，美国有很多东西都可以用神话真实存在来解释。

美国人对上路存在的各种可能抱有坚定的信念，这源于他们的乐观，乐观是美国人性格中极具吸引力和人文特性的一面，培养了他们如影随形的自由感。如同置身充满希望的天堂，即便是面对不足，也觉得能够忍受。但我怀疑这会导致不足永久持续下去——营造出不断变换的无常氛围，使得美国一些地方随时成为人们上路的起点。

想象一下踏上前往天堂的旅程，却发现那不过是一个临时天堂，只是抱着最终会再度上路的希望让你觉得可以忍受——重新上路，沿着这条路开 1000 英里，来到另一个临时天堂……

纽约

1844 年，上帝发明电报后，塞缪尔·摩斯（Samuel Morse）经过深思熟虑，在华盛顿给巴尔的摩发的电报上写下："上帝创造了何等奇迹！"我认为，这是人类传播史上一大变革，其重要程度甚至超过摩斯先生的预期。

西联电报公司提供美国地区的电报服务，拥有一套独具特色的系统，这套系统在其他地方没有获得足够的赏识或者没有被采用。由于电报不用声音或笔迹鉴定，所以不需要发送者亲自撰写,可以由电报公司预先排好的编码组成,在很大程度上节省所有相关人员的时间、创造力以及为文字编排付出的精力。

举个例子,西联公司提供特别的生日祝福电报,可以发送给过生日的人。如果你愿意的话,可以写上自己想说的话——可西联公司已经为你构思了28条不同的祝福,你只需要打个钩就行了,谁还会再费力想其他祝福呢?

"一句简单的问候,短小精悍,祝你生日快乐。"——你真的能写出比这更好的祝福吗?或者是:"西联为你送上欢乐祝福,给你带来的快乐仅次于真正的团圆。"

只需要花一小笔额外费用,西联可以给你年迈的母亲打电话,为她唱《生日歌》。如果她要外出,你可以给她发一份一路顺风的电报,或许在"祝您旅途愉快,别忘了我们会时刻牵挂着您"这一条上打钩。这家公司还能为你身边非常亲密的人送上祝贺,从获得晋升或成功当选,到新店开业——"你配得上每一次成功,我(我们)知道你行的"。

勾选第34条祝贺电报,鲍比·肯尼迪会收到这样一封电报:"干得好!你的演讲极具说服力,一针见血。"勾选第33条,你将夸赞他"能言善辩,令人信服"。第35条,他轻松地"对事实进行了精准的陈述"。

没有电报会指责某人演讲废话连篇、虚伪至极,或者声音太小,后排人听不见。西联公司也不会提供祝贺那些你很看重的人被炒鱿鱼、破产或遭起诉的电报。有专门公告婴儿出生的电报

（Storkgram），但没有通知死亡的电报。

行了，西联公司为什么要帮你散布阴郁和沮丧呢？这个世界已经有太多这种负面情绪了。"母子／女平安。"婴儿公告电报宣布——在我看来，这样的电报无可辩驳，不留任何余地，无法加上诸如"在氧舱"或"恐不久于人世"这样的话。但你可以选择"加强情绪表达"，例如"能成为未来的总统（总统夫人）"或者"虽然我们从未在算术方面赢得过奖项，但我们很擅长做加法"。

我能想象老爸老妈从辛辛那提回来后，打开来自东部的女婿的电报的情景。得知母子平安后，他们总算长出一口气，毕竟分娩过程总是存在风险，即便是产后也有可能出现意外。尽管女儿、女婿从未在算术方面赢得过奖项，但很擅长做加法，这种幽默会让二老笑出声来。说实话，他们和女婿的相处一直不太好，他们不喜欢他那股透露着自命不凡的书卷气，高高在上的哈佛风格。但在看他发来的电报时，他们突然发觉原来女婿也是个普通人。

于是他们打给西联公司，回了一封甜蜜电报（Candygram）——世界上最甜的寄语，一个装有一两磅新鲜制作的美味巧克力的漂亮礼盒，附上寄送者的私人留言。他们选择的是："好哇！好哇！你们升级当爸妈了！好好享用巧克力吧。这样才能有足够的精力！"

女婿被岳父岳母如此温暖的反应吓了一跳，深受感动。他一直觉得夏琳的父母是一对老古董，不懂人类情感。他陷入沉思，分娩竟然会如此深深拨动人的心弦，奇怪的巧克力块儿卡在他的喉咙里，几乎难以下咽。他想要让他们知道自己有多感动。于是，他从桌上拿起西联公司的多利电报（Dollygram）范本，在"谢谢"这一条上打了个钩，言简意赅。

但他还有很多话想说！如同长期沉默之后终于敞开心扉，他又在"度过愉快的一天"和"顺颂时绥"旁打上钩，此时的他不再去想要花多少钱，毕竟这种事不可能每周都发生。他又拿了一块巧克力。他感觉有太多情感需要表达，拿着笔不停在纸上画来画去。他勾选了"请振作起来"，还有"祝好运""你好"。

当辛辛那提多利电报工作台将附有这些信息的那个傻乎乎的小雕像寄给岳父岳母时，岳母哭了，一点也不觉得难为情。"那个年轻人真挺会写的。"岳父承认。"写？我就说他能写！"岳母抽着鼻子说。"没错，他确实知道怎么写。"岳父说。"我就说他知道该怎么写。"岳母说。

于是他们回了一封祝贺电报，恭喜女婿在艺术方面获得的成功："你的精彩表现让我们万分激动。"他们还选了："你的表现太出色了。我会永远铭记。谢谢你的盛情款待。"外加："无法用言语来形容我（我们）有多么喜欢你的作品。送上最美好的祝愿。"

当他们打算在底部签名处打钩时，发现下面有一行字："多花几美分就能在签名栏内容前加上'爱你的'这个词。"

"爱你的"！这正是他们一直以来在寻找的词！只要多花几美分，就能买到真正良好的人际关系，太划算了。

另一个纽约

在曼哈顿狭窄的最北端,也就是与东北部人聚集的布朗克斯区交界的地方,地势增高,形成陡峭的崔恩堡公园(Fort Tryon Park)。最高处是一座古怪的中世纪堡垒——修道院——它仿佛是在指挥渡过河口抵御外围自治区的蛮族。这是一幅会出现在中世纪《建筑文摘》杂志上的景象,12世纪至15世纪,从兰斯到马德里,那些欧洲建筑压缩在一个紧凑的时空角落里。

修道院是大都会博物馆的分馆,收藏有中世纪的艺术作品。但建筑结构本身就是一座博物馆,融合了从西欧各地收集来的废弃基督教建筑的零散残片。大多数是美国雕塑家乔治·格雷·巴纳德(George Grey Barnard)收集的,他将自己的收藏存放在路尽头一幢砖石建筑内。但两次世界大战期间,小约翰·戴维森·洛克菲勒(John D. Rockefeller Jr.)出资买下这些残片,安装起来,增加适合的建筑构件,从而打造了这样一座独立的建筑物。

在修道院分馆里,最多的就是回廊——有四条回廊,用来自法国西南部四座不同修道院的回廊构件组成。这些回廊还包含来自其他天主教建筑的构件。例如,用普拉德的圣米歇尔德库克萨修道院古迹建造的回廊包括纳博讷的一道拱门和来自布尔戈斯的一扇门。用位于蒙彼利埃附近的圣吉扬勒黛塞尔修道院的构件建造的回廊包括来自波尔多附近守护圣母圣殿的十个滑稽的梁托,一尊来自勃艮第的天使,来自兰斯和佛罗伦萨的两个浮雕,来自卢卡的两尊大理石像,还有一个喷泉,曾经属于菲雅克圣索沃尔教堂。在博纳丰回廊能看到乔治·华盛顿大桥的壮丽景色。

(如导览所说)我们从圣吉扬回廊出发前往圣米歇尔德库克萨回廊,经过了罗马风格的布尔圣母教堂——位于波尔多附近的朗贡(彩绘玻璃窗被认为来自特鲁瓦)——以及12世纪的牧师会礼堂,完全是从加斯科涅曾经的圣母修道院搬来的。我们留意到早期哥特厅的门上方有一幅佛罗伦萨壁画。在哥特礼拜堂,我们向乌格尔伯爵家族的陵墓致敬,他们此前在西班牙东北部的莱里达,于13世纪末移居他乡。

进入罗马大厅后,发现其中一扇门来自卢瓦尔省的勒尼,我们丝毫不感到惊讶,另一扇来自勃艮第的穆蒂耶尔圣让,第三扇来自……哦……"我们不知道这扇门是从哪里来的。"导览手册上这样说。

好吧,我们每个人都会碰到这种情况——至少我是这样。放假的时候,你买了些小玩意儿,等回到家时,却记不起究竟是在哪里买到这些东西的,或者不知道自己为什么买这些东西。我能想象乔治·格雷·巴纳德从法国回来后,在自己的包里发现这扇多余的罗马风格大门时一脸惊讶的样子。说不定,他是在海关察觉到的。

"有要申报的彩绘玻璃吗?"海关官员问,"古墓?罗马风格的大门?"

"有,"巴纳德说,"两扇罗马风格的大门。"

"你确定只有两扇吗？有很多自作聪明的家伙想把稀奇古怪的门从我这里偷运回去。打开看看吧。"

于是，他们打开包——里面有三扇门。

"我发誓我只买了两扇！"巴纳德态度坚决，"就是在圣母院后面那家卖罗马风格大门的小店里买的……收据肯定塞在哪个地方……一定是有人栽赃嫁祸——要不就是沙特尔大教堂那个小个子错把门当成回廊给我了！让我看看，我有多少回廊……"

我们走进丰蒂杜埃尼亚礼拜堂。它在这里的历史相对短——这是一座半圆壁龛，相当于1/3个教堂大小，是在1961年从塞哥维亚教区一块石头、一块石头搬过来的，但看上去就是在纽约土生土长的。

等一下！这座半圆壁龛只是借来的。西班牙政府随时可能要求收回！一旦他们真的提出这一要求，要将礼拜堂和博物馆建筑分离还得花些时间——它被砂浆牢牢地固定住了。如果我把半圆壁龛借给某个人，发现这座壁龛已经与对方的屋子牢牢贴在一起，我会开始有点担心。我有种感觉，西班牙政府可能会为一时心软将半圆壁龛借给一些目光短浅的人而后悔莫及，在半圆壁龛受热捧的时候，这些人不惜花费巨资，却不知道未雨绸缪，藏起一两个。

是的，作为交换，大都会博物馆借给西班牙六幅壁画，但我不能完全肯定用六幅壁画换一座壁龛是公平交易。如今，壁画行情不佳。据我了解，在苏黎世，一座半圆壁龛抵得上八九扇门。不过，上周，半圆壁龛与回廊的兑换比例略有下降，不看好回廊的投机者试图掩盖这一趋势。

无论如何，修道院分馆的藏品相当丰富，展厅布置也值得称道，我开始考虑以这种方式在英国展出美国的艺术品。在这个国家四处游览期间，我一直在收集废弃摩天大楼的地板，而且我和一位经纪人联系过了，对方发誓能给我很大一部分宾夕法尼亚车站被拆后留下的残骸。

我希望把这些东西搬到汉普斯特德荒野的某个地方，重新组装起来——我们可以称之为"刮刀"。只要临时借用下克莱斯勒大厦的尖顶，搁在最上面，就可以算是大功告成了。我会告诉市长，我们很乐意将塔桥的左半段借给对方，作为交换。

还是纽约

我不确定自己是否发现了真正的美国，或者见过真正的美国人，即我在不真实的美国遇见的那些不真实的美国人迫切觉得我应该见到的那一面。我从一个地方赶到另一个地方，但在这个实现梦想的国家，我遇到的却是更多不真实的美国人——那些人更像自己——他们援引确实可靠的说法，表示真正的美国人在374英里以外。

在这些不真实的美国人中，有一些很像真正的英国人，与他们的沟通非常困难。我以足够美国的方式和他们谈论——饼干、糖果、乘坐地铁以及其他一切（或者说类似于 biscImeancookies 或 sweetsorIshouldsaycandy 的方言）[1]——他们却跟我说大量和汽油、电梯有关的事，至少是"gasserpetrol""elevatorasyousaylift"。

"天哪，宝贝，"我会像美国人那样叫道，"这是我听到过的最难以置信的事，伙计，毫无疑问，年轻人，天哪。"

而他们只会瞪着我。"哦，我说，怎么了？"他们不安地嘟哝着，"冷静点，老伙计，看在上帝的份儿上。"有些人说话时嘴里好像含了一颗李子。

但我觉得不虚此行。在这里的日子，我得以后退一步，能从客观的角度审视并深入了解真正的英国人。我发现了这个国家各种以前不为我所知的事，大多是通过浏览美国媒体的广告获悉的。

在英国，人们最先留意到的往往是英国人的穿着非常讲究。从英国男人穿的"结实的灯芯绒防雨衣"可以看出我们拥有"英伦风范"。当然，还有贝雷帽。（"地道的英国范儿。"进口商表示。——特别是搭配抽了一半的法国高卢烟和一串洋葱时。）

事实上，就我所知，英国人几乎离不开这样或那样的防雨服。不足为奇，这里每个人都知道英国雨水不断。行吧，除了伦敦，因为伦敦永远笼罩在伦敦雾中，散发出如此奇幻的魅力以至于美

---

[1] 此处指的是英美两国对饼干、糖果的不同称呼：bisc 和 cookies，sweet 和 candy。下文的 gas 和 petrol，elevator 和 lift 也是美式、英式英语中对汽油和电梯的不同称呼。

国一个雨衣品牌以伦敦雾命名。伦敦雾雨衣为客户提供优质服务，保护穿这款雨衣的人免受人人痛恨的肮脏的纽约烟雾的侵袭。

当然了，有时候，只要能百分之百确定我们所待的房间是干的，我们也会脱下雨衣——露出猩红色的马甲，就是市中心英国时装店能看到的那种马甲。或者在结束一天的拍摄后，我们会把左手插在口袋里，以标准的站姿啜饮苏格兰威士忌，留着军人胡，穿上醒目的绿色格子西服，喷上"奥尼克斯"（Onyx for Men）——"英国人为英国人设计的令人神清气爽、精神焕发的香水"。

我不知道，在这种情境下，谁负责倒苏格兰威士忌。在英国，你很难接触到真正的英国管家，但在美国，在不同的报纸上，我几乎每周都能读到一条与英国管家有关的消息。我们爱喝酒是出了名的，我们有约 5000 种不同品牌的苏格兰威士忌可选择，每一种，我们都乐于更为安静地品味，陷入沉思，享受英式快感——这让生活变得更加艰难。在这种情况下，一个好管家就是生活必需品。

我们不仅爱喝酒，对吃的热衷也是出了名的。事实上，吃与喝是我们一直以来坚持的仅有的两件事，并且我们似乎并没有被彼此穿着的绿色格子西服，身上散发的令人神清气爽、精神焕发的香水所震慑住，依旧无所畏惧。

我们的一天是从传统的英式松饼早餐开始的。（"吉夫斯，来一份英式早餐，外加葡萄果酱。"[1] 我们中那些足够幸运拥有管家

---

[1] 此处应指 P. G. 伍德豪斯的小说《万能管家》中贵族少爷对管家说的话。

的人会像贵族那样，从胡子下面挤出这些话来。）其余多数时候——如果第 36 街的基恩英式小饭馆没弄错的话——我们的传统食物是烤牛肉和约克郡烤酥饼。

不过第五大道的英国旅行社不认同我们的日常饮食选择如此有限。这里专门有一个窗口用于展示我们的饮食习惯，希望说服美国人去英国，近距离地了解。依照英国旅行社的展示，我们吃塑料——塑料冷熏黑线鳕、塑料腰子、塑料鸟蛤和贻贝、塑料羊杂碎布丁、塑料奶油草莓以及其他很多塑料美味。

"在英国，像当地人一样享用美味。"令人琳琅满目的橱窗上有这样一条标语，向纽约人发起了挑战，他们带着敬畏盯着这条标语，脸变得和英国人的格子西服一样绿。那淡粉色的塑料腰子让我确信，美国人彻底被我们打败了。

在典型的英式酒吧里，像当地人一样享用美味，像鱼一样痛饮。必须承认，我几乎要忘记典型英式酒吧的模样了，直到过去几年，纽约各地开始出现典型的英式酒吧。例如，在纽约希尔顿酒店的罗马酒吧，"你可以在时髦的欧洲大陆风环境中体验'美式酒吧'的美妙"。

不管怎么说，仔细想想，那就是英国。就是有 个小小的不足——那里似乎没有任何女人。我想，人们可以从字里行间推测出伟大帝国的命运、坚挺的货币、超大的酒量，但没有女人。

我迫不及待想要回去调查一番。

（1966 年）

嘎吱嘎吱的腌萝卜
近距离看日本

正值夏日雨季，走上街头，仿佛是步入丘园的棕榈室，能明显感觉到身体被空气紧紧裹住——闷热，潮湿，同时又散发着亚热带绿植的阴冷气息。

小火车经过布局混乱、以木结构建筑为主的老城，紧贴着房屋背面而过，顶着湿热的阳光，吃力地爬上郁郁葱葱的山丘。厚重的空气让人们耷拉着脑袋，随着车厢左摇右晃，就如同不停抖动的浆果。从下田到伊东的这段路，有三位老婆婆上车，她们盘腿而坐，风从敞开的车窗外进来，吹拂在她们脸上。老人们齐声唱起奇特古老的歌曲，声音很轻，以免打扰到其他乘客，一边唱，一边在膝盖上拍打节奏。

在东京的某些区域，街上到处都是小生意。每扇门里面都是一个小小的工作区，摆着一张灰色的铁桌子，或者挂着工业防护服。再往里走，地板抬高，是生活区，装有移门，自成一个世界,地板上铺有草席,上面绝不会摆放鞋子,整个空间如同一个迷你舞台。

某些郊区的街巷还没有暖房里的走道宽。你可以伸手触碰两边的竹篱笆。遇到雨天,雨伞会彼此碰撞纠缠。在篱笆和小树组成的屏障后面不过几英寸的地方,就是一座座独立坚挺的房屋,每座的设计风格都不相同,它们彼此之间也不过只隔了几英寸而已。这座屋子里有人在弹奏日本筝,这是一种古老的日式齐特琴,乐声令人心碎;而那座屋子里,有人在练习肖邦的曲子。空气中弥漫着构架房屋的木材散发出的树脂香味,以及污水坑里冒出的臭气。

关于日本,我记得最清楚的一件事发生在我下飞机后的那几分钟里。从机场出发的单轨列车蜿蜒穿过一个由整齐有序的现代化工厂、被污染的工业水道、层层高速公路组成的密集世界,就在将抵达终点站浜松町前,列车会加速越过东海道新干线——这一著名的流线型特快列车会以每小时130英里的速度开往工业化的日本的其他地区。下方,一面可见夹在主干线和单轨列车之间的一座古老的宫廷花园;另一面可见高速公路双层高架桥上的堵塞的车流。

在离开前,我又瞥了一眼那座花园。在钢筋混凝土和移动的钢铁之躯之间,古色古香的花园宁静依旧——或许它预示着,周遭矗立的耗资不菲的交通网络最终都通往安宁之地。又或者,它不过是透过车窗瞥见的一处美丽古迹罢了。

*

在大阪郊外的住宅区，我和一些人共同生活了几天。他们住在一座混凝土公寓楼里，从外面看，给人感觉像是到了坎伯诺尔德（Cumbernauld）或鹿特丹。不过进入正门后，你就会发现内部是传统的日式风格。把鞋子留在小巧的混凝土前厅，穿上摆放在前面加高的木地板上的拖鞋。走上四五英尺的距离，就能来到客厅门口，脱下拖鞋，穿着袜子踩到草席，也就是榻榻米上。

这个房间铺了四张半草席——约莫 7.5 平方米——正好可以容下我和冈本夫妇坐在矮桌旁的垫子上用餐，到了晚上，垫子叠放在角落里，桌子立在一旁，摊开被褥，我就能睡觉了。紧挨着墙摆放着彩色电视、立体声音响的大音箱和冈本先生收藏的哲学书，有四种欧洲语言（他是美学讲师）。墙上装饰着一系列他亲手装配的模型飞机。其中一架是白色漆面的轰炸机，1945 年，日本高官们就是乘坐这款飞机去签署投降书的。

每次移动时，我都得考虑下自己的头和脚。为了不撞上门框和挂着的帘子，我的脑袋缩得足够紧了吧？我住过一家旅馆，房间厕所的门楣中间被撞开了一块，可能是某个身材高大的西方人的脑袋干的——那家伙大概在思考自己是否穿对了鞋。就在我将注意力放在自己的脑袋上时，我突然意识到我的脚犯了可怕的错误。可能是直接穿着袜子离开榻榻米，走到了（纤尘不染的）木质走廊上。也可能是穿上了拖鞋，然后换上与（纤尘不染的）厕所地板接触的专用拖鞋,接着换回前一双拖鞋,穿过走廊,直接进了客厅,脚上还套着那双走廊拖鞋!赶紧,愧疚地穿着拖鞋跳回去,砰!——又撞到头了。

我满怀羡慕地看着日本人进进出出,完全不去考虑穿鞋的问题,他们会一边朝榻榻米走来,一边转动身体,背朝榻榻米脱掉拖鞋,鞋头朝外,这样等他们离开时就可以直接穿上拖鞋了。在列车上,女人们有时候会脱掉鞋子,像可伸缩的起落架那样,盘腿而坐。偶尔会有男人蹬掉右脚的鞋子,把左腿搁在右腿上,接着穿回右脚的鞋子,脱掉左脚的鞋子。东海道新干线的头等车厢设有专门的踏脚,正面是橡胶,鞋子可以直接搁上去,反面铺有一小块凸起的地毯,可以让穿着袜子的脚备感自在舒服。

我见到的一些人在晚上回到家后,一定会把穿过的西服折好收起来,然后习惯性地泡个热水澡,再换上和服。冈本先生告诉我,他喜欢妻子穿和服的样子,但她只在元旦以及出席朋友婚礼时才穿。(冈本太太告诉我,穿上一套和服需要大概一小时的时间。)她也喜欢看丈夫穿和服的样子——但无论什么场合,冈本先生都不愿意穿和服。

他是个非常周到体贴的主人——礼貌,面带微笑,急切……难以捉摸。(非常抱歉!)而她美丽,娇小……像一个精美、活泼的娃娃。(我情不自禁!)她拥有银铃般轻柔的声音,轻松爽朗的笑容——总是那么快乐,不慌不忙的样子,对周围所有的人都流露出兴趣,会有节制地展现自己的风情。她什么都干。工作

（教外国人日语）。早晨起来为我准备复杂的传统早餐。负责所有的开车出行——慢慢地，不慌不忙，很安全，即便当地的车辆发了疯似的从两旁超越我们，突兀地在我们前面变道，无情地抢占路上的每一寸空间，也绝不退让——她的丈夫坐在后排，会提高嗓门，用略显奇怪的声音抱怨她没能钻进某个正在快速移动的空隙，而那个空隙比我们坐的车大不了多少。

等红绿灯的时候，她会拿起变速杆旁一个正面是玻璃的盒子，从里面拿出一把扇子，给自己扇风。在她开车的时候，从敞开的车窗中灌进来的热风以及那些轮胎暴力加速时发出的嘎吱声让我几乎听不见她在说什么，我必须倾着身体才能听清楚她那轻微的说话声。她会一本正经地问："您想要去温泉度假村吗？在那里，男女可以共浴，而且都不穿衣服。"或者是："您结婚后是否有过很多风流韵事呢？"

在餐厅，是她负责管钱和结账。禅寺的石林在晚上关闭，需要有人跑半英里的路去说服寺庙让我们入内参观时，是她跑过去，成功说服对方，又跑半英里的路回来（当时的气温在90华氏度左右，湿度之大，以至于空气都能被挤出水来），依旧面不改色心不跳，那么精致，微笑着。

当她的丈夫在后座指挥她避开高速公路的拥堵段，掉转车头，沿着错误的方向下匝道，迎面而来的都是时速在40到50英里的车流时，她掉转车头，沿着错误的方向下匝道，依旧面带微笑，一如既往地镇定自若。

*

电视台（有九个频道，多数从清晨开始一直播到深夜）播放的古装剧中，正派武士浑然不觉悄悄跟随在其身后、意图行刺的反派武士，但他们总会在最后关头转身，利剑猛地一挥，终结敌人的性命。有一部剧是讲述一个盲武士的，类似于中世纪版的《无敌铁探长》[1]。在东京的一个周日，石黑秀带我去看了一场歌舞伎表演，她在伦敦大学教哲学，正好回日本来参加一个会议。偌大的剧场座无虚席。观众群中，每位演员的拥趸都会冲舞台"呼唤"其名字，称赞其独特的表演风格（重音的表现，眉毛的抖动），场面非常热闹，就好像是在为拳击手或摔跤手助阵似的，这就是传统的"挂声"。主角是三代目市川猿之助，他是著名歌舞伎世家市川猿之助的第三代传人。最后，当他结束令人悲痛的长篇独白，幕布缓缓落下时，观众中有一位老者被深深打动，喊道："我想起了你的祖父！"剧场里响起一片低语声，观众都表示认同。

在这样一场个性强烈、风格独具的表演中，唯一让我分心的是周围此起彼伏的抽鼻子、擤鼻子的声音。在幕间休息时，我对石黑秀女士说，很多观众似乎都有过敏性鼻炎。"过敏性鼻炎？"她说，"他们是在哭泣！"（说真的，在欧洲，谁会在剧院观看有250年历史的古典剧时被感动到哭？）我们在剧场的某家餐厅吃炸鳗鱼。她让我看周围一群群穿着和服的中年女性。她们穿的和

---

[1] 1967年至1975年播出的美剧，主角是坐在轮椅上的侦探罗伯特·艾恩赛德。

服是棕色带深蓝色,或者是白色带深蓝色图案。这些是"市中心"风格,石黑秀女士告诉我,居住在传统的小商户和手艺人聚集区的女子会穿这种和服,与"郊区"色调柔和、带花卉图案的和服截然不同,那种和服通常是居住在皇宫周围的贵族穿的,延伸到了郊区。

"歌舞伎就是她们的整个世界,"石黑秀女士说,"人们说日本人是亚洲的普鲁士人。十足的无稽之谈。他们是非常多愁善感的。他们所崇拜的历史人物并不是那些精明成功的人,而是像今天剧中的俊宽那样的人,会感情用事,会一怒之下杀人,或因绝望而自杀,显得很浪漫。这才是这些人活着的目的——沐浴在情感温池中。"

*

我学会了在使用牙签时用另一只手遮挡,还学会了去公共澡堂洗澡,用很小一块毛巾遮住私处,装出一副漫不经心的样子。我吃生鱼片、鸡肉刺身、水母、海胆、各种海藻和鲸脂,蘸上梅子酱,搭配撒盐的清酒吞下。可我没法让日本人信服。一天晚上,在某个温泉度假村(可惜泡澡是男女分开的),泡过滚烫的药浴后,我裹着长长的浴衣,和冈本夫妇共进晚餐。看到我滑稽的异国用餐方式,迷人的冈本太太突然发出一阵不可抑制的银铃般的笑声。

"很抱歉,"等到冷静下来后,她说,"是因为你在吃饭的时候尽可能不发出声音!为什么欧洲人要这么做?为什么不让我们听到你很享受这些美味的声音?我们尤其喜欢听嚼萝卜时发出的嘎吱声。"（我们正在吃腌萝卜和茶泡饭。）她为我示范嚼萝卜，优雅地发出极大的声响。"而且我们很喜欢听吸入米饭和茶汤的声音。"她开始吸食茶泡饭，发出雅致的啧啧声。

"不过我们最喜欢的，"冈本先生开口了，"是吸食面条的声音。"

我用力地嚼着萝卜，发出了一些闷响。但我发现，由于长年受西方用餐习惯的约束，我永远都不可能在吸食泡饭和面条时发出那种极富表现力的声响了。

*

不过，在很多日本人看来，旧生活方式正在悄悄溜走，就如同在列车窗外看见的花园那样。我第一次睡在榻榻米上是在一家传统的日式旅馆（Ryokan）——草席，移门，还点着一种驱赶蚊子的香。日式旅馆并不愿意接受独自前来的外国人，担心后者把平头钉靴放在榻榻米上，或者在浴室里做出一些难以描述的西方行径，于是我拜托一个日本朋友带我去。但她——一个习惯都市生活方式的社会学家——也没有在日式旅馆下榻的经验，对这种旅馆，她几乎和我一样无知。我们只能找一位熟悉日式旅馆的瑞典女士带我们去。

这家名叫"菊梅"的旅馆位于旧首都京都的"欢乐区"，即艺伎区（但当地人向我保证，这是最一流的艺伎区）。那位社会学家日下部清子说，在东京，首相甚至在名气较响的艺伎屋召开过部长会议。不过，她对这个建立在茶费可报销以及同情怜悯基础上的古老世界——学徒要完成所有的培训需要花费数千英镑，为了支付这笔巨额费用，她们可能还得向顾客出卖自己的童贞——的熟悉程度和我差不多，她尝试做过一些研究，但迫于艺伎这一行的隐秘性放弃了。

日式旅馆（另一家位于下田附近的日式旅馆的主人告诉我）最终都将让位于西式酒店，经营这样的旅馆实在过于劳累。黑柳彻子女士在某电视频道拥有一档每日脱口秀节目，她表示电视正在改变日本家庭的装修风格。她说，日本各地——尤其是乡村地区，农民依靠政府给予的水稻作物的丰厚补贴以及地价的飙升发了财——人们去掉了往日传统的内饰，取而代之的是他们在"家庭剧"里看到的西式装饰，这种下午播放的肥皂剧就是面向家庭主妇的：定制的配套厨房、落地窗、地毯和沙发。他们唯一保留下来的东西是屋后的土厕——因为家庭剧里从不会出现厕所。

我所拜访过的多数中产阶级家庭都做出妥协。你可以把鞋留在正门里面，然后（穿着拖鞋）走到铺好的地毯上，坐在西式扶手椅里。不过，通常情况下，这些家里还会有一个榻榻米房间，作为传统日式风的最后据点，家长会在晚上摊开被褥（他们的孩子则睡在床上），或者是不受打扰地看会儿电视，又或者在元旦的时候，穿着和服坐在里面迎接新年。

*

"离开的时候，千万别以为日本人是和你、我一样的人，"一个在日本待了好些年、会说一口流利日语的新西兰人告诫说，"因为他们不是。他们是树木和花卉的化身，是大自然的一部分，他们就是这么看待自己的。视自己为个人——就像我们觉得自己是个体一样——这种情况是很罕见的，是例外。大多数日本人认为自己是团队的成员，家庭成员、公司成员。脱离了团队概念，他们就不知道该怎么思考，该怎么做。"

"他们并没有真正改变——这恰恰就是他们犯下的错误。他们并不富裕，人均收入榜上的排名依旧很落后。你看街上总是堵车，可别忘了，十六个日本人中只有一个人有车。"

"他们也不理解我们的思维方式！他们是外观装扮方面的大师，能吸取采纳其他风格。他们学习了西方文化的表现形式，就如同中世纪时期，他们效仿中华文化那样。但他们不理解这些表现形式背后的理念，有了这些理念，才能让这些形式活起来！"

我见过的其他居住在日本、对这个国家有很深了解的外国人也是这么谈论"他们"（日本人）的。但当我把这个观点告诉石黑秀女士时——她十分了解西方哲学观点，在西方是一位享有盛名的评论家，对莱布尼茨和维特根斯坦颇有研究——她认为完全与事实不符。她很轻松地列举出了其他凭借在数学、物理以及其他纯概念性思维领域做出贡献而获得国际认可的日本学者。她还带我去了东京不同的咖啡馆，学生们一边打工一边自掏腰包，听精心挑选的布鲁克纳、阿尔比诺尼和卡尔·菲利普·埃马努埃尔·巴赫的音乐。

这种完全沉浸在欧洲音乐的行为表现是最让我惊讶的。我和冈本夫妇一起乘夜船去广岛。当我们倚靠在栏杆上,看着夏日闪电划过受污染的内海时,冈本太太用她那轻柔甜美的声音哼起舒伯特的歌曲。她说,有些歌曲总是能让她一边唱一边热泪盈眶。

当舒伯特写下那些歌曲时,日本仍然处于长达两百年的闭关锁国期,这道桎梏是它强加于自己身上的,当时的日本是一个以封建权力为基础的封闭社会,致力于保护其古老的传统。自那以后,日本就以惊人的速度消化欧洲科学与经济组织的构架,获得了令人震惊的成就。可我发现,歌舞伎演员一成不变的扭曲的面部扮相以及19世纪早期欧洲的乐调竟让日本人感动落泪这种微妙的错位感,着实让我难以理解。

*

在日本,即便是从条件最为舒适的中产阶级家庭的客厅窗户望出去,与隔壁的房子或者是工厂,永远只隔了几英尺的距离。市郊边缘最后一座房屋的竹篱笆旁,或者最后一家工厂的围墙旁,就是稻田。

日本有 $4/5$ 的面积是不宜居住的山丘,因此1.08亿人口不得不在面积与爱尔兰共和国相当的区域里生活、生产,包括种粮食。而过去120年里,自从日本——当时还是一贫如洗的封建社会,受饥荒影响,人口只有约3000万——在帝国列强的逼迫下重新打开国门后,可以肯定,这种密集文明几乎就是在人们眼皮底下变得更加稠密。

不仅是变得更稠密,还在一而再,再而三地发生变化。日本人以木材为建筑原材料,而不是石头或砖块,他们不认为建筑能持久。1923年大地震导致近半个东京被夷为平地,1945年美军实施的大轰炸让东京超过一半的面积被焚毁。在过去五年里,石黑秀女士只回过日本两次,每次行程都很短暂。当她带我逛东京时,一直惊讶于这座城市新冒出来的建筑。此外,新增加的地铁线路也让她迷惑不已。战后,日本的人口增加了一半,像流沙一样不停地流动。东京绝大多数居民都是在异地出生的。

出于对地震的担心,建高层建筑并非易事。不过现在东京出现了大量高层建筑,这些建筑被设计成能在第一时间大量吸收地震产生的冲击波。大阪人则选择开发地下空间,他们挖出了一个双层地下购物中心,还有一条供观赏的地下河。(我同一位地震专家聊过,对方很担心一旦大地震破坏出口,切断光源,这个地下世界会陷入困境。)密集、低矮的城市在表面扩张蔓延,仿佛巨大鸟笼一般的金属笼罩立着,很醒目,你可以在里面打高尔夫来发泄沮丧、保持清醒——为了能在户外击球,你需要加倍努力成为富人(我在《日本时报》上看到广告,真正高尔夫俱乐部的会员费最高达到2.7万英镑)。

我的身体感受到了一种压迫感。在一个酷热难当的周日傍晚,日落时分,我发现自己身处东京附近一个脏乱不堪的通勤小镇中心,朋友去打电话了,我在一旁等待。我们和其他成百万人一样,已经在镰仓逛了一整天,参观寺庙,欣赏绣球花。此刻,我们准备加入看似有25英里拥堵段的车流,返回市区。所有的商店依旧开着,播放着震耳欲聋的流行音乐,还有一家弹球房里传出类似下铁雨的噪音，里面站着100多个男人，肩并肩紧挨着在玩垂直弹球机，以期养家糊口。

我突然觉得有什么庞然大物正盯着我看。我抬头——镇外的山上有一尊巨大的佛像，透过我们头顶纵横交错的电线网，平静地往下看。或许是因为文化冲击，也可能是严重的感觉超负荷，我来到街对面临河处找了个景色还不错的地方歇息一会儿，河上有小桥通往前面的小花园。当我倚靠在栏杆上，看到下面的河里有五辆叠起来的自行车，全都是从同一个地方扔下去的。在这些自行车上面，涌出大量散发着气味的污水，好似从雕像上汩汩喷出的喷泉。

*

马路被日产汽车堵得水泄不通，河流和海洋则漂浮着日产废弃物。石黑秀女士恳请我尽可能不要再写关于污染或经济奇迹，又或者员工高唱企业歌的文章了。但污染是个无法回避的话题。英语报纸通篇都是与污染相关的消息，谈话也总是不停地回到这个话题上。

在水俣市（水俣病发源地，这是一种汞中毒症），渔业合作社受当局委托在海湾捕鱼——并将捕到的一切都埋起来。在佐伯町，渔民们占据了某公司办公室——该公司往海湾排放废弃物——直到行政主管跪在他们面前道歉才罢休。在神户，恐慌导致水产品运输行业变得不景气，某公司会长在其祖先的坟墓前自焚而死。一万名鱼贩聚集到东京表示抗议。为了让人民安心，首相要求内阁所有成员每天午餐都吃鱼。政府宣称每周吃10.2条沙丁鱼,外加1.8条比目鱼、1.6条黄鳍金枪鱼和12条竹荚鱼是安全的。不过后来受到渔业施加的巨大压力,政府将这些数字改成了38.6条沙丁鱼、6.7条比目鱼、6.1条黄鳍金枪鱼和46.2条竹荚鱼。

至于是否有内阁大臣做到过一周吃46.2条竹荚鱼,并没有相关的报道。

*

太平洋的湿热空气(这里冬天当然也会下雪)裹挟着我,置身于令人窒息的密集环境中,一切都在快速地变化,陷入躁动不安的状态中。有时候,我觉得自己好像是在高压锅里。

在我看来,人们如传说的那样,工作确实很努力。大多数公司仍然采用一周六天的工作制。妻子们抱怨自己的丈夫回家太晚,几乎都看不到他们。为了推翻外界的种种猜测,石黑秀女士带我去了一所大学的电脑中心,那里一天只开放八小时,由政府雇员负责管理,他们坚持原则,拒绝加班。她还介绍我认识了一位医药公司的主管,他每周工作五天,从上午9点到下午6点(并且不唱企业歌,是当地唱诗班的成员之一,唱小调弥撒曲和威尔第安魂曲)。他的公司正在研究一个系统,借助这个系统可以每月分配给办公室员工160小时的工作时间,而员工可以自由安排。

但我在京都遇到的一位瑞典女士在谈及"公司"对员工生活造成的影响时,反应十分强烈。她在日本住了好几年,在日本公司的办事处工作（她会说流利的日语）。"影响？"她叫起来，"公司就是生活！公司真正的奴隶是老板！他得长时间工作——一直干到9点、10点——这里的惯例是其他人都觉得老板不下班，自己也不能走。他们觉得必须通过工作来证明自己的能力，直到累垮为止。有时候就会这样。在我工作的地方，时不时会有人在深夜晕倒，不得不被人送回家。"

在我借宿于冈本夫妇位于大阪附近的家期间，冈本太太为我画了一幅基调阴郁的画，画中的日本人是一群孤单的主妇，她们成天待在家里，除了讨好情人或者告发有情人的邻居之外，无所事事。要不然就只能在下午打开电视，看"家庭剧"里的主妇们代替自己出轨。大多数婚姻仍然是包办婚姻，日本丈夫总是被认为会有外遇。用冈本太太的话说，很多年纪大的男人"死在别人身上"——与年轻女孩发生关系时心脏病发作而死。她说这种死法很不错。我表示，对于女孩来说，恐怕就没那么好了。听到这话，冈本太太惊讶地笑了。我觉得她从没站在那些女孩的立场考虑过这个问题。

奈良一所大学的教师告诉我，眼下三四十岁的男性是真正的经济推动力。年轻一代对休闲放松更感兴趣，等他们接手后，经济就会放缓。尽管如此，压力仍然早早出现。一天晚上，一位从横滨出来的年轻教师来看我，待了15分钟。他带了一瓶威士忌作为见面礼，当我抗议无须这么做时，他反驳说家里还有好几百瓶呢——每当学生家长上门了解自己孩子的进步情况时，都会带一瓶威士忌。

科学家上田诚也教授也在场，他表示很容易想象这是真的，那些家长这么做并不仅仅是出于礼貌。"你应该看看孩子们在晚上和周日用功的样子。"他说。公立学校不再按学生智商分班，有很多不安定因素，但雄心勃勃的家长克服了这些不足，将孩子送进"辅导"学校——也就是强化补习机构，填满了孩子们的课余时间（有时候是在清晨，学校上课之前）。"当这些辅导学校的注册时间临近时，"他说，"家长们会带上毯子，在路边整宿排队，就是为了帮孩子报名。"

要想让孩子进入最好的公立或私立高中之一，以便其能上好大学从而进入大公司，你就得把自己的孩子送去强化补习机构……倘若有必要，有钱的家庭会给孩子租邻近好高中的公寓。不少人都提到了一个男孩，这种孤单的生活让他感到绝望，最终他选择了自杀。诚也教授在东京大学地震研究所工作，三年下来，研究所的钩心斗角让他很是厌烦，他和家人打了个赌：如果儿子没能考入为东京大学输送高才生的高中——此类高中数量极少（在全日本562所大学和研究生院中，要考入最好的东京大学依然很难）——全家人就搬到美国。那孩子考进了，于是他们一家人就留在了日本。

让我惊讶的是，不管已经埋头用功多久，孩子们永远都在学习阅读和写作。想想吧，很多母语为英语的孩子在学习掌握拉丁字母表的26个字母时都会遇到很多困难，再看看日本孩子脸上的表情。教育部对日常使用的表意文字进行了规范，（从大约两万个表意文字中）选出1900个左右，其中有超过800个得在小学阶段学会。几乎所有的表意文字（kanji，日本汉字）都有两种不同且不相关的读音，一种是日语发音，另一种则源自最初的中文发音。

此外，还有两种音节"字母"：平假名，有46个字，为日本汉字注音，以及表现语法变化，使得日语从一开始就成为一种完全不适合以表意文字来书写的语言；片假名，同样是46个字组成，发音与对应的平假名一样，但大多数写法不同，用于转写外来语。

难以想象。不过显然，大多数日本人也学会了拉丁字母表。至少，广告商和通俗杂志出版商很自信。那些清晰易懂的单词会突然从一堆陌生的印刷体中冒出来，缓解我因为不懂日文而产生的无知感："Sex"（性）、"Fantastic Escape"（惊奇出逃）、"Gimmick Productions Limited"（噱头制作有限公司）、"Sainte Neige 1967, Château Haut Yamanashi"（圣雪葡萄酒1967，山梨县顶级城堡）。广告商动人的词组："New Life"（新生活）、"Dear Summer"（亲爱的夏天）。就连产品的名字都是——"Cedric"（赛德里克）、"Sony"（索尼）。想象一下在伦敦的广告公司，客户同意让其"Dog-i-Meet"（我遇见的狗狗）的标语更高档些，具体实施方法就是将其全部改成希腊字母，然后将"Δογ-ι-μιτ"贴满所有的地铁站！

"但千万不要相信任何你听到的所谓全民扫盲的话，"我认识的那位会说日语的新西兰怀疑论者说，"平均每位家庭主妇只能记住约900个日本汉字。"我跟不同的日本人提及这一观点，他们全都坚决否认。可即使是受过高等教育的朋友也同意在阅读19世纪的小说时，需要查询字典。石黑秀女士惊讶地发现人们坐地铁时不再像前几年那样看书了，转而看起连环漫画。她将原因归咎为电视。我暗自同情他们。

*

不过，出人意料的是，在日本，你看不到社会压力一些最为常见的表现症状。街头犯罪鲜少发生，也不会觉察到潜在的敌意。我遇到的唯一的乞讨者是僧人。一位城市规划官员苦笑着跟我说："人口过多解决了无家可归这个问题。"富人和穷人的差别变得很细微。就连辍学者穿得也很像样。（"日本第一，嬉皮第二。"一位英国居民说。）

然而，自尊自重的表象之下，暴力也在暗流涌动。自杀成为讨论和报道的热点。按国际标准看，成功率不高（如果数据正确的话），但越来越多的小学生尝试自杀，至于原因，没有人能完全弄清楚。

还有种族问题，朝鲜半岛移民社区被塑造成了如同黑人社区一样的存在。一位计算机科学家说，要是我想被人捅，不妨去大阪，竖起四根手指插到别人脸上。这个手势代表四足野兽，暗含"部落民"（burakumin）之意。这个词是贱民阶层的委婉说法（"特殊群体人"），人口数估计达到200万，主要集中在大阪，在很多废弃的村庄离群索居。这些人也被称为"非人"（hi-nin）、"秽多"（eta），他们的祖先在封建社会被指派从事某些遭到佛教徒嫌恶的行业，例如屠宰、鞣革、行刑，还有掘墓。现在，他们通常打散工，负责垃圾清洁，被社会上其他人所鄙视，无法与非部落民结婚，也没办法当公司员工，出现在各种稀奇古怪的性谣言里。

股东大会属于那种应当避开的场合，公司会聘请总会屋（我得到的翻译是"股东大会专家"）来恐吓提出质问的左翼分子。我得知，部分学生中间还流行在街上殴打"看"他们的人。今年夏天，在东京以支持右翼闻名的国士馆大学，学生们殴打了多位受害者，包括一名70岁的老妪，不过他们的目标主要为朝鲜半岛的高中生。在东京的早稻田大学，40名革命马克思主义派的成员拿铁管袭击50名反帝国主义学生会的成员，导致11名学生受伤。有大约30名据说是革命马克思主义派的学生突袭了池袋区几处公寓楼，寻找对手中央核心派的成员，后者是左派。他们用铁管打了5名学生的头，其中4人重伤（而受害者明显不属于任何派系）。

当我去地震研究所拜访诚也教授时，他们否认知道他的下落。但后来，他在校园其他地方现身，研究所一位仍然与教授有合作的工作人员打电话到教授的秘密办公室，把他找来。教授解释称，过去三年，由于院系教师与技术人员之间发生争论，加上学生阻挠，研究所一直处于瘫痪状态，一切都源于一位技术人员声称被一名教授撞了一下。

那位教授是一名共产党员，而共产党——从宪法、民族主义、政治角度看都是有效力的——尤其为左翼所厌恶。争论进一步升级为暴力闹剧。在某次教师与示威者的冲突中，研究所所长被打了 40 下。还有一次，研究所不得不同意在自称挨撞的那位技术人员躺在外面地上绝食抗议期间继续支付其薪酬。最后，由于恐吓过于严重，所有教师都撤出了研究所。自那之后，研究只能暗中进行，与那些温和的技术人员合作，像家庭剧里的婚外不正当关系一样。

*

有一天，整个结构会因为压得过紧而崩塌，是真正意义上的崩塌。所有富裕的社会都在等待末日的来临，在日本，他们的预料是科学且具体的。今年是那场摧毁近半个东京、夺走 10 万人性命的大地震发生 50 周年。在这期间，地下一直在积聚能量，准备又一次的爆发。诚也教授表示，若地震现在发生，其强度会是 1923 年地震强度的约 $\frac{1}{3}$，若发生的时间越晚，破坏力就越大。

他说，据估计，一场大地震会引发约 3 万场大火，就算调动所有紧急服务部门，也只能扑灭 300 场左右。1923 年的地震，正是大火造成了惨痛的损失。他预计下一次地震发生时，火势还会更猛烈，因为会有更多输油管和输气管被折断，使用塑料建材的建筑在燃烧时会释放出有毒气体，此外，人们会试图驾车逃离城市，而汽车会"像汽油"那样燃烧。

他承认私下里非常担心这一切会发生。与我有过交流的很多其他人也是这么想的。报纸报道常见的征兆——蛇出现在东京街头，海岸出现鲨鱼——还尝试追踪在千叶县小学生之间盛传的谣言的源头,该谣言称 6 月 11 日会发生大地震。名人接受采访,谈论他们做了哪些准备工作,好像他们中的多数人至少会储备应急食物。畅销书榜第一位是一本名叫"日本沉没"的科幻小说(用诚也教授的话说,作者聪明地以现代板块运动理论为基础,较为可信),该书假定地震以及火山活动导致整个日本群岛彻底消失。

每次在博物馆里看到拖住陶罐的细金属线,或者是旅馆床边摆放的手电筒,我都会有隐隐的担忧。"忘记污染吧,"一位日本外交官说,一位艺伎刚刚跟他说大地震就要来了,"我们可以解决污染问题,可我们没法解决地震问题。"

(1973 年)

蛮荒西部 11 号

诺丁山边缘

我们花了很长时间,在近乎绝望时才找到结婚时住的第一处公寓。它位于诺丁山,几乎就在边缘地带,介于不断发展的中产阶级社区和破败荒凉的贫民窟之间。那是 20 世纪 50 年代末。中产阶级占据了山脊南侧,穿过北肯辛顿,并夺取了制高点——惊叹于前方一览无余的诺丁戴尔(Notting Dale)、沃姆伍德-斯克拉比斯(Wormwood-Scrubs)和威尔士登(Willesden)景色,停下了吞并的步伐。我们所在的这条路由南至北穿过山脊,生动展现了英国社会阶层的分布。从那些毋庸置疑属于富人的房子开始,这条路延伸至我家附近,也就是地势最高的地方,长期以来,送奶工习惯性地把空奶箱叠放在那里,其他人也会把他们不想要的沙发和床架放到那里。

"这里没有阶级之分,正是我们所喜欢的,"我们那些中产阶级的邻居说,"这样你就不会觉得自己被定性归类了。"

这套公寓位于一幢草率建成的维多利亚风格建筑内，白色灰泥墙面，二层有一个很小的假阳台，正立面顶部设计有圆形的荷兰山墙。这是我所见过的最丑的房屋之一。它本该是最丑的，没有之一，但事实上和它一模一样的房屋还有三幢，它们一起构成了一排排屋。至少几乎是一模一样。住在其中一幢房屋的建筑师试图改善其令人恼火的外观，拆掉了假阳台，将荷兰山墙改回三角形。而另外一幢表面的灰泥剥落，深浅不一的棕色色块混杂在一起，像是某种老气的城市伪装。因为这些细微但怪异混乱的差别，四幢房屋搁在一起，可怕程度比其中任何一幢单独拉出来的四倍还要多。

这幢房屋刚刚被议会撤销征用，当我们发现它时，新业主正在将其改造成四套中产阶级公寓。公共楼梯大量使用了亮光漆和摄政时期风格的条纹墙纸，每套公寓的正门都装了一个很大的尖头不锈钢把手，好似中世纪套上铠甲的膝盖骨。下面三套公寓，业主别出心裁地将厨房设计在卧室的角落里，在使用薄纸板墙方面毫不吝啬。但最顶层的公寓——原本大概是仆人的房间——已经经过了议会的改造，布局简洁且实用。通过如同三联画一般的三扇小巧的圆顶窗户，能够眺望远处的风景，欣赏太阳渐渐隐入白城赛狗场后方。此外，如果你爬上布满灰尘的阁楼，穿过活动门，顺着屋顶的石板瓦走到烟囱旁，能够看到沃姆伍德-斯克拉比斯监狱。正是这些风景促使我们最终决定租下这套公寓。在选择安身之所这件事上，这可能算不上什么理由。但白城的景致，以及知道从屋顶烟囱旁还能看到沃姆伍德-斯克拉比斯的另一面,使得我们一直对这套公寓怀有很深的感情,即使屋顶开始漏水,厨房天花板一开始是渗出,后来是如雨点般落下好似自行车油的黄色、黏糊糊的液体,我们在此后的很长时间里也是初心不变。

后来,当我们开始考虑买房时,我从经济角度出发,对这个地方进行了悉心的研究。业主花4000英镑从地方政府手里买下这幢房屋,然后以每套320英镑的价格将四套公寓租出去。假设纸板墙和摄政风格墙纸的花费在1000英镑左右,那么他们能在四年里收回成本。那之后,业主可以将每套公寓的租金提高到420英镑(他们也确实这么干了),等着一年约1600英镑的净利润,直到这幢房屋倒塌为止。到那个时候,他们投资资本的价值早就迅速提升了。隔壁那位拆除荷兰山墙的建筑师以10000英镑的价格把他那没有改造过的屋子卖了(在贫民窟腹地花了4000英镑又买了一幢,拿剩余的钱供两个孩子上公学)。

不过,在伦敦西部,无论怎样的公寓,租金320英镑算便宜了。我们签了租约,结婚了。等到家具全都搬进来后,前门有一大块晃眼的白漆掉下来,纷纷扬扬好似花朵般飘落,露出里面被议会征用时刷的更持久的巧克力色漆面。

*

没过多久,我们有了一个邻居,就住在下面这层的公寓里——是一个戴有色眼镜的年轻人,他挂的窗帘比窗户短上几英寸,有好几个礼拜,他每天都在睡觉,一睡就是一整天。

"你在大学里?"当他结束冬眠后,我们在楼梯上碰到,他友好地问我,说话时带有些许澳大利亚口音。我告诉他我曾在剑桥待过。

"真的吗?"他说,"哇,想不到,想不到!我也是剑桥人!三一学院的。听着,你认识警察局局长吗?"

"警察局局长?剑桥的?不认识。"

"哦,我以为你认识呢,作为一个老剑桥人。"

他称自己正在做生意。几周后,他来参加我们举办的派对。他把一枚罕见的蛋白石戒指卖给了我的一位老友,特惠价10英镑。那确实是一枚很罕见的蛋白石戒指,估计只值12先令6便士。我被派去解除这桩交易。

房门只开了一条缝,有色眼镜谨慎地往外看。我说:"我朋友不想要这枚戒指了。"我觉得这个任务实在是太让人尴尬了——我愿意掏出9英镑7先令6便士[1]来避免这种尴尬。但这位三一人表现得很和善。

"他不喜欢?"他惊讶地问,"好吧。要是他不喜欢,也没办法。由他吧。嘿,你如果不是今天来,还见不到我呢。我不干了,做生意那档子事。真的很遗憾——非常高兴能再和老剑桥人聊聊。没关系——我觉得我们还会见面的,在某个老剑桥人举办的晚宴上,或者类似的活动。"

---

[1] 12便士等于1先令,20先令等于1英镑。

几周后,他和他那太短的窗帘都不见了,业主方聘请的经理过来。他问,我们那位邻居是永远离开了,还是带着家具以及其他东西去度假了?我表达了我的看法,我认为他再也不会回来了,经理很生气。我尝试安慰他,提醒他说按照我们签订的租约条款,他预收了六个月的租金,但这反而让他更加懊恼。显然,那家伙只同意以特惠条款租下公寓,先住后付租金。我不禁好奇自己离开剑桥后赚到的钱是否有我在剑桥期间花的那么多。

第二年,我们收到了那个人寄来的一张卡片。他在塔希提岛。"哇!"他写道,"这里的女孩太赏心悦目了!请转达我对三一学院的思念。"

*

尽管我们的业主在门把手上用心良苦,可有一段时间,中产阶级的殖民扩张似乎到我们这里就停滞不前了。我们所住房屋的一侧就是那个建筑师。另一侧则一直是——类似某个斯拉夫语族的宗教机构,每逢周日,都会传出东正教礼拜仪式平静的唱颂声。这个机构的负责人是一个头戴贝雷帽、蓄着金色胡须的男人,当地人称他"画家"。一开始,我以为这个绰号是因为他的艺术倾向,或者他兼职做装饰设计师的缘故。但后来我发现,他既不装饰房间,也不画画,而是在自己身上涂抹。他会在中午出门,喝得醉醺醺的回来,唱歌,陷入狂热的状态,然后把自己的双手、脸、衣服和头发涂成鲜艳的邮筒红色。当他发现我会说俄语——他不懂英语——就在街上硬拉住我,我正在清洗他管家的胖儿子在我积灰的车上写下的各种生殖器和性交的同义词,他滔滔不绝地跟我解释说红色是宇宙的主色调,所有能量和美德都源于红色。

马路另一面,正对着我们的是一幢看上去得了慢性病、正渐渐死去的房屋。它比我们这排排屋中的任何一幢都要大,位置也更好,估计价值至少15000英镑。然而我们在那里的三年时间里,几乎没有人入住这幢房屋。正立面的灰泥剥落了。屋里有几个老人步履蹒跚地将破败沉重的家具从一个满是灰尘的房间挪到另一个房间,偶尔用破床单遮住古怪的窗户,以免有人朝里面张望。

和它紧挨着的是一幢挤满了有色人种家庭的屋子。白人业主密切留意着自己的这份财产。他看上去很不健康,身体异常肥胖,总是穿一件扣子松开的外套。他会用水沾湿头发,然后往后梳,稀少的头发紧贴着头皮,总是一支接一支地抽烟。他以前每隔几天就会过来,开着他那辆沃克斯豪尔-维洛斯,挣扎着从里面钻出来,费力地爬上门口的台阶,摁响门铃,然后转过身,阴沉地审视街上其他地方,不时伸展一下手臂,磕掉烟灰,好像这个动作象征着随财富而来的恼人责任。人们从不同的窗户后面暗中观察着他。他会再次摁响门铃,然后再次转过身,盯着街上,对付那永无止境的烟灰。最终,在极不情愿的情况下,门被打开了,两三名房客会慢慢走出来,开始清洁、检查、保养业主的车。

业主也会帮他们一把，把烟换到左手，擦拭一些小镀铬配件，脖子周围那一圈灰色的肥肉褶子随着他的动作而抖动。他喜欢帮忙。有一周，他每天都过来，每次都花上几个小时看一名房客用一种半透明、稀释过的白色涂料粉刷房屋，修补裂缝，遮盖污渍，刷新窗框，他还会提出各种建议，而棱纹车胎印痕标志着一天工作的结束。可即便对房屋进行了重新装修，他似乎也留不住房客。那些人总是在夜里大约 11 点时搬家，悄悄将孩子和导热油加热器装上借来的厢式货车上。最终，整幢房屋为不祥的阴影所笼罩。没有人会为业主或其他任何人开门。每天的氛围都很阴郁。看样子像官员的人敲破了一层窗户，爬了进去。两名中年男子和两名年轻男子，手插进带翻领、扣子松开的外套口袋里，开着一辆旧美式汽车过来。他们带着保镖和会动粗的人特有的那种呆滞茫然的表情，在人行道上无所事事地站了好一会儿之后，他们好像收回了半英担（25 公斤）的沙子。

我们对面另一幢房屋的顶层公寓住着一个中年男人，面相似乎还算和善，会为我妻子拉小提琴。每天晚上，他都会将窗帘拉开差不多一英尺，然后退回到房间里——这样就没有人能看到他了，除了我那站在厨房窗户旁准备晚餐的妻子——开始拉琴。当然了，在那个距离，隔着两层窗玻璃，是听不见他的琴声的，可我的妻子想象着，深受感动。可后来有一天晚上，这一小夜曲的性质突然发生了变化。那个男人将小提琴放到一边，拉开了裤子前裆的拉链。从那之后，他经常裸露自己，可每次我跑过去看时，他就不见了。每次，我们会连着好几个礼拜不去想这件事。

但当我妻子在洗生菜或切豆子时,会不小心瞅一眼窗外——而他就站在那里,仍然裸露着他的性器官,就像百货商店里不屈不挠的销售员,不管有没有人听,都会坚持不懈地向全世界展示新近推出的神奇土豆削皮器。

所有这些住在对面房屋里的人成了发生在我们这一侧某幢屋子里的争斗的现成观众——我们看不到这幢隐藏在弯道后面的屋子。炎热的夏夜,他们会将身子探出窗外,看一个总是喝得酩酊大醉才回家的中年男子与其妻子在门前大吵大闹。他们的呼喊和尖叫声,我们听得真真切切,却只能通过对面观众的表情间接"看到"争吵的情景,就好像柏拉图洞穴理论中的影子。我们很难推断究竟发生了什么。黑或白,大多数面孔都不带任何表情。细想起来,我觉得我们也是如此。

*

一小支中产阶级先遣队开始涌入。一对新婚夫妇搬进了早先三人住过的那套公寓——他卖剃须刀片,她从事广告业;另一对新婚夫妇住进了他们楼下的公寓——他从事广告业,她在女性杂志工作。一楼的广告男用实际行动来表达自己对这个街区本质的不满——总是拿着一把收起来的雨伞,穿着深色西服,小心翼翼地抽着烟斗,走起路来显得异常淡定,很英式,就像以前那些手里拿着一个饱满的橘子来掩盖暴民散发的臭气的贵族。而二楼的广告女是美国人,一心扑在工作上。

"不,说真的,迈克尔,"当我们在摄政风格的条纹墙纸前碰见时，她会说，"你对广告业有很深、很深的误解。我希望你能来我们的办公室，待上一两个礼拜，去每个部门看看，和客户经理、主编聊聊——找出让我们如此投入的真正原因。你愿意帮我这个忙吗，迈克尔？"

然而，在地下室公寓的那位租户身上，却感受不到此类由不同社会群体发出的友善信号，那是一个年轻人，似乎不从事广告业或相关行业。他好像一个芭蕾舞者，却在家工作。总有看上去很会使性子、穿着得体轻便西服的年轻人开着昂贵的车过来，小心翼翼地顺着台阶走到地下室去找他，每次来找他的面孔都不一样。劳斯莱斯、莲花、阿尔法·罗密欧经常整晚停在我们这幢房屋外面，在生锈的MINI、福特面包车中格外醒目。在这个街区，汽车也能为主人赢得一定程度的尊重。据我所知，那个宗教机构的胖男孩从没用他那肮脏的手指头碰过法赛或法拉利。

现在所有的公寓都住满了，我们把招租的牌子拿了下来。我们轻轻地摇晃着那块牌子，折断连在屋前栏杆上的铁丝，然后把所有的栏杆连根拔起。

*

有时候，街上会出现其他的注视者——他们轮流出现，穿着整齐的雨衣，站在人行道上，什么都不干，也不会专门盯着某个地方，一站就是三四个小时、五个小时，甚至更久。那些人是侦探吗？来监视我们地下室的进出情况？我不知道。侦探不是应该尽可能让自己显得不起眼吗？

一个阳光灿烂的下午,街上没有人,楼下传来惊恐的尖叫声,有人在喊"救命!警察!"。我一把操起煤铲,冲到楼下,那沙哑低沉的呼救声把我吓得不轻。通往地下室的台阶上站着一个金发年轻人,白色T恤加紧身牛仔裤,怒目圆睁,浑身颤抖。

看到我出现后,他用那嘶哑的声音对我说:"帮帮我!请帮帮我!就在下面!"

天哪,我也害怕得发抖,心想有谋杀案发生了。我来回扫视整条街,却没有看到其他人。年轻人顺着台阶跑了下去。我跟在他身后,紧紧握着那把煤铲,好像握着一条命似的。

"快点!"年轻人喊道,招呼我进入地下室公寓的前门,"在这儿!"

窗帘拉起来了,我小心地走进阳光里,举起煤铲,很难看清楚里面的情景。慢慢地,我意识到地板上铺着一堆乱七八糟的毯子,看不到公寓主人的踪迹,但床上站着一个年轻的西印度群岛人,缩着身子,明显是害怕被煤铲击打致死。

"就是他!"穿T恤的年轻人呜咽着,"他偷了我的手表!"

"手表是他给我的!"西印度群岛人气喘吁吁地说,"他带我来这个地方,给了我这块手表!"

我们三个人,你看看我,我看看你,都被吓坏了。

"公寓的主人在哪儿?"我用一种可怕的声音问道,我始终觉得这房间里有一个死人——说不定就在被褥下面。但在那个下午,主人看来是外出了,把公寓借给这两个人。我们逐渐让对方平静下来,开始用更适合的情绪讨论手表的归属——他们把我当作仲裁人,跟我讲述了争吵的缘由,我感觉自己就像一个地方执法官,负责裁决某个奇怪、骇人部落的内部争端,煤铲象征着我的权威。最终,他们坐在床单上,开始彼此讨论起来。

"老实说,如果你开口问,我会把它给你的。"

"该死的,他把它留在地板上——我以为他是留给我的!"

"背着人干这种事让人无法忍受。"

我慢慢往门口方向挪动,觉得自己有点儿多余。

"好吧,"我说,"我该走了。"

"什么?"穿T恤的年轻人说,"哦,你一定要走吗?不管怎么说,谢谢你能过来。"

我们和地下室那个人合用一条电话线。一天,一群邮局工程师调整了我们这条街上的电缆,结果他不仅要接听自己的电话,还得接听所有打给我的电话。每隔半小时左右,他都会轻松地爬三层楼梯,通知我,我写的那篇文章的第三段被认为带有诽谤性的词句,或者是有人请我替工业废棉写十二段幽默广告词。后来,在我们的急切要求下,邮局派人回来纠正错误。可实际上,他们矫枉过正了,不仅恢复了我的电话,还把地下室那个人的电话也接到我这里了。于是接下去的一两天,我不停地往楼下跑,告诉他奈杰尔周三不过来了,改成周四来,兰斯向他问好。

我们向邮局提出抗议,工程师又回来重新接线,结果我们开始接听打给对方的电话。现在回想起来,这事仍然显得很不可思议。

我们一个冲楼梯井下面喊,一个则往上面叫。

"喂,迈克尔!你能乖乖地把文章里那九句话删了吗?"

"让他们去删别人的文章。"

"我试试吧,迈克尔。但你知道的,他们很讨厌,态度很坚决。"

"那样的话,你也坚决点。别松口。对了,史蒂夫想在周日下午3点过来,带一个朋友,行吗?"

"谁是史蒂夫?"

"我不知道。他说你知道。"

"他听起来像个好人吗?"

"我觉得他听起来还不错。"

"告诉他,6点30分可以。"

*

我们租住在那里期间,所经历的最具社会凝聚力的事发生在某个秋夜,当时天刚黑下来。在与我们相隔几幢屋子、地势更高且装修更高档的一处公寓里住着一个广告男,他那同样从事广告业的前妻把她的旅行车停在屋外,没拉手刹。就在她关上临街那扇门后,车开始移动,顺着坡道划了一道大弧线,溜到马路对面,穿过隐形的边界,冲入尚未被中产阶级占据的领域。车开上人行道,撞烂了一幢本身已经破烂不堪、窗子上挂着床罩的屋子的正面围栏,一半扎入地下室。有那么一会儿,周围死一般的寂静,接着我们这个小小世界的所有人都出现了,不同阶层的人聚在一起,原住民和殖民者紧挨着——我们、"画家"皮特、在车上写字的胖男孩、建筑师及其家人、住在我们这幢地下室的那家伙和他的客人、拉小提琴的人、诸位广告人,还有二三十个其他人。

翻倒的汽车旁,就在比地面高几英寸的地方,冒出一个光秃秃的脑袋。

"我正在喝茶呢,"这颗脑袋说,"就听到了撞击声。我往外看——就看到了这家伙!"

我们看到这颗光头的惊讶程度丝毫不亚于他看到那辆车的惊讶。没人知道这幢屋子里住着一个秃头男人,甚至不知道这里的地下室竟然还住着人。

这就像伦敦大轰炸期间,当邻居发现彼此的存在时,会为了共同的目标而联手。而我们租住在那里的时光就在这场压轴戏中结束了。几个月后,我们搬走了,因为我们需要为刚刚出生的女儿再找一个房间。1960年大寒潮期间,一个阴沉的二月天,厢式货车过来了,等家具全都搬走后,真是不敢相信,这套公寓竟然如此凄凉且脏乱。然而那之后的几个月里,我们异常想念这套公寓,人们总是会想念那些曾经度过快乐时光却知道永远回不去的地方。

(1964年)

5号口，2号区，47号屋

和索菲娅在莫斯科的日子

阳光很好，气温是零下17摄氏度，我刚刚在著名的露天游泳池游了泳，这里的食物不错，服务质量有了很大改善。我在大都会酒店住的房间能俯瞰卢比扬卡（Lubyanka）——克格勃[1]总部所在地——的迷人风景。

我上一次来还是在50年代后期，如今这里发生了很大的变化。首先就是这个地方的味道。巴黎有巴黎的味道，纽约有纽约的味道，以前的莫斯科也有它的味道，是低辛烷值的苏联汽油味、男人的气息、苏联香烟味、热腾腾的馅饼和腌黄瓜的味道。吸一口这个城市的空气，我立刻回到了这样一个世界：乏味、宽阔如阅兵场的大街对面是退色的古典风格精美立面；空荡荡的建

---

1 苏联国家安全委员会，是1954年至1991年苏联的情报机构。苏联于1991年解体后，克格勃分成俄罗斯联邦安全局和俄罗斯联邦对外情报局两个部门。

筑俯视着杂乱、令人动容的空地；带有死板寓意的大理石千篇一律的装饰包括星星、捆绑的麦穗、卷轴和旗帜；路面尚未铺好的路，两旁是变形严重的老式木屋。

但现在这一切都不见了。一同消失的还有在战争中受伤沦为乞丐的人，以前，他们在街头和地铁站出没，直接冲你伸出截肢后剩余的那截手臂。街上的痰盂也消失了。公交车上可怕的人挤人的情况亦消失了。我仍然记得在西南区，因为车厢拥挤，我的一只脚离开了地板，在车到中心区之前，这只脚始终没能触地。

这一次，没有人在乎我去哪儿或者做什么。没有人告诉我已经安排好了要去红十月钢琴厂参观，如果我不去的话，那里的人会很受伤。和你去任何地方一样，我走进各个办事处和大学院系，没有遇到一脸严肃、要求看通行证的老女人。排队的情况少多了，而且队伍也短多了。走在街上，人们会过来问我要美元、英镑、泡泡糖和气体打火机，但这回，他们没有问我要衣服。原因显而易见：这一次我是视线范围内穿着最寒酸的人。

街上车水马龙，车辆穿过新建的地下通道，翻过新建的立交桥。从街名也能看出昔日那个莫斯科正在渐渐消失。以莫霍瓦亚街（Mokhovaya Street）和猎人商行街（Okhotny Ryad）为例，它们被并称为马克思前景大道（Marx Prospect），而驯马场广场（Manege Square）变成了十月革命50周年纪念广场。（世界上最伟大的歌曲之一，不知出于什么原因，始终没能以书面形式记录下来："再见，马克思前景大道！再见，十月革命50周年纪念广场！"）

然而，尽管车来车往，这里却不像一座城市。你听不到冲突的声音。建筑风格、亮起的标语、商店橱窗，都只有一个声音——单调、说教，从不间断，无人回应也无法回应。就连如今出版的广告周刊 Reklama[1] 上虚构的关于相互竞争权利主张的描述也显得轻描淡写。"根纳季·帕夫洛维奇，你从哪里找来了这个画家？——什么画家？就是画这幅海报的画家。——我自己画的。——太好了……——那是因为我用了'Etude'牌的笔……"

其他媒体变化不大。《音乐生活》刊登了两首关于列宁的新歌的歌词和乐谱。"我们的玉米田发出震耳欲聋的声响，"其中一首歌是这样唱的，充满了节日的喜庆，"城镇和村庄又恢复了青春的面貌。我们都会过得更幸福、更开心……（慢慢提高音量）列宁的话激励着我们，向伟大的劳动前进。党领导我们迈向新的巅峰，欢乐之路等待着我们。"

*

市中心外，出现了一片又一片新住宅区。顺着宽阔的公路在被积雪覆盖的地平线之间穿行，无论往哪个方向，沿途看到的只有新建的公寓楼。这里是粗犷的砖砌建筑，后斯大林风格，与公路平行。现在倾斜排列的是 60 年代中期国际化的公共住房，街区之间还栽种着小树。时不时地，眼前就会出现街区饮食店的大窗子，随之而来的就是建筑风格的变化，此类商店都开在一楼，

---

1 意为广告。

到了晚上，就会在室外空旷的积雪上投下一束刺眼的白光。

在这些街区，你得根据数字来定位。人们会告诉你："乘坐23路公交车，坐四站。然后换55路有轨电车，坐两站。找5号口，2号区，47号屋，14层，61号公寓。"就像在云端的飞行员那样，你要做的就是不假思索地寻找这些数字。零下20摄氏度，公交车的车窗都结了一层霜，隔着毛皮耳罩，人们的说话声和来往车辆的声音显得格外遥远，外面的世界变得很不真实，一个闪着微光、由数字组成的白色梦境。

我上一次来这里时，市政布告栏里还贴满了交换房间的角落里的广告。现在，几乎每户人家都拥有自己的公寓。乘上摇摇晃晃的小电梯，接着你就会觉得自己好像走进了伦敦的公屋。设备齐全，客厅正好能容下一家人围挤在餐桌旁，或坐在沙发上看电视。我只见过一套与众不同的公寓，更像是斯班式的[1]，而非公屋。它位于西南区新建的联合街区，就在列宁（后来的麻雀）山上。公寓的主人是一位设计师，他将两间卧室打通，拆除了原先的管线，然后铺上优雅的白色瓷砖，镀上铬。宽敞的L形客厅布置了一些精心挑选的古董。窗户贯穿了一整面墙，正对着阳台，从16层俯瞰，莫斯科在凝冻了的空气中闪着微光。另一面墙上是嵌入式的书架，其余地方挂满了圣像——一排排眼神哀伤的圣人和圣母，看着电视里的滑冰比赛。

---

[1] Span Housing，由英国斯班开发公司设计的房屋，发展鼎盛期为20世纪60年代，主要为独户家庭设计有两三个卧室的公寓。

在造访过的公寓里,我看到了很多圣像,还有不少被称为"*pryalki*"的纺纱杆,以前的俄国农民会将这些纺纱杆雕刻成花卉和人物的样子,或涂抹成鲜红色,作为女儿的嫁妆。莫斯科人会到农村,买下所有农民扔掉的旧东西。有些人给我看了他们收藏的文学宝贝——使用旧拼字法、关于共济会和斯威登堡[1]的书。有个男人拿出吉他,给我唱了"私下传唱"的歌——当他还是个小男孩时,父亲在前线打仗,他到处乱跑,变得很野,学会了这些小偷之歌。我感觉到这里的人渴望一些截然不同的东西,最好是带有岁月痕迹的——不知为什么——还得是阴暗的。出于相同的原因,一些知识分子又开始去教堂了。但据我的一个朋友说,他们中的很多人并非信徒,我那位朋友是信徒。

因此,我在×××,这么说吧,和他们的几个老朋友,例如×××和×××在一块儿。("回去将苏联的真相说出来,"他们鼓励我,"但请千万不要提及我们的名字。")在圣像和纺纱杆的包围下,主人开始播放苏联发行的汤姆·琼斯(Tom Jones)[2]和恩格尔伯特·汉普汀克(Engelbert Humperdinck)[3]的唱片,送上装在高脚杯里的酒,还有吸管。我心怀感激地吸着自己那一杯,问这是什么。他的脸耷拉下来。"我以为这是马提尼呢。"他的语气很惆怅。作为西方人的代表,我真是不可救药。

1　1688—1772,瑞典神学家、科学家、哲学家、神秘主义者。
2　1940—　,英国歌手,1966年获得格莱美奖。
3　1936—　,英国流行歌手。

我们又喝了很多不同的酒——威士忌、杜松子酒,还有优质的伏特加,所有这些酒都能在硬通货商店里买到——还吃了香肠、罐装鲑鱼和腌黄瓜。他们全都觉得过去14年里,(除了房子外)一切都没有改善。"没什么变化,"一个70多岁的老太说,她的丈夫死在了集中营,"今年那些住在农村里的人就会挨饿。莫斯科不会,因为莫斯科从来都不允许出现饥荒。但在农村,那些人会饿死的。"

录音机打开了,一个难以形容的忧郁低音填满了整个房间,人们盯着我,想看看我有怎样的反应。这个声音属于加利奇(Galich)。他们告诉我,他曾是一位剧作家,获得过斯大林奖。但《一天》(苏联异见人士抗争的第一年——1962年,经赫鲁晓夫首肯后,索尔仁尼琴的作品《伊凡·杰尼索维奇的一天》得以发表)之后,他就转而开始写作和唱歌。我的朋友们说:"加利奇和索尔仁尼琴是最早一批能够替全体俄罗斯人发声的作家。"

这段录音显然是在很困难的情况下录制的——我很难听清楚。由地下出版商印制的文本就搁在我面前。加利奇在唱一首有意思的歌,讲述了一个男人通过电台得知住在奉行资本主义的芬格利亚的姨妈去世了,把工厂和财产都留给了他。为了庆祝,他连续好几天都喝得醉醺醺的。等他清醒过来,正好看到电视上的简明新闻播报,称芬格利亚发生了革命,所有私人产业都被国家接管了。

我们喝酒,随着苏联爵士乐和一卷发颤音的磁带播放的西方流行乐的节奏起舞。在两首曲子中间,能听到模糊的英语发音，肯尼·埃弗雷特对他自己配音的格兰[1]太刻薄了。我很赞赏女主人挂在墙上的一幅画，拼命阻止她将油画从画框里取出来送给我，却发现实在是太难了。俄罗斯人就是这么慷慨！你能怎么办呢？而且俄罗斯人还爱喝酒。我的一个朋友现在已经醉得几乎没法说话或站着了。可他还是竭力表现得自重，不出岔子，轮流和每一位女士跳舞，还一言不发地坚持让我和他的妻子跳舞。后来，他平安地下了楼梯，钻进一辆车的后座，体面地昏了过去。

报上有文章专门讲述如何应对那些醉汉，他们喝醉后回到家，怒砸集中供热管道，把整个公寓楼的人都吵醒，他们之所以这么做就是觉得"在我们国家，家的不可侵犯性受到严格保护"。但我见过的所有醉汉都表现得极为冷静。他们坐在餐厅里，通常是两个男人在一块儿，穿着深色西服，头发一丝不苟，他们会长时间地探讨人生，手拿着杯子心不在焉地做些手势，伏特加从杯子里洒出来。家庭聚会上，他们会安静地趴在桌上睡觉，而周围的人继续开心地聊天。在酒店餐厅里，一个年轻人酩酊大醉，举起杯子砸桌子，割伤了手腕。可由始至终，他都很安静，没有丝毫炫耀的意思。然后，他和那沾满血渍的桌布都被侍者带了出去，静悄悄的。

有一两次，我和朋友一起去外面的餐厅。麻烦的是——他们拒绝去没有"自己"侍者的餐厅吃饭。他们解释说，一个人必须在每个地方都有"自己人"，建起一张人际关系网——不仅是在

---

[1] 此处应该指埃弗雷特于20世纪60年代末在电台配音的喜剧角色。

餐厅,还包括商店、政府部门——他们会优先为你服务,将最好的留给你。在一家最热门的餐厅大堂里,我的朋友轻声说:"麻烦找一下格里戈利·费奥多罗维奇。"而我们周围挤满了正在等位的客人。当格里戈利·费奥多罗维奇出来时——脸上带着苦笑,就像电影里的侍者——众目睽睽之下,他带我们穿过仍在等位的人,给我们找了一张桌子,很快菜就上来了。没有人抱怨。

有时候,我们会步行。沿着被积雪覆盖的安静街道走着,会看到一幢孤零零、显得很破烂的老式木屋,就杵在排列整齐的笔直的森林中间。走进教堂,里面正在进行令人不安的活动,一具尸体被抬到停尸架上,脸色如同蜡烛灰,身形矮小、戴着灰色头巾的老妪们在为逝去的灵魂祈祷。经过一家安静的精神病诊所,政治异见者被拘留在这里。进入一家宠物市场旁的露天堆场,聚集着一群喝得醉醺醺的人,他们把小狗(全都是偷来的,我的朋友悄声说)从温暖的外套里拿出来,展开破破烂烂的血统记录(全都是伪造的)。

有一回,在晚上,我们经过一辆停在马路牙子上的汽车,里面坐着三个男人。"Spetsmashina,"我的朋友咕哝道,"一辆'特别'的车,是克格勃的。他们在监听,说不定是某个人的电话。"

另一个晚上,雅罗斯拉夫尔车站外的夜色中,突然传来一个女人的惊叫声,在被踩得死硬的积雪上,借着热馅饼摊闪烁的灯光,半打包着透明纸的花束散落在地上。我的朋友耸了耸肩。"可能她在做生意,被什么人抓住了。"

但好几次,当我朋友站在公路上拦出租车时,搭载我们的车都不装计程表。"这不是出租车,"当我向其中一位司机提出这个疑问时,他这么回答,"我是个医生。这是我自己的车。但开车可不便宜。我只是想赚些汽油和轮胎钱。"

零下 20 摄氏度,地铁站外,露天卖热馅饼的女人光着手干活。一排排的男人站着吃馅饼,他们都朝着一个方向,背对着大风雪。冰淇淋摊前面也排起了长队。在红场,等着进列宁墓瞻仰其仪容的人排起长龙,一眼望不到头。

"他在那儿快要散架了。"我的一位朋友说。

"或许他不在了,这里也会消失,"另一个说,"这个社会撑不了十年了。人们很空虚。"

*

我和我最期待重逢的那位朋友的碰面就是一场灾难。我记忆中的他是一个爱质疑、讽刺的人,热衷追求真相。而现在,他在政府某部门工作,看得出来,与我的这次碰面让他颇为窘迫。

有过一次尴尬的碰面后,当我再次突兀地联系他时,他找借口推辞了。"还是随他去吧,"我的另一位朋友温和地说,"他可能是党政要员(*nomenklatura*)。"这是苏联的特权阶层,每一个部门所有重要职务都为这一阶层所占据,至今他们仍然互称"同志"。

还有一些其他似曾相识的顾虑。在一趟郊区列车上,我们突然起身往下一节车厢走去。"很抱歉,"我的朋友说,"但刚才那个坐在我们旁边的男人看上去像个告密者。""别在酒店里给我打电话，"另一个人说，"去街上的电话亭打。"我问一位在英国大使馆工作的人，当我在酒店打电话时，是否应当机智地避开提到某位作者的名字。"恐怕你已经提到了，隔墙有耳。"他如此回答。

不过，我可以提及两位众所周知的俄国女性，不用担心遭到惩罚——加里娜·鲍里索维娜（Galina Borisovna）[1]和索菲娅·瓦西里耶夫纳（Sofya Vasilyevna）[2]。我从未见过加里娜·鲍里索维娜，这倒无妨，她的名字已经成为（K）GB的一种委婉说法。但索菲娅·瓦西里耶夫纳无处不在。当好不容易排到队伍前面的人被告知供给已经没了——他们的表格错了——必须去城镇的另一头申请时，就会嘟哝她的名字。她的名字缩写是SV——*Sovyetskaya vlast*——苏联力量。

*

"祝贺你，"当我抵达时，机场那位很酷的年轻海关官员对我说，"你是个有钱人。"

这样的欢迎真是令人振奋。我之所以能变成有钱人，是因为三年前我的一本书在这里出版，得到了一笔版税。当然了，我不能把这笔钱带离这个国家，而且我得预付酒店的费用，用西方货币，所以基本上，我没法用这笔钱，除了把它存进银行或者捐出去。虽然如此，但钱毕竟是钱。除非迷人的"SV"——索菲

---

[1] 1933— ，苏联及俄罗斯戏剧及电影导演、演员。
[2] 1850—1891，俄国数学家。

183

娅·瓦西里耶夫纳——硬要掺和进来。

我来到负责出版我那本书的出版社,走进办公室,对方就表示倘若知道我要来,他们或许能做些什么。好吧,我早在三个礼拜之前就写过信了……但他们没能收到那封信。我还发了电报……没错,可他们把电报转交给了作家联合会。作家联合会的那帮人才是我要打交道的。在作家联合会,被我堵住的那个人表现得非常乐观。"我觉得你能拿到属于你的那笔钱,"他兴高采烈地告诉我,"什么时候?哦,得再过些日子……"

再过些日子?可我在这里只待一个礼拜!我之所以只能在这里待一个礼拜是因为伦敦的苏联国际旅行社说,他们无法给我更长时间的签证。"他们觉得在莫斯科待的时间超过一周,也没什么事可做了。"那位职员解释说。

不管怎样,苏联国际旅行社设在酒店的办事处设法将我的签证延长了四天,所以等到作家联合会那个人来酒店时——距离我本应离开的日子已过三天——我还没走,他是来向我汇报进度的。"好啦,"他彬彬有礼地问,"你拿到钱了吗?"

我去拿?可按道理,应该是他去帮我拿的!哦,他遗憾地解释说,他对此也是无能为力,因为他没有出版社的电话。我把这个秘密透露给他,他保证会在今天中午给我打电话,也就是我出发去机场前三小时。

于是我坐在这儿,等着电话响起。苏联国际旅行社表示无法再延长签证了。"有很多人想来莫斯科,"那位女士说,"所以任何人都不能停留太久。"(在从伦敦过来的飞机上,还有另外两名游客，是真的。)阳光灿烂，外面的气温是零下17摄氏度，我已经体验过了著名的露天游泳池，卢比扬卡看上去很漂亮，我即将在汽车载我去机场前三小时变成有钱人。

电话响了。"恐怕3点前，我没法和出版社主管说上话。你什么时候走？"

哦，索菲娅·瓦西里耶夫纳，你这奇特而神秘的美人——你能把一个男人给逼疯！我发誓，我会回来的！如果你给我签证的话。

(1973年)

圣特罗佩朝圣之旅
蔚蓝海岸的燔祭

白天一个劲儿地增加皮肤的黑色素沉着，到了夜里，就在街头和娱乐场所展示成果。还能发明出比这更为荒诞不经的人类行为吗？

晒日光浴依然只能算是小规模营生，在我们这个时代，躺椅、风挡和墨镜都显得过于累赘。迟早有一天，蔚蓝海岸沿线那些嘶嘶作响、用于烤鸡的电热轮转自动烤肉炉能够以一种科学且省力的方式烘烤人类。

夜晚的游行已经高度机械化了。在戛纳、尼斯和瑞昂莱潘，到了喝开胃酒的时间，就会出现优雅的交通拥堵，并一直持续到午夜时分。车里的年轻男子会与人行道上的女孩搭讪，而人行道上的年轻男子试着亲吻坐在无法动弹的车里的女孩。雪铁龙毕恭毕敬地凝视着奔驰，奥斯汀希利想引起阿尔法罗密欧的注意。

在圣特罗佩，人们依然用双脚走路。依照我在这里碰见的两位年轻理发师的说法，圣特罗佩是个非常轻松随意的地方，他们的意思是只要喜欢，你可以赤脚走在路上，这就像是说阿斯科特（Ascot）[1]很休闲，因为你能摘下礼帽。圣特罗佩看上去很像是电影片场，很难知道是因为以前常常有电影人来这里的缘故，还是因为电影人觉得来到这里就如同进入片场，所以对此地情有独钟。镇中心、港口码头区，并不比一场票价昂贵的音乐剧的布景大。一侧，咖啡馆、餐厅和服装店林立，另一侧则停泊着富人们的游艇。从咖啡馆拥挤的露台望过去，能看到一群人，仿佛临时演员。在"菲比罗"号、"凯蒂"号、"贝尔尼纳"号、"血腥船长"号、"吉迈里"号、"戴安娜·马里纳四"号、"高迪阿姆斯五"号那华丽的后甲板上，一些大牌演员正聚精会神地往下看。

在他们之间，有更多穿着圣特罗佩服装的临时演员，还有法国警察、美国水手等穿插其中，脚步轻快，目标明确，一副真在赶片场的架势。人声喧闹。一片生机勃勃的景象。任何时候，在场所有人都可以上演一出集体歌舞秀。剧场表演仿佛这样开始，"在一个滨海法国小镇"……接着，片场灯光师就去罢工了……

"太有意思了——我一直遇见像你这样的人！"一个皮肤黝黑的英国女孩说，她正在向一群同样皮肤黝黑、吃着咸花生米的英国人兜售咸花生米。嘿，她肯定是影片的第二主角，即将爱上那个倚靠在"吉迈里"号船尾栏杆、皮肤黝黑、相貌英俊的百万富翁。

---

[1] 位于英格兰伯克郡的村庄。

当我在露台上喝完一杯开胃酒,吃了一顿难吃的晚餐,在一家咖啡馆想喝杯咖啡却因为咖啡利润太少被拒绝,上坡下坡,上坡下坡,下坡上坡,下坡上坡之后,一种陌生的对人类全部本性的失望情绪攫住了我。

或许真实的人生就是如此——上坡下坡,从不知何处到另一个不知何处,在迎面而来的面孔中寻找碧姬·芭铎或让娜·莫罗,却一无所获——不管怎样,人们压根儿就不知道自己会干什么。

我必须汇报,那生机勃勃的景象一直持续到了深夜,没有片刻的中断或停歇。一位多明我会神父曾对我的一位同事说:"圣特罗佩就像卢尔德(Lourdes)[1]。人们来这里寻求精神上的满足感,因为他们对自己找到的这个地方有信心。"

*

我在晒日光浴这件事上获得了一些安慰,通过凝视他人的肚脐。只有一下子看到那么多肚脐,我才意识到原来每个人的肚脐都不一样。和眼睛差不多。警察在描述通缉犯时没有加上肚脐这一项,小说家从未通过对肚脐的描写来展现角色的性格,着实令人吃惊。

有些肚脐很小,呈完美的圆形。有些横向细长,有些就是竖直的开口。有些肚脐在其主人一路走来的过程中向所有路人开心地眨眼。还有一些肚脐被臃肿的赘肉所吞噬,永不见天日。在我

---

[1] 位于法国上比利牛斯省的天主教朝圣地。

看来，较浅或突兀的肚脐表明此人不可信。较深、显得神秘的凹陷则证明此人平静体贴。

*

整个蔚蓝海岸都在大兴土木。摩天大楼争相在免税的蒙特卡洛立足，如同稠密的热带雨林。在戛纳和尼斯，以及尼斯和昂蒂布之间破败的滨海区，将盖起一座又一座的公寓楼——这是法国在巴黎之外规模最大的建筑项目。精美阳台构成的悬崖朝着太阳。有半数商店似乎都是房地产代理商。

根据我得到的一份估算，过去五年里，蔚蓝海岸沿线建造了大约12000处私人住所。在一则房地产代理商的橱窗广告里，我看到公寓楼的价格在7000至20000英镑之间，其中⅔可能是被买来作为第二住所，或者出租，房主本人则住在其他地方。

电影明星以及富豪如今倾向于往内陆迁移，搬去滨海阿尔卑斯山脉宁静美丽的山间乡村。建筑商锲而不舍地跟随他们。旺斯（Vence）建起了大量豪华公寓楼。IBM建起了一座宏伟的研究中心，能够俯瞰拉戈德（La Gaude）附近的瓦尔谷。在每一家代理商的橱窗里，你都能看到修葺的农场和庄园宅第待售的广告，在卡涅（Cagnes），一整座真正的普罗旺斯小村庄售价为35000英镑。

尽管全球财政都出现了紧缩，但建筑商不认为现有的繁荣会终结。"需求没有变，"其中一人告诉我，"法国人和外国人都一样，都越来越渴望阳光。"整个普罗旺斯地区最终可能会变成工业化欧洲的近郊居民区。

据我个人对圣人地理的研究，圣特罗佩是以圣特罗普（St. Trop）的名字命名的，后者作为主保圣人，专门保护那些要价太高的人。沿着蔚蓝海岸，好心的圣特罗普无所不在。一天晚上，我和几个英国朋友去了一家由修道院改造的高档路边餐厅。我不确定它现在信奉什么。旧礼拜堂仍然开放，并接受顾客的敬拜。还能看到几张关于一个美国女孩的照片，她在某个晚上爬进喷泉里，脱掉了紧身内衣，为此地的甜蜜生活做出一份小小的贡献。晚上的聚会结束时，我们得到了一张十倍于正常价格的账单，当我们在付款时，几乎都抱着这样一种模糊的信念，即账单上的数字之所以看上去如此吓人是因为小数点之后的零。我觉得必须溜进礼拜堂，烧一张十法郎的钞票给聪明的圣特罗普——这家伙懂得十进制——这回干得漂亮，钞票就算是给他的安慰奖了。

*

整个法国南部充满现代艺术气息，就如同托斯卡纳随处可见文艺复兴时期的艺术创作一样。其中收藏最为丰富的当属于去年开放的玛格基金会（Maeght Foundation）。基金会建筑由哈佛大学建筑系教授何塞·路易斯·塞特（José Luis Sert）设计，坐落于树木葱郁的山顶，俯瞰圣保罗村，风格酷且复杂，相当烧钱。

在这里，现代艺术似乎成为吸引游客的一大看点，就像其他地方靠古典艺术获得游客青睐一样。马蒂斯在旺斯设计的礼拜堂自开放以来就被访客挤得满满当当。毕加索授权瓦洛里（Vallauris）一家制陶作坊复制自己的作品，现在的瓦洛里，随处可见陶器，如同在蒙特利马（Montélimar）到处都是牛轧糖那样——百余家店铺，大多都借着与毕加索的联系，售卖自家做的粗制滥造的陶器，这方面，法国人甚至比英国人有过之而无不及。

或许最动人的典范是卡涅的雷诺阿博物馆。当初正是印象派画家发现法国南部适合搬上画布的。1903年，饱受类风湿性关节炎困扰、双手关节变形严重的雷诺阿来到卡涅，让此地名声在外。他在卡涅建造的房屋被橄榄树和橘树掩映，他在这里度过了生命最后十六年时光，如今雷诺阿的故居对公众开放。在别墅宁静的房间里，雷诺阿画中女人粉色和奶油色的酥胸与大腿散发着更为迷人的诱惑力，远胜于蔚蓝海岸所有晒得焦黑的肉体。如果以今天的当地人为模特，雷诺阿究竟会画出怎样的肤色——深棕色的四肢、肩膀、肚子，纯白色的胸、臀？即便是雷诺阿也无法理解这一切。

当地唯一一位没有享受作品被收藏以及被纪念待遇的画家似乎是凡·梅厄伦（Van Meegeren）。1932年，这个擅长伪造弗美尔（Vermeer）画作的人在罗克布吕讷（Roquebrune）定居，赚了50万英镑。由于将一幅弗美尔的仿作卖给戈林[1]，他被捕入狱，

---

[1] 赫尔曼·威廉·戈林，纳粹德国政军领袖，担任过德国空军总司令、"盖世太保"头目等职，曾被希特勒指定为接班人。

为了证明自己没有叛国通敌，他不得不演示伪造名画的过程，梅厄伦最终死于狱中。

在罗克布吕讷，为了寻找凡·梅厄伦的故居，我问了十几个人。"凡·梅厄伦，"他们都会疑惑地重复一遍，然后说，"从未听说过这个名字。"真的是以此人为耻了。

*

暴力在闷热中酝酿。每个人都把车开得飞快——车子在镇中心翻身，残骸在主干道旁，无人理睬。在土伦（Toulon），一个男人用尖酸刻薄的话嘲讽不忠的妻子，让后者失去了理智。在孔特（Contes），一个男人用一柄斧头砍死了自己的兄弟，然后把汽油浇在自己身上，自焚——这似乎成了这里最流行的自杀方式。在戛纳，一群武装暴徒袭击了咖啡馆的柜台，顾客将这些人赶走，还用椅子和瓶子将其中一名暴徒殴打致死。在戈尔夫瑞昂（Golfe-Juan），一个打算去海滩的女孩在穿过铁路时丧命——这已经是十年里同一地点发生的第18起事故了。警察在去年夏末驱散了很多帮派，人们说在那之前，不法行为还要严重得多。那些人靠卖淫和偷盗艺术品（去年夏天，蔚蓝海岸有总价值70万英镑的艺术创作被偷）为生，过去都以芝加哥的方式在街头火拼来消除彼此之间的分歧。

所有的争吵都会升级为暴力。在圣拉斐尔（St. Raphael），一处地产的主人在海滩上建了一堵墙，阻止隔壁工人营地的无产者入内。整个夏天，那些工人在共产主义者的领导下，一直试图拆除这堵墙——他们尝试了各种方法，游行示威、推土机以及炸药。本周，其中一位示威者遭到逮捕，被控行为过激、叛乱和暴力。

不过，英国人所缺少的这种过激、叛乱和暴力表现正被摩登派和摇滚派带入英国的滨海度假胜地。在这里，任何未满 16 岁的人若没有父母的陪同，必须出示经见证、具有法律效力的父母授权信，内政部组建了一支 5000 人的机动队伍来执行这一法律。出现问题后，家长和孩子有时候会被起诉。

这是重重危险中专制统治带来的一方净土。

*

在蔚蓝海岸所有艺术创作中，最令人感动的作品出自业余创作者之手——与位于昂蒂布角（Cap d'Antibes）制高点的灯塔相邻的加洛普圣母礼拜堂内，收藏着用于还愿的奉献物，很是特别。

这些物品是人们在脱离危险后用来表达感激之情的。最初的还愿奉献物多数来自水手，他们参考沉没的船只制作出精美的模型，或者将沉船场景描绘出来。后来，生活在陆地上的人们效仿水手，以同样的方式来纪念自己的大难不死。有一张画上画的是一个女人坠马的场景，时间为 1805 年。你还能看到被疯狗咬、从梯子上或屋顶上掉下来的场景。1812 年，法国仍处于半文盲时代，一个名叫朱尔斯·布里安的人成功地从土伦监狱逃脱，也画了画表示感激。

你还能看到更多近现代发生的灾祸。一个女人的脚被电梯卡住,流了很多血。一辆公共汽车悬在桥上,下方就是铁轨。一辆损毁严重的车躺在沟渠里,那一家子竟然在马路中间下跪祈祷,简直就是自寻死路。

有些画没有记录危险时刻,而是刻画了作者最受冲击的经历。"纪念1914年12月的一位夜间守卫,"有人这样写道,"在遭到袭击的普吕奈教堂(香槟地区)前—— 一名中士被杀害,他躺在那里,身上盖着一个遮盖坟墓用的麻袋。"外行的画技想要表明那一晚发生了一些可怕的事,想表现那具尸体的可怕程度。作者失败了,但失败本身就是一种有力的证明。

在一面墙上,署名为"J. P. C."的那个人挂了一小幅描绘东方场景的图片,以纪念一位无名士兵。图注这么写道:"三年印度支那战争期间,他既不是受害者,也不是行刑者。万福玛利亚。"

(1965年)

温暖的红袜

在瑞典谈钱

我想,即便告诉你瑞典的自杀率其实低于沉浸在欢快华尔兹中的奥地利,或者瑞典人实际人均饮酒量少于清醒、爱狗的英国人,也没什么用。对于瑞典,你已经有自己的看法。你知道,这个国家是出了名的富有、爱好和平、讲究社会公正,但这些远远不如以下特征更令世人印象深刻:酗酒和全世界最高的自杀率。

所以你会高兴地听到我在抵达瑞典几天后,舒舒服服地看了一部新的瑞典电影,它讲述的是一个男人在狂饮一通后打算自杀的故事。他收到了一张缴税通知,数额之大是他无法承受的,雪上加霜的是,他还被抢劫了。他的自杀企图以可笑的方式失败了,影片结尾是一次长时间的热情拥抱——主角终于缴了税,他亲吻着那张税单。

我必须要提一下影片导演——同时兼主角——只有13岁。

他不仅精通所有基本的电影技术和视觉专业术语，而且跑直角的时候像卓别林那样将重心放在一只脚上，样子滑稽极了。这是一部有趣的电影。

这是在乡村度过的一个周日，我们 11 个人，包括孩子和祖父母们，围坐在餐桌旁享用了一顿丰盛的周日午餐。这幢古老的木屋位于森林边缘，到处是奇怪的角度和出人意料的房间。在冷灰色木地板的映衬下，上漆的乡村家具闪着深绿色和红色的光泽。角落里老式的瓷砖铺成的炉子让整个房间充满令人昏昏欲睡的暖意。年幼的孩子在安静地玩耍。放映机发出低沉的响声，很有催眠作用。

屋外——漫漫冬夜，为积雪所覆盖的空旷森林，还有所有为我们所嘲讽的道德幽魂。"*trygghet*"——安全——被温暖的子宫包裹着，不受任何侵扰，这似乎是整个瑞典政坛致力于表达的信息。

又或者这只是我个人的看法。但在温和、透明又不失复杂的瑞典，你可以随心所欲地进行解读。

*

迄今年（1974）为止，社会民主党已经持续掌权 42 年。我在瑞典期间，担任财政部部长的古纳尔·斯特兰（Gunnar Sträng）第 19 次提交了政府年度预算。

列车准点出发，安静地驶过齐整、刷成达拉纳深红的木屋；经过从树木和岩石间拔地而起、人类居住的混凝土悬崖，在这些地方,没有一盏街灯是破的,没有废弃的旧车;路过未被破坏的森林、湖泊和耕地。这里没有荒废的土地,城镇边缘没有界定模糊的区域,没有贫民窟,没有破败的工业景观,没有虚无。每个(如巴特勒主教[1]所言)事物都是其所是,而不是其他任何事物。

但这种不变的繁荣状态很有欺骗性,因为现代瑞典始终处于混乱而迅速的变化之中。上帝在创造瑞典时并没有同时赋予它财富和进步。进入19世纪,它仍然是欧洲最贫穷、最落后的国家之一——"北欧的巴尔干半岛"。1860年至第一次世界大战期间,瑞典有近1/5人口因为难忍饥饿出逃,移居美国。

进入20世纪后,众所周知,瑞典人开始推行令人困惑的从乡村迁往城镇的运动。而这股势头还在继续,尤其是迁离经济惨淡的北方。至于瑞典劳工局的首字母缩写AMS,据说代表了Alla Maste Söderut——所有人都必须去南方。

直到20世纪40年代,瑞典才赶上欧洲其他国家。这个国家有过半的房屋是在那之后建造的。开明的社会理念——在婚姻、养老金、教育这些方面——付诸实践的速度几乎和建造公寓楼不相上下。首相奥洛夫·帕尔梅(Olof Palme)曾经在演讲时说:"社会民主能进行彻底的变革,因为它代表稳定。这两者并不矛盾。"在瑞典,变化就是常态,是现状。

和我在20世纪50年代初次来访时相比,瑞典发生了很多变化。社交生活中的尴尬和死板不见了。(我曾觉得英国人之所

---

[1] 乔瑟夫·巴特勒,1692—1752,英国圣公会主教、神学家、护教家和哲学家。

以不喜欢瑞典人是因为他们觉得瑞典人和自己很像，只不过更容易让人陷入窘迫难堪的境地。）晚宴时复杂的祝酒顺序消失了。（不过有些人告诉我，每次当他们忘记向父母祝酒时，对方总能察觉到。）同样沦为过去式的还有以第三人称加"头衔"来称呼陌生人的奇特习惯（"作家斯特林堡是否想再来一杯咖啡？"），但电话簿依旧让人抓狂，在按字母顺序排列的名单上，公车司机斯文松·伦纳特（Svensson Lennart）的名字仍然排在内阁部长斯文松·阿维德（Svensson Arvid）前面。此外，"您"的复数敬称彻底退出了社交生活，"你"几乎成为通用词。我不禁想到在德国遇见的左派人士，他们好不容易开始用"你"称呼陌生人，却私下承认感觉很尴尬。在瑞典，变化是很彻底的。

尽管如此，某种老式的乡村品质得以保留——节俭朴素。我去看望一位老朋友，她现在住在斯德哥尔摩新开发的郊区——特里索（Tyresö），乘坐并不拥挤的公共汽车，穿过被精心保护起来的森林，25分钟就能到达。高楼建在松树之间，雪早已被压实，白天很短，购物中心里只有带着阿尔萨斯警犬的街区警察在巡逻，孩子们在人行道和住宅楼之间的小冰场上玩冰球，头顶上是被大风吹得东摇西晃、发出吱嘎声的泛光灯。但在你周围，在树木之间，如同一个个被照亮的小舞台，冬夜映衬着未被窗帘遮住的内部装饰，1000座剧场肩并肩，或者堆叠起来，每一个都在上演温暖、明亮的 *trygghet* 剧。

外国人对瑞典本国的风格存有误解。他们想象的是用桦木和不锈钢制成的清新简约的实用物件，背景则是最朴素的白色，没有其他任何多余的色彩。但事实上，他们的房间五彩斑斓。以大块的暖色为主色调——深红色，还有深绿色——传统的上漆的乡村家具大多装饰着深绿色的花卉图案。深色镶板反射着银器与不锈钢的光泽。蓝色扶手椅旁摆放着郁金香花盆。攀缘植物覆盖了外墙面和半透明的窗户。

当我到达时，我的朋友张开双臂，给了我一个热烈的拥抱。（同瑞典装饰风格一样，外国人对瑞典人的性格也存有误解。）但没过多久，她就直截了当地提醒我，我还欠她9.5克朗——去年我因为没有零钱向她借的——外加1.4克朗的邮票钱。

钱——这就是我们谈论的主题。无论我们走到哪里都是如此，报纸上有一半文章似乎也都在讨论钱的问题。我可没有妄加评判物质享乐至上的意思。我们开诚布公地谈论自己的收入，要缴多少税。我们讨论如何节俭、物价水平，以及怎样精明地存钱。当我们谈论政治时，似乎总绕不开个人缴费和政府补贴这两件事。我在瑞典期间，该国面临的主要政治问题是是否应该将斯德哥尔摩的"50卡"（价格为50克朗——5英镑——的通票，有效期为一个月，可以乘坐斯德哥尔摩省所有的公共交通工具）的有效范围扩大至整个瑞典。"那就太好了。"在报纸头版，微笑着接受采访的公民这么说。

在我看来，钱是所有政治思想和行动的媒介。毋庸置疑，瑞典是欧洲最富有的国家，所拥有的财富中有很大一部分源于其财政体制——超过45%的国民生产总值以税收和社会服务附加费的方式被征收。两名学校教师跟我透露了一些收入方面的细节，他们的年收入分别是5000和6000英镑，分别要缴44%和50%的税。几乎一切——包括艺术，甚至是政治实践本身——都取决于这些中央基金（经密切协商后）的重新分配。

国家会根据各政党（包括共产党）的选举实力予以相应的补贴。我在北部见到一个新拉普人党派 Samernas väl 的支持者，对方解释称该党派难以取得太大进展，因为规模太小，不足以获得足够的补贴。任何被相关委员会认可为职业作家的人都将获得有保障的收入，国家会对图书馆借调予以补贴，还有2400英镑的额外补助金。而一个皇家委员会刚刚提议，出版商在出版这些由国家资助的书后，应该先捐出1250本，再开启正常的销售。有时候，在工会成员眼中，就连工会资金都是国家财政体系的组成部分，要缴纳的比例和税一样，越来越高，并且和缴税一样，这笔费用在源头上就被管理层扣除了，还要支付地方分会主席的薪资，为其提供一个办公室。

眼下，瑞典开始积聚巨额养老金。不管以哪种标准来衡量，瑞典人领到的养老金都是相当高的——相当于个人收入最丰厚的15年平均值的 $2/3$。但征收的费用（主要来自雇主——工资的10%）超过了发放额。一位社会民主党官员告诉我，该党派认为国家可以用养老金盈余促进经济发展。去年年初，瑞典养老基金达到56亿英镑，作为信贷来源，规模已经超过商业银行，且现在开始进军风险资本市场。

社区提供服务，个人获得服务。我在特里索的朋友带我去参观了一个新建的教会青少年俱乐部。说这里像某个成功且致力于变革的广告公司的总部一点也不为过——会议室和办公室的组合套间,每一套都有精心挑选的暖色基调,还有齐全的配套家具和设备。孩子们现在还不能进入,等到可以时,他们无须有任何顾虑。朋友还带我去了她任教的学校,又是一座温暖时尚的新建筑。孩子们都在这里,但只有250人,在英国,这样一座建筑得容纳两三倍的人。主打暖色调的教室里铺有定制的地毯,安装有内线电话,主要以不超过15人的小班模式授课。地毯很干净,等到柔和的下课铃声响起,学生们就会离开教室,一组清洁工进入打扫。电话还没被弄坏,没有任何东西被损坏,教室里几乎没有孩子们存在过的迹象,无论是好是坏。

不过,当我们在上午即将结束之际来到户外的雪地上时,看到想乘坐的公共汽车正好开走,正好有两个14岁的女孩路过,发出刺耳的嘲讽笑声,让我有一种熟悉的感觉。后来,我朋友给我看了一份报纸,上面有关于上一学年末瑞典各地酗酒和破坏行为激增的报道。作者抱怨称在瑞典西部某个庆祝活动("由一个儿童福利委员会组织")上,"一些喝得酩酊大醉、赤裸着身体的学生当众发生性关系"。

"不过,"他补充道,"一位社工表示'我们的安排比预期要好得多'。"

*

按国际标准看,瑞典人喝酒并不多,但所有北欧国家都一样,酒徒喝酒就是为了喝醉。在斯德哥尔摩,或许是因为引力的自然作用,他们都聚集在地下室。晚上以及周末时,许多地下室都会充斥着浓重的酒精味。空啤酒罐在脚边滚动。留着长发的年轻警察两人、三人或五人结伴巡逻。三五成群的人仿佛沉浸在脆弱的美好世界中,又如同扛着巨大的隐形包裹,因为不堪重负而步履蹒跚,显得滑稽可笑。我看到一个金发披肩的年轻人费好大劲儿才点着烟,然后挣扎着从月台往上走,只为将空了的烟盒扔进垃圾桶,在这个过程中,他仿佛是在对抗一个阻挠其完成目标的强大磁场。我不禁觉得即便是这些与稳重得体相距千里的行为也能给人一种亲切感。

一天晚上,在一家餐厅,我的邻桌是一对穿着打扮非常体面的中产阶级夫妻,都40多岁,都不可救药地喝醉了。我不得不用左手吃饭,因为那位女士经常会歪向一边,抓住我的右手臂,催我和她去跳舞,要不就是让我和他们一起回家,他们那张桌子上摆满了咖啡、啤酒和阿夸维特,每次溅出来,她都会在我的大腿上摸索,寻找纸巾擦拭。

"英格-丽莎,英格-丽莎!"那个男人呻吟着,不知怎的,他们失去了平衡,男人试图抓住玻璃杯。女人东跌西撞,碰到了好几张餐桌,大概是提出了同样的求欢要求。她所到之处,葡萄酒被打翻,咖啡洒在腿上。她恳求一个站在餐具柜旁的秃顶年轻人在舞池里把她举高几分钟。然后早已醉得晕头转向的她铁了心要从靠墙那张餐桌的一边挤过去回到自己的位置上,事实上餐桌和墙之间压根儿就没有空隙。她是一位矮胖的女士,戴着厚厚的眼镜,脚上穿着红色袜子。桌子被用力拉开,晃动着。"英格－丽莎，英格－丽莎！"那位绅士难过地抱怨着，像是在做梦一般，用极慢的动作摆弄起翻倒的茶杯和玻璃杯，茶碟里全是冷掉的咖啡。接着，他们开始争论哪一杯付过钱了。然后，她不知因为什么滑到地上，消失在餐桌之间。一头银发的餐厅领班很谨慎——你会以为他是瑞典私人银行（Stockholm Enskilda Bank）的主席——微微扬起眉毛，以示不满，但仅此而已。当这对夫妻终于被送出门后，过了大约半小时，我在外面的街上和他们擦身而过。两人靠在一家商店外，还在争执。至于争执的话题，当然是钱了。

一位律师告诉我，一年前，妓院会在报纸上刊登整版广告，但这被认为违背了瑞典在各方面均保持克制的传统，自优雅的东城区（Ostermalm）一家新成立的以类似生产合作社模式经营的妓院被成功起诉后，这种情况就不复存在。瑞典发行量最大的日报《今日新闻》（Dagens Nyheter）仍然会刊登夜总会的广告："每小时均有现场演出"，或者，"四块不同的屏幕不间断放送——兽—人—虐打"。不过播放的电影似乎多数为美国电影，而报纸的编辑专栏担心的是瑞典广告人开始效仿英国人目前的做法，越来越不加掩饰地提及性交。即便是在性俱乐部，都能看到标榜好品位的宣传。"我们性感的女招待"，"性感屋"色情店这样打广告，"将在春意撩人的环境中毫无保留地展示一切。"

能在公开场合坦率谈论性这件事，同样也给人一种亲切舒适感。在一份斯德哥尔摩晚报的答读者问专栏里，一封信给我留下了深刻的印象，写信的女士称当男人在街上看她时，她想象自己全身赤裸，单靠这么做，她体验了"数百次性高潮"——真是个方便的小技能，她忍不住补充了一句，"免费"。另外一封信来自一位男士，他那结婚已经 30 年的妻子突然想尝试一种奇怪的新技巧，这让他有些担心。（懂得医学的报社记者解释称，其实就是口交。）那位男士称，一天晚上，妻子在与缝纫圈的朋友见面时听说了这一招，回家后就试着做了。此人的署名是"忠实读者"。

在《每日新闻》的出生公告栏里，也能看到一些直白的乡村式幽默，与《泰晤士报》相去甚远。我在哥德堡大学的一位朋友给我看了她和孩子为逗乐丹麦的朋友而收集的一些素材。我最喜欢那些诗。虽然翻译很难完全表现出原文的精彩，但我在这里摘录几句：

"我们很高兴，
可以大喊乌尔里克来了。"
"他母亲肚子里
现在怀着斯文的小弟弟。"
"铃声叮咚响——是那个莫名其妙的家伙。"

我朋友最喜欢的是这首，应该是一户对船和舷外马达情有独钟的家庭喜迎女儿诞生：

漫长寒冬带来了什么？
3.25 公斤

没有启动把手。

*

我在瑞典期间，奥古斯特·帕尔姆（August Palm），这位1881年将社会主义思想从德国引入瑞典的裁缝在斯德哥尔摩上演的一出话剧中死而复生。人们告诉他社会民主党已经执政42年了。

"好啊！"他叫道，"这里实现了社会主义！"

次日早上，《每日新闻》的评论这样写道："出于某些原因，现场爆发出一阵狂笑。"

十年前，人们不会这样狂笑。一位社会民主党的朋友说："十年前，人们是真觉得事情在往正确的方向发展变化。"现在他们已不再抱有幻想。我见过好几个人，他们自称是一辈子的社会民主党人，但在去年秋天的选举中把票投给了共产党或中间党。我在瑞典期间，新一届瑞典议会选举，社会民主党最终因为票数平分秋色才得以继续掌权。

很多人觉得1970年的基律纳罢工改变了整个氛围。拉普兰小镇基律纳（Kiruna）及周边国有铁矿的工人们私自罢工长达三个月。这是自1938年以来对工业化和平影响最为严重的事件，工会和雇主签订沙丘巴登协约，宣布罢工违法，为整个行业确立了著名的工资集体协商体制。对于社会民主党而言，这足以令他们恐慌，表明他们失去了与工人阶级的联系以及相应的控制权，而这些恰恰是他们42年执政的基础所在。

正是在"绿色浪潮"(Green Wave)的推动下,很多选民开始支持右派。没有人能告诉我,这个万能流行语最初是从哪里冒出来的——有些人觉得出自嬉皮士。它表达了一种普遍的渴望。不同于其他多数欧洲国家,瑞典在不久以前还保持着农村社会的样貌。即便你不是在乡村长大的,你的父母或祖父母可能是。很多人都割舍不了与土地的联系——在森林里或者被礁石环绕的岛上搭一个小木屋,这样到了夏天,他们可以去钓鱼,或者种些果蔬。

瑞典掀起了一股怀旧热潮,被戏谑地称为"*snickarglädje*"(木匠之乐)。在斯德哥尔摩群岛的内岛上,随处可见——如同婚礼蛋糕般精美可口的房屋,为19世纪后期的新贵建造,木阳台、塔楼,还有各式卷曲花饰、叶片和心形图案。或者你可以夏天来。现在,多数往返于24000座小岛之间的船只都拴在码头上。"绿色浪潮"只在6月至9月间涌动。

我怀疑瑞典人想象的永远只是夏天时光,在电影和小说中往往是如此。(想想电影《今生今世》[*Elvira Madigan*]中出现的叫个不停的仲夏昆虫。)在所有小说中,马伊·舍沃尔和佩尔·瓦勒(Maj Sjöwall and Per Wahlöö)[1]合著的一系列令人欲罢不能的惊险小说中的一本开头最为简单,且能立刻唤起读者的回忆:"3点差一刻,太阳升起来了。"

短短一句话,夏天的斯德哥尔摩。

---

1 著名瑞典侦探小说作家。这对夫妻档组合创作了侦探小说史上著名的马丁·贝克探案系列。

*

理论上说,瑞典的命运如何,得纯看运气了,就目前议会各政党的情况,投票应该会以平局告终,而宪法规定要靠抽签决定最终结果。不过这种局面永远不会发生。反对党领导人认为他们的责任并非让政府难堪、扳倒执政党,他们都表示愿意共同解决这个问题。

因为这就是瑞典人的行事方式:避免像其他国家那样在处理事务时展开公开对峙,采取象征性暴力手段。这种态度甚至延续到了法庭。一位公诉人告诉我 90% 的刑事诉讼都能成功。你很难找到一个愿意据理力争的律师,他们中的多数认为自己的职责是说服客户认罪,然后提出减刑要求。扬·米达尔(Jan Myrdal)[1]谈论过瑞典存在一种保持缄默的密约,只为了不让公众讨论所有基本的问题。他告诉我,管理民权的皇家委员会会进行内庭聆讯,因为政府声称民权相关的问题会激发"高涨情绪",使得必要的妥协难以达成。

人们普遍认为,瑞典议会并非真正开展辩论的地方。议会无法对国家的日常管理提出质疑,这些工作并不掌握在部长及其部委手中,而是归各位总管及其所在部门负责——另一个官僚机构。多数真正的激辩发生在政府和"中央组织"之间,后者代表了不同的民众,例如雇主、消费者、土地主、租户等等。"一个

---

[1] 瑞典著名左翼作家、评论家和政治活动家,出版过多部有关中国的著作。

官僚与另一个官僚打交道。"有人向我抱怨。

当然了,达成共识当然不等同于所有人都赞同。基本上我见到的每一个人都确信这个国家将堕入地狱,但我发现幕后推手却看法不一。左派人士知道这个国家掌控在沃伦伯格家族以及其他一些在银行业及工业赚得盆满钵满的富有家族手中(在瑞典,变富有仍然是有可能的;税率最高达 80%)。保守党知道是左派阴谋在作祟——有人给我看了一张图表,上面画出了左派是如何占据传统的自由党基地《每日新闻》的,对方还告诉我所有左派人士都被俄国人收买了。自由党称这个国家被官僚机构中小部分当权的社会民主党控制了。社会民主党的一位发言人向我保证,他们担心的恰恰相反——担任公务员的社会民主党太少了,在自由党或保守党占主导的行政机器中,他们觉得孤立无援。

我觉得大量、各式各样对未来的悲观警示颇令人宽慰。知识分子担心最近对情报部门的曝光行为遭到镇压标志着瑞典言论自由的终结。大学肯定对高等教育的建议将意味着学术自由的终结。新宪法——瑞典议会应该在今年完成投票,使之生效——遭到了各方抨击。被称为"人民支持国王"的运动抗议称新宪法将剥夺君主拥有的所有传统权力,左派称一旦新宪法颁布,政府只消通过议会进行简单多数投票,就能否定大多数公民权。

我向斯德哥尔摩大学的右翼律师雅各布·桑德伯格(Jacob Sundberg)指出了这一现象,他简洁明了地表示这种焦虑是不必要的。他称新宪法并没有真正改变什么,因为"民权在这里沦为笑话"。一个适合哈塞和泰戈的形而上学的笑话——哈塞·阿尔弗雷德森（Hasse Alfredsson）和泰戈·丹尼尔森（Tage Danielsson），他们是瑞典知名度最高的两位讽刺喜剧演员，职业生涯始于大学时期，两人分别就读于隆德大学和乌普萨拉大学（泰戈和乔纳森·米勒［Jonathan Miller］[1]有着惊人的相似）。他们在斯德哥尔摩的伯恩斯夜总会上演了极为雅致的讽刺剧，其中一个角色向上帝提出了存在的申请。"你存在的目的是什么？"在被金灿灿和水晶光芒充斥的洛可可风格的伯恩斯，上帝用责怪的语气咕哝道，"看沃尔特，那个男人并没有站在你身边。他不存在，他也没有抱怨啊。"

罗兰德·亨特福德（Roland Huntford）是《观察家报》驻斯德哥尔摩记者，已经干了十年，他写了一本名为《新极权主义者》(*The New Totalitarians*)的书。在书中，他有力地指出瑞典成了一个"美丽新世界"，人们在圆滑狡黠的"社会工程"的劝说下，接受了屈从地位，而其他极权主义的国家得靠武力才能将这一想法强加于人民身上。他引用了瑞典副监察专员的话来进一步证明这一论点："人人都想拥有安全感。现在在英国，在美国，或许我可以说在绝大多数西方国家，人身安全源于法治。但瑞典人的安全感完全来自社会福利。所以我们的人民对待福利就如同你们对待法律一样。"

安全：*trygghet*。这个词——及其反义词 *otrygghet*（危险）——在报纸以及政治家的言论中一而再，再而三地出现。对

---

[1] 1934— ，英国导演、演员、作家。

于安全的焦虑似乎是长期的，无法平息。我在瑞典期间，看到《每日新闻》在其头条宣称："没有保障是危险的！"那下面是一篇针对三本新出版的社会学著作的评论，这三本书都以社会福利引发的不安全感为主题。"瑞典是否比其他社会更缺乏安全感？"作者克斯廷·文特埃德（Kerstin Vinterhed）问道，"不，显然不是。但我认为，我们与安全的关系要比其他国家复杂得多。换言之，很长时间以来，我们一直相信安全保障是可以实现的。可事实证明这在我们这里也是不可能的，就和其他国家一样，我们大失所望，担心焦虑，觉得被国家、经济、社会民主、资本主义抛弃了……我们现在所体会到的不安全感还包含了一层挫败感：尽管物质富足，可我们依然缺乏安全感。"

瑞典国家卫生与福利部委托汉斯·洛曼（Hans Lohmann）——一位颇具声望的医生——展开了一项关于该国心理健康的调查。去年，他提交了一系列令人不安的数据。他称针对成人和孩童的不同研究表明，"约25%的人口存在精神缺陷或患有神经官能症，且严重到需要接受一定帮助的程度"。《每日新闻》在报道此次调查时评论称很多人在工作时间受到机器运转的影响之深，以至于他们"无暇再去感到绝望或无能为力，只剩下不安、抑郁和空虚"。

我和一位心理学家聊了聊，他对类似的评论表现出相当的谨慎。他表示，十年前，在被问到工作是否愉快时，人们的回答是肯定的，因为在当时相信自己心满意足是社会常态。现在则相反，相信自己并不如意才是惯例。他认为相比工作，人们往往觉得闲暇时光更难以忍受。重要价值通常是通过辛勤工作体现出来的。这在瑞典推行城市化、摆脱落后的过程中很重要。如今那个时代已经结束了,可人们仍然无法放松。他们常常会找一份兼职工作,理由是需要钱。而他们赚这笔钱的目的是买船和夏日度假小屋。他们需要工作是为了确保自己永远没有时间来花钱。

*

我发现很难让自己相信瑞典整体上比其他地方更疯狂、更凄惨或更受压迫。不过,当然了,我在审视瑞典良好的秩序时带入了自己的道德准则。我发现自己有时候会想到那些古老的童话故事,其中的人的愿望总能神奇地得到满足。但这些来自核心的掌权者的礼物往往不能带来如意的结果:一座宫殿、一根香肠——愿望变得琐碎、乏味、荒谬——即便是愿望实现了。愿望得以实现本身破坏了许愿这件事,而正是许愿赋予愿望以意义。人类的感受就是遵循了这一逻辑,与瑞典人的本性或社会民主的缺陷无关。在体验过程中不存在稳定的常态——只有变化与差异,靠近与分离。若没有体会到不安全感,就不会感受到拥有保障的愉悦。若没有混乱,就不会知道井然有序带来的快乐。

在飞回伦敦的路上,我一直在思考这些问题,我买了很多讲述瑞典人真实面貌的书和宣传材料,把这一大摞沉甸甸的东西都拖上回家的郊区列车。车站扬声器立马响起来:"受劳资纠纷影响,本站列车停运,请等待进一步通知。"我只找到一个愿意载我去郊区的出租车司机,他一路上抱怨不停……到家后,电话仍然无法正常接听。由于炸弹恐吓,这样的寒冷季节,孩子们在学校外站了数小时……不,没有比家更好的地方了——如果我的理论正确。

(1974年)

曲终人散
平行英国的四十年

有时候,当我经过海德公园角的和平天使乘驷马战车报信雕像时,有那么一瞬间,我会记起一件过于明显而被忽略的事:当成年人是什么感觉。我突然嗅到了20世纪50年代酷热难当的夏夜的气息,当时的我恰好经过伦敦的这个角落,边走边和派对上认识的一个女孩聊天。当时应该是天近拂晓。我们顺着空无一人的道路中间走着,颇不得志地当了这么些年的青年人后,年少轻狂的我忽然觉得整座城市都是我的。

但有时候,驷马战车像带来的是另一段记忆——同样发生在炎热的夏夜,同样是在一场派对结束后。但我记得,这件事发生在1929年,我出生前几年。在格罗夫纳广场的人行道边上,肯尼斯·威德默普尔向尼古拉斯·詹金斯吐露心声,他爱上了芭芭拉·戈林,这份爱让他备受煎熬。他们刚刚离开贝尔格雷夫广场的亨特康姆斯舞会,在舞会上,芭芭拉还把糖倒在了威德默普尔的头上。詹金斯得知此事后异常震惊,部分原因是因为他自己也爱上了芭芭拉,还有一部分原因是因为在那久远的青春岁月里,他"曾以为样貌与言行如威德默普尔之辈根本没有权利坠入爱河"。

威德默普尔、詹金斯、芭芭拉·戈林,以及那晚发生的所有事当然都属于另一个世界——安东尼·鲍威尔(Anthony Powell)在《随着时代的乐声起舞》(*A Dance to the Music of Time*)中创造的世界。随着第12卷《聆听秘密和声》(*Hearing Secret Harmonies*)即将出版,这部大部头小说也终将迎来大结局。"人们觉得因为小说是虚构的,因而就是不真实的,"X. 特拉普内尔在最后一卷中说(他是这部小说中出现的几位小说家之一),"但事实恰恰相反。因为小说是虚构的,所以它是真实的。传记和回忆录永远都做不到完全真实,因为无法呈现所有可以想见的状况。小说能做到。小说家能将一切都记录下来。他的决定具有约束力。"

我觉得(并且认为鲍威尔也觉得)对感知者而言,想象世界中的人际关系要复杂得多,尤其是鲍威尔的小说,在客观时空占据一席之地。但其实,特拉普内尔说得没错。从很多方面看,尼古拉斯·詹金斯(鲍威尔小说的第一人称叙述者)记得的世界都要比我们自己所记得(或者想象我们记得)的世界更稳固、更公开、更客观。你不会记得我走过格罗夫纳广场,但(如果你读鲍威尔的小说)你会记得那天晚上,威德默普尔来过广场。事实上,相比我昔日的经历,我对小说中的描述印象更为深刻。现在我已经忘了那天晚上我参加的聚会还有哪些人,我不知道和我一起漫步的那个女孩后来怎么样了。但我能告诉你不少出席亨特康姆斯舞会的宾客的名字。

我知道威德默普尔后来怎么样了。我清晰地记得在格罗夫纳广场发生的那一连串事情的顺序,以及它们在此后四十年更宏大的格局中所处的位置。威德默普尔后退着跟人道晚安,结果碰上了埃德加·迪肯和吉卜赛·琼斯,他们在回家途中向仍然在维多利亚徘徊的旅行者兜售《战争永远得不偿失!》。我们四个人去海德公园角的小摊买咖啡——威德默普尔已经爱上吉卜赛人,将卷入四十年越来越古怪的政治派系争斗中。空气中弥漫着浓郁的夏夜公园气息,咖啡摊旁,一位穿礼服的老人正在练习查尔斯顿舞,动作极为缓慢,指尖插入口袋。当他们喝咖啡时,曾与詹金斯同上一所学校的查尔斯·斯特林汉姆再度出现,一副练达而冷静的样子,这种醉酒后显得异常清醒的奇特状态将成为其日后人生的常态。

在创造这个世界的 25 年时间里——第一卷与不列颠节(Festival of Britain)同年[1]问世。我直到 60 年代初期才与其偶遇,当时故事的时间线已经推进至第二次世界大战爆发时,恰好是我有意识体验人生的开始。那感觉就像是发现了一个完整的文明——不是在安第斯山脉或喜马拉雅山脉偏远的山谷,而是在伦敦市中心,在我生活圈子的中心。它改变了我对世界——不仅是对海德公园角——的感知。我在自己的人生中看到了和詹金斯相似的模式,窥见了在一成不变的事物表象之下,其实暗流涌动,

---

[1] 指的是 1951 年。

酝酿着巨大的变化。突然之间，人生就会进入新的阶段，并非一成不变。另一个世界叠加于我自己所处的世界上，是我所处世界的折射与反射。

鲍威尔笔下世界的规模之宏大令人欣喜。你可以置身其中——迷失其中。这个世界拥有完整细致的构架，人口之多足以成为一个自治社会，有其自己的政治和商业生活，自己的书籍和画作。这个世界里的一切始终都处于变化与发展中，从威德默普尔初次亮相开始，那"应该是1921年"，一个凄冷的12月的下午，就像富有传奇色彩的部落祖先一样，他刚刚在学校完成一次强加于自己身上的长跑，并且他将坚持这一习惯，直到他最终从这一舞台消失，（我觉得）那是在1970年，60多岁的他一丝不挂，完成了又一次自愿的长跑。

你会遇见很久以前认识的人，通常是在意想不到的地方，例如查尔斯·斯特林汉姆，已经戒酒、心力交瘁的他一如既往独立，1941年出现的时候是詹金斯手下的服务员。威德默普尔已经在师部担任要职，他将自己调到了流动洗衣分队，避免了尴尬，最终他死在日本的战俘营里。

威德默普尔在那个逝去的12月黄昏初次亮相时，就已经给人留下了深刻的印象。（"从他的鼻孔里飘出两股稀薄的气体，接触到空气后出于本能地膨胀开来。"）但我们并不能肯定他出现的具体日期。一系列日期大致可循的背景事件发生了——金本位制被废弃，多尔富斯暂停了奥地利议会的民主制。但尼克只记得乐评人麦克林提克死了，距离他和莫兰德一起去拜访麦克林提克只隔了"三四天";自那天晚上在卡萨诺瓦的中餐厅谈论自杀后麦克林提克又坚持了"大约八九年"(而巴恩比,一如既往,和莫兰德钟情的女服务员一道离开了)。

在这个世界中,地理位置同样同时具有确定性与不确定性。从格罗夫纳广场和伦敦其他地点开始向外扩散,那些往往是真实存在的,可以根据名字来识别。在伊顿,虽然没有明说却能确凿无疑。还有牛津,同样没有明说,但出现了一位获得罗德奖学金的学生,(我觉得)得以与剑桥区分开来,再进一步扩展到位于不知名郡县的纯虚构宅邸。

很多事情都充斥着同样的不确定性。晚上,房间里堆满了书的巴格肖的年迈父亲与裸着身体的威德默普尔女士在巴格肖家("位于樱草山偏北的位置")客厅不期而遇,在听闻第三者对此事的详细描述后,詹金斯照例对细节流露出了兴趣,为什么巴格肖先生要穿过客厅去用厕所呢?"考虑到后来发生的事,楼上可能没有厕所,或者坏了没法用,也可能有人在用。另一方面,也可能是某些偏好或怪癖让他来到楼下……或许是安眠药、消化药之类的药物放在楼下。"

有时候,这种谨慎内向就是不够坦诚。詹金斯描述其与吉卜赛·琼斯在埃德加·迪肯这个不成功画家的生日派对上的对话,"可能还拥抱了"。我猜记不得是否在派对上亲吻过女孩是有可能的,但当詹金斯中断作家生涯,投身战争时,他告诉我们,他已经写了"三四部小说",看似很谦逊,就如同承认自己只有一两英尺高似的。

鲍威尔会通过特定画家的笔触审视土地与人物。在他的世界里，定义与可知属性的模糊就呈现在画作中，他称之为"退化"，并且不止一次提及——可用透视法来诠释的颜色消退。我们看到的这个位于画面深处的世界朝向其他半遮半掩的世界，就如同彼得·德·霍赫（Pieter de Hooch）[1] 画作中敞开的房门外洒满阳光的街巷。

你几乎能看到鲍威尔笔下那些人物画的画和写的书。你知道可怜的埃德加·迪肯的古典学术研究有多么刻板（就像挂在亨特康姆斯宅邸楼梯上的那幅《赛勒斯的童年》），伊斯比斯特为工业家画的肖像很粗糙，准确反映了那个时代盛行的先入之见。如果有人在文学竞争中引用了曾风靡一时的约翰·克拉克小说——例如《苋菜地》或《配得上我的奇迹》——中的句子，你根本无须核实就能知道。J. G. 奎金在其令人期待已久的《未燃烧的船》一书的扉页中，流露出批判倾向；奎金的妻子艾达·莱恩沃丁50多岁成名，出版了《我在一家药店停步》和《褥疮》；昆汀·夏克利令人惊骇的娘娘腔从其作品的名字就能看出来，《运动员的随从》。

即便是位于这幅图前景的人物也罕见地保有隐私，他们有属于自己的世界，默默无闻（詹金斯就是这么说威德默普尔的）。"一个人来过这个世界，即便是对朝夕相处、最亲密的人，恐怕也知之甚少，"他总是会绕回到这个观点上——"想知道人为什

---

[1] 1629—1684，荷兰风俗画家。

么会有这样那样的表现,哪怕只是些许地了解,也很难。"

不同于小说中虚构的世界,尼古拉斯·詹金斯生活的世界和我们生活的世界一样,无法得到充分的解读。我们得自己琢磨那个世界的不确定性,用我们自己的思维方式去理解那里发生的事,就如同我们对待自己所处的世界那样。有时候,数年过去,数卷书之后,有必要对所有詹金斯和我们认为理所当然的事进行彻底的重新评估。和人生中其他事一样,他在三十出头时与让·杜波特的婚外情是明确的、毋庸置疑的。当詹金斯在八年、三卷书之后发现她其实在与自己热恋期间,还同时和平庸至极的吉米·布伦特交往,你会有一种整个世界崩塌的感觉。你不禁开始担心(尽管詹金斯似乎并没有这种困扰)在令人难忘的那天,当让只穿着一双拖鞋为詹金斯打开公寓门("就在卢兰门之外")时……不,肯定不会的!不可能是那个时候!

但事实就是,我们得在没有提示的情况下寻找各种事物之间的联系。只有事后,在震惊之余,你才明白在战争期间,为何普里希拉·托兰德会突然选择在皇家咖啡馆就餐时与爱人分手,并且拒绝给出合理的解释。等到战争结束后,弗罗伦斯上校——在与杜波特离婚后,让嫁给了这个南美人——告诉詹金斯,15年前,他和所有家人就在里兹酒店,你会忍不住好奇(尽管詹金斯还是无动于衷)1931年,当詹金斯和坦普勒一家人一起来到这家酒店,遇到让并成为她的情人的那一天,他闲来无事看到的那家南美人会不会就是弗罗伦斯一家。

鲍威尔的小说并非唯一关于这一特定时空的想象世界。伊夫林·沃的小说也是对这个时代上流社会的深度折射。但那些事可能发生在不同的星球上。伊夫林的世界被中产阶级蛮人所包围,一群荒诞且自命不凡、危险可恶的家伙。鲍威尔在观察攀高结贵者(例如泰德·杰文斯,曾经的汽车抛光工,后来被莫莉·斯莱福德夫人看中,并与他结婚了)时带着和其他人一样的坚决和置身事外的同情(不过我猜,威德默普尔为了往上爬而展现出的中产阶级那种煞费苦心、不顾一切的劲头永远得不到谅解)。

在伊夫林的世界中,喜剧性源自人物在不可控外力的驱使以及无法放弃的自身行为准则夹击下,就如同木偶一样无助。鲍威尔的世界受人类意志力驱使,喜剧性源自人物迫使自己取得的物质成功。

鲍威尔的世界还涌动着一股不可无视的强力电流:情色描写。令人吃惊的是,在英语小说(或许所有小说)中,真正的情欲描写极为罕见,而在《随着时代的乐声起舞》的结尾,关于性的描述变得粗俗大胆,从窥淫癖到恋尸癖,最后是没有丝毫说服力的神秘的纵欲狂欢。但小说前几卷充斥着对复杂性行为的迷恋——"欲望、柔情、便利或有所收获的希望交织在一起"。詹金斯的婚姻状况过于复杂,难以从内部予以描述而被忽略了,但与让·杜波特的婚外情触动了他周身的神经。作者在描述这段婚外情时表现出来的老练娴熟进一步引发共鸣。从两人的第一次非预谋的拥抱开始,那是在坦普勒的车后座完成的,就在西大道女孩潜水的霓虹招牌前,后来,莫娜·坦普勒生气了,"或许是察觉到了空气中弥漫的暧昧的气息,而她又无法做出精准的判断",再到"没来由,也没有征兆,精疲力竭的可怕感觉袭来,你与所爱的人之间爆发无意义的争吵",以及通过简单的观察,对这段恋情(以及所有恋情)做出最精辟的总结:"毕竟,没有任何愉悦能与一个女人真心渴望见到你带来的欢喜相提并论。"

我好奇,若威德默普尔(或者说后来的威德默普尔大人)日后经过和平天使乘驷马战车报信雕像时,是否会想起与吉卜赛·琼斯(或者说后来的克拉格斯夫人,更令人晕眩却不失理智)的第一次见面。可能不会。不过那时的他几乎肯定没有读过这部作品,他永远不是那种会将时间浪费在小说上的人。无论如何,其他人物可能读过前几卷了。詹宁斯会——他无所不读,从约翰·克拉克到阿里奥斯托。他会推测普鲁斯特作品中虚构与事实的练习,但不会对鲍威尔进行任何评价。或许是出于职业嫉妒?他没有和我们分享太多关于他自己作品的事——除了战前出版的"三四部"小说,后来研究过伯顿之外。他是否也在写自己的十二卷巨著?是否有一个完整的属于詹金斯的世界,叠加在鲍威尔的世界上,就如同鲍威尔的世界叠加于我们所处的世界上一样?在詹金斯的世界中,是否有作者在写他十二卷的元-元-小说[1]?……

比我们更悲伤的世界——若不存在的话。

(1975年)

---

[1] "元小说"是西方现代小说理论中的术语,指那些"有关小说的小说",通常采用叙述者与想象的读者对话的方式,在叙事间贯穿小说的创作过程。

天堂的笑脸
逆向迎接未来的维也纳

周日清晨。天空仍是不间断的蓝色,蒙着一层薄雾,等到晚些时候,初夏第一道阳光出现时,薄雾就会完全消散。从圣斯蒂芬大教堂哥特式穹顶内,传出双簧管的 A 调音,如天使升空般清澈纯粹,随之而来的是预料之中的大管弦乐队发出的嘈杂调音。整个维也纳——其他高耸的中世纪拱顶和巴洛克风格的彩绘空间内——响起了同样的音调,各式交响乐器发出的低音先是汇聚在一起,接着归于令人紧张的沉寂。

然后,音乐响了起来。大教堂内奏响了布鲁克纳的《f 小调弥撒曲》。方济各会教堂传出的是海顿的《圣尼古拉弥撒曲》。凯尼修斯教堂响起的是莫扎特的《加冕弥撒曲》。在圣米盖尔,听到的是舒伯特的《b 小调弥撒曲》。在沃蒂夫教堂,你能听到舒伯特的《G 大调弥撒曲》。随着上午的时光慢慢过去,气温升高,其他教堂也会加入,你能听到更多海顿和莫扎特的作品,还有贝多芬、李斯特和柯达伊的曲子。

天堂,我在维也纳遇见的人总会提及这个词,脸上挂着嘲讽、不以为然的微笑。"轻歌剧的天堂,"一位现代作曲家抱怨道,"工作的天堂。"谈及经济形势,奥地利《新闻报》(*Die Presse*)的负责人挖苦地说。至少有十几次,人们提醒我(带着讽刺的笑容)教皇是这么形容奥地利的——"神赐福的岛屿"。"并且,"一位编辑(当然了,他在说这话时面带微笑)说,他供职于一份对社会主义政府持不友好态度的保守周刊,"我们认为他或许是对的。"

距离同盟国与奥地利最终签订和平条约只过去了二十年。持续二十年的中立影响是如此深远,以至于如今,奥地利航空公司所拥有的 DC-9 型飞机数量甚至超过奥地利空军的战斗机数量。二十年的产业和平,二十年的从容不迫,即便是国际金融陷入危机时亦是如此,奥地利甚至躲过了最近一次的经济衰退,如果幸运的话,这个国家还有望等到现有危机结束后才开始认真反省。至少某位政府发言人是这么跟我暗示的,脸上挂着那种亲切的带嘲讽的笑容。

有百余年的时间,奥匈帝国不断扩张带来的压力让奥地利饱受折磨。接下去的三十多年,也就是 1918 年帝国战败,失去其所有非德国领土(以及 87% 的人口)后——饥荒、内战、法西斯主义、落败、饥荒再度袭来,打击接连袭来,奥地利的境遇可谓凄凉。而眼下,这里显得风平浪静,几乎到了令人不安的程度。母亲们很放心让女儿在夜晚穿过城区走回家。尽管从结构上看,

223

奥地利是欧洲社会主义阵营之外最具社会主义特色的国家——多数第一产业都国有化，还有很多为国有银行所控制——可与我有过交流的保守党人士提出的最为激烈的批评是政府浪费钱。

我在奥地利期间，当地公布了一项调查，仅 7% 的奥地利女性承认对政治有兴趣。在学生代表选举中，投票率高达 39%，保守派学生在奥地利国家学生组织中央委员会占据的席位数是支持社会主义学生的两倍（社会主义左派再一次无踪迹可循），这些都让人意外。大型企业（有人是这么向我保证的，面对这种矛盾局面依然能展现笑脸）支持社会主义党派，因为后者是工业和平和经济扩张的保证。

还有哪个曾经不可一世的帝国最终实现如此令人难以置信的安宁呢？同时，它还能保留那么多帝国时期掠夺的战利品？维也纳依然是一座帝国都城——恢宏气派的建筑向中欧人展示哈布斯堡家族的权力和持久力，你几乎能听到支撑这一庞然大物的女像柱发出的呻吟声。美泉宫（Schönbrunn Palace）的房间真正是用财富堆叠出来的。哈布斯堡家族收集了如此多的欧洲艺术品，以至于国家级博物馆（按照一份批判新闻杂志的说法）都不知道自己到底拥有什么。奥地利文学研究学会的办公室设在内城区一座出人意料的豪华宅邸内，我和主席沃尔夫冈·克劳斯（Wolfgang Kraus）博士交谈时，他拿起椅子旁一个批量生产的烟灰缸来证明。"看，"他说，"这个需要花钱买。墙上那个哥白林挂毯不需要。我们从维也纳艺术史博物馆借来的。在维也纳，这种挂毯实在是太多了。"

用克劳斯的话来说，这是一座"梦幻之城"。从巴洛克鼎盛期盛行的 *Scheinarchitektur*，即"假象建筑"，让平坦的天顶拥有如穹顶一样的视觉效果，到当局赋予戒指路（Ringstrasse）的历史以英雄主义幻象，昔日城墙于1855年被拆除后，在过去的壕沟之上建了这条街——这座城市就是由这些混凝土梦想构筑而成的。

帝国后期以更为华丽的方式与反幻想抗争。在博格巷（Berggasse），在乏善可陈、随处可见的由女像柱支撑的立面之后，一间医生候诊室经过重新修缮，恢复了"美好年代"的体面舒适。在里面那扇门后面，弗洛伊德曾引导性压抑的病人踏入巴洛克式隐匿世界。在昆德曼巷（Kundmanngasse），一座破败不堪的屋子在最后一刻被拯救，未落入开发商之手。这是维特根斯坦为妹妹设计的房屋，其朴素、棱角分明的风格与他在《逻辑哲学论》中呈现的事实世界划分齐整的逻辑网格相呼应。

戒指路以外，这座城市因为有轨电车的存在而显得古老。一开始，你不会发现它们像日本单轨列车那样轻快流畅，那叮当作响的铃声让你想起高顶礼帽和拖拽的裙摆，铁质转向架与铁轨摩擦发出的刮擦声让你想起与女演员耳鬓厮磨的时光。内城区开始打造地下交通体系：在上方的狭窄街道，敞篷马车拉着游客们穿行其间，留下了微妙、刺鼻、已经快被人遗忘的气息——就如同老照片中泛黄的污点一样显眼，刺激着所有的感官——马粪。

"努力！——向更美好的未来迈进。"为了准备今年秋天的选举，社会党在维也纳各地设置了大幅广告牌。画面展现的是一派田园风光,一群年轻人面带微笑地拉着一根绳子,他们的身体坚定地向后倾斜,共同迈向美好的未来。

*

阿兰·雅尼克和斯蒂芬·图尔敏在合著的《维特根斯坦的维也纳》一书中用"表象与内在之间存在本质区别"来形容帝国行将分崩离析的那几年。在巴洛克般华丽实则已过时且摇摇欲坠的社会形态以及外强中干的宪法体制下面,欧洲新力量蓄势待发。正是在这种矛盾的构成中,帝国末期了不起的人文主义思潮开始蓬勃发展。

如今,二元君主制和犹太知识分子已成为过去式。但冠冕堂皇的等级制度,由复杂的社会形态构成的巴洛克幽灵堡,始终挥之不去,仿佛柴郡猫一般,露出带有讽刺意味的笑容。出于免受外界伤害或在他人面前维持良好形象的目的,人们不屑于装腔作势。即便是在艺术圈,相识多年的人们依然用"先生""您"这类尊称。我见过的人中有很多是教授,剩下大多数也是博士,这着实有些出乎我的意料。我后悔没有找机会去拜访一下激进自由主义期刊《新论坛》的出版人,没能享受到以"双博士"这个准确头衔称呼他的愉悦感。

1918年,奥地利成为共和国,贵族头衔遭废弃。但人人心中都有一杆秤。"她是社会主义者,"人们解释说,"当然了,也是个女伯爵。"当我在那里的时候,玛丽·伊莲公主用¼的报纸版面来公布她那"极为亲和友善且高贵的丈夫"的死讯,公主还用14磅的字体标注出其丈夫的一连串头衔"弗朗茨·约瑟夫·卡尔殿下,奥地利大公、马德里公爵、圣卡洛斯博罗梅奥的卡洛斯勋章大团长等等"。

咖啡馆的服务生理应知道所有常客的姓("您好,穆斯布鲁格先生!"),顾客则可以用教名直接称呼服务生("您好,约瑟夫先生!")。当有陌生的顾客光临时,服务生会给对方安一个贵族头衔——"男爵先生"。有时候,若对方穿着很讲究,他们也会称呼其为"主管先生"。(这其中可没有英语单词"squire"[乡绅]和"captain"[队长]所包含的讽刺意思。)那位信奉社会主义的女伯爵是位记者,她告诉我,她曾经和一位摄影师去咖啡馆,服务生根据摄影师脖子上挂的各种技术装备做出判断,尊称其为"工程师先生"。

每个人的个性都被那灿烂、迷人的维也纳式微笑掩盖了。我看到一个少年向母亲询问是否可以去烤蛋糕,在获得许可后,他向母亲鞠躬表示感谢,极具讽刺意味。还有一名出租车司机执意要下车,走100码去看我想找的那家店是否还开着。人们喜欢把自己视作效率低下的旧世界的受害者,这不啻一种反讽。当政府没能邀请到身份显赫的宾客来参加20周年庆典时,当地一家晚报不客气地用"典型的维也纳式懒散"来抨击政府。*Schlamperei*——德语意为混乱、懒散——这个词在对话中出现的频率几乎和带有讽刺意味的"天堂"相当。作为一个来自当代英国的人,我不禁感叹,奥地利的懒散实属小儿科(就如同那个老故事所讲的,有个男子结束其首次巴黎之行,返回伯恩利之

227

后，就觉得当地的性开放程度与巴黎相比简直是小巫见大巫）。

我和一个来自柏林的数学系学生待了一会儿，这些所谓的魅力让她出离愤怒。和她聊天让我感觉回到了柏林——那是一种我所熟悉的直率和简洁，坦诚和认真，人与人的相处之道无比清晰。而就在那个咖啡馆露台，在灿烂的阳光下，在我们周围，梳着整齐卷发、穿着素雅西服的男子微笑着，头偏向一侧，对着发型蓬松、睁大眼睛、同样露出笑容的女子做着手势。我试图同时融入这两个德语世界，却发现处境颇为尴尬，我仿佛在看一种视觉小把戏，眼前不断出现或凹或凸的小方块，可从来不会两种同时出现。

维特根斯坦提醒人们小心隐藏在事物表象之下那个世界的魔力。（他指的是弗洛伊德。）不过，在微笑的表象之下确实存在着一些特性——某种黑暗和惰性。他们在 *Heurigen* 里谈笑风生，*Heurigen* 是位于郊区的葡萄园，夏夜，你可以坐在室外，品着去年 10 月酿制的葡萄酒——整个大家庭，男女老少，中产阶级和工人阶级，团聚在一起。多么温馨愉悦的场景啊。可当施拉莫尔音乐（Schrammelmusik）响起——包括小提琴和手风琴——小提琴手开始哼唱，直勾勾地盯着你，眼神轻佻，他的歌词（画家乔治·艾斯勒解释说）却大多和死亡有关。（"快看那边！"柏林来的数学系高才生一个劲儿催促，施拉莫尔音乐家正扑向我们这桌。）这是全世界自杀率最高的国家之一。（只有三个国家的自杀率比奥地利更高——匈牙利、捷克斯洛伐克和德意志民主共和国——其中两个曾是奥匈帝国的组成部分。）

西奥多·普拉格博士是一位研究劳资关系的经济学家,他表示:"不要认为社会党——人数和德国的社会民主党几乎差不多——高层就拥有极大的政治热情。这只是出于对归属的渴求。你付出了,受到保护而已。"你得到了(例如)工作。有些职位素来为"红党"所占据,另一些则属于"黑党"(保守人民党)。普拉格博士如此评价(劳资双方):"著名的社会伙伴关系其实就是古老的传统,一切交由高层解决。不存在所谓争取的传统。"如果真正的经济灾难卷土重来,人们可能仍然会寻求强势的人出面收拾乱局。

但人们会以其他方式来弥补无为主义留下的缺憾。"如果你在维也纳交了朋友,就不需要敌人了。"一对都在报社工作的夫妻说。很多人都这么跟我说。一位美国学者一个晚上不得不分三次和不同的作家用餐,因为这些作家中有些人互不理睬,他不得不花了大工夫进行排列组合,这让他抱怨连连。一位作曲家说:"维也纳爱乐乐团的低音提琴手告诉我,当你独奏时,边上的乐手不会帮你翻乐谱。独奏结束后,你不能立刻坐下来,得先确认那人有没有把你的椅子拿走。"那对在报社工作的夫妻认为这些都源于在阴谋环境中的生存需求。

另一位为奥地利广播公司工作的音乐人告诉我,他有七个不同的化名。"人人都这么做,"他说,"因为他们不喜欢看到同样的名字出现太多次。"某些机构尤其厌恶某些名字。直到最近,弗洛伊德的名字才被允许出现在大学心理学院。维特根斯坦对哲学学院没有丝毫的影响力,在世界范围内被称为维也纳学派的逻辑

229

实证论者亦是如此。在德语中，这被称为 Totschweigentaktik ——沉默至死。和很多有名的奥地利人一样，曾就读于格拉茨大学的剧作家彼得·汉德克在海外成名之前并没有在奥地利本国获得应有的认可，在庆祝和平协议二十周年之际，他在电视上发表了一些"评论"，称奥地利仍有势力控制着一个"秘密组织"，行使残忍的暴力。

"缩小的国界线容纳不下广泛的兴趣。"我见过的一位记者说。尽管如此，还是有伤感的报道传回维也纳，这些报道聚焦奥地利在那些被分割的土地上残留的影响，它们之于奥地利，就如同被截断的肢体。我在那期间，《新闻报》一位记者从波兰克拉科夫发回报道，这座城市位于昔日奥地利加利西亚省中心。报道称克拉科夫"完全沉浸于帝国皇室的良好礼仪之中，即便如今奥地利境内也几乎没有城市如它这般。新艺术风格的咖啡屋都铺有红色长毛绒桌布……吻手礼随处可见——从出租车司机开始……"。还有对后帝国时期波兰在国际事务中扮演角色的神往。晚报头条写着"富有魅力的维和部队"，文章报道的是加入联合国维和部队的奥地利军人在塞浦路斯展现出的外交技巧。（还记得让英国继续保有英联邦领导地位的那种随机应变的能力吗？）

奥地利总理布鲁诺·克莱斯基的政策是守护奥地利的中立，使之成为对列强有利的国家，就像瑞士一直以来那样。他正在将维也纳打造成继纽约和日内瓦之后第三个联合国总部，新闻媒体为发生在这座城市的每一次国际外交接洽而欢欣鼓舞。

乔治·艾思勒（Georg Eisler）对于艺术创作寄予厚望。他称德国出版商排着队要买奥地利作家的书。奥托·齐坎（Otto Zykan）同样认为未来很光明，这位作曲家当初是以演奏勋伯格作品的钢琴家身份出名的。现在，他为奥地利电视台制作戏剧节目，他认为这是在维也纳开启新艺术生涯的重心所在。他觉得年轻人与他们所生活的轻歌剧天堂之间的创意分歧越来越大。"我给你个秘密提示吧，"他说，"维也纳将成为下一个艺术圣地，就像巴黎、纽约和伦敦那样。在十年里。"

我们在他的花园里一边喝咖啡一边聊天，这是位于维也纳林山斜坡上的一片果园，城市就在我们脚下。约翰·斯特劳斯儿时就住在这里。齐坎，这位勋伯格作品的演绎者，轻歌剧天堂的批判者，正在无比虔诚地修复屋子，并为其配上合适的毕德麦雅风格的家具。

当然了，他表示，带着嘲讽的微笑，他完全赞成更进一步的社会自由度。可实际上，他不得不承认自己喜欢名字与头衔匹配在一起，还有"您"这一尊称。这赋予人一定程度的 *Spielraum*——活动余地。"我不会去德国——哪怕是给我五倍的钱。我们这里的经济情况几乎和德国一样——而且我们不用那么辛苦地工作。我们在奥地利，沐浴在阳光下，品着葡萄酒。"

在那特定的一刻，会有去世界上其他任何地方的念头确实显得很疯狂。离开齐坎的家（从市中心到这里要乘坐半小时的有轨电车加公共汽车）后，我径直进入维也纳林山，翻过德雷马斯坦和赫尔曼斯考格（两座山，以英国的标准，高度是斯诺登山的一半），穿过空寂无人的林区，那里洒满了阳光，布谷鸟不停歇地吟唱，还有舒伯特的曲子。曲子是我哼的，我是林子里唯一的人。

在去往鸟鸣不断的山间的路上，我走进一家简朴的乡村酒店，点了一份简单的乡村肉菜，外加四分之一瓶的当地酿白葡萄酒，坐在粗糙的木桌旁，一边享受阳光，一边享用。当我去洗手时，水是自动流出来的，由乡村常见的简单光电池控制。我在地图上标注为"在天空"（也可能是在天堂）的地方又停了下来，在另一座葡萄酒园里喝了一杯浓烈的黑咖啡，在这里能俯瞰维也纳，还有联合国城高耸的大楼，全新的后帝国时期梦想。这让我不禁联想到社会党的海报。我们都会被拽入未来，这一点毋庸置疑。逆向迎接未来，也还不错。

（1975年）

泰晤士河上的彩虹
1951 年的南岸区

"1951 年,"伊夫林·沃在其小说《无条件投降》(Unconditional Surrender)的后记中这样写道,"为了庆祝更快乐的十年的开启,政府决定创办一个节庆。泰晤士河南岸出现了巨型建筑,国家剧院的奠基仪式相当隆重,可穷困潦倒的人们并没有表现出太多的热情,揣着美元的游客缩短行程,匆匆忙忙地赶往位于欧洲大陆的那些国家,无论局势有多么不稳定,至少那里的安排更为妥当。"

可怜的伊夫林·沃。这自然不是他心目中的不列颠节。对于以他为代表、潜意识焦虑的中上层阶级而言,过去十年里,几乎政府采取的每一次行动都不利于他们的切身利益,这个节庆标志着对他们的伤害达到高潮。十年来,他们过着前所未有的拮据日子——若非平等主义的理论化过程被人为拉长,这样的拮据可能早就结束了。十年来,他们目睹了——或者以为自己目睹了——一个可怕的新国家的孕育，在这个新国家中，他们所拥有的特权不复存在，影响力消失，坚持的准则变得无关紧要。当他们说——在节庆创办前那些年里，他们经常这么说——1951年的英国值得庆祝的事儿少得可怜，他们难以释怀的是自己心目中的那个英国。若能意识到1951年标志着这个时代的结束，此后十年属于稳重温和的保守政府，很快就能看出权力与特权之间的博弈几乎不会发生变化，他们或许还能更开心些。

另一方面，英国的工人阶级几乎被排除在外。除了赫伯特·莫里森（Herbert Morrison），他代表节庆主办方对内阁负责，却没有参与节庆最终呈现形式的决策。在策划这一节庆时，几乎没有有工人阶级背景的人参与，最终结果也没有体现出这一点：即可爱的工人阶级实则是仁慈的政府部门所管理的惰性物体罢了。

事实上，不列颠节是属于英国激进的中产阶级的——那些好心办坏事的人，《新闻纪事报》《卫报》和《观察家报》的读者，签署请愿书的人，英国广播公司的顶梁柱。总之，就是那些食草者，或者说温和的反刍动物，水草丰美的牧场是他们与生俱来的栖息地，他们用哀伤的眼神看着那些运气不佳的动物，因为自己能享有的优待而感到内疚，但他们往往不会停止嚼草。因为举办这个节庆，他们遭到了食肉者的鄙视——《每日快报》的读者、伊夫林·沃们和董事主管名录上的人——这些中上层阶级认为若上帝不希望他们无所顾忌地去捕食那些更弱小的动物，就不会造就现在的他们。或许这种特权阶级的内部分裂——而非不同阶级间的分歧——是所有民主政治的基础。无论如何，在十年里，因战争及其所造成创伤的迫切需要，食草者占据了主导地位。到1951年，支持他们的政权已经疲软，食肉者做好了接管的准备。这个节庆是BBC新闻、王冠影业公司、甜品配给、伊灵喜剧[1]、麦克叔叔[2]、西尔维娅·彼得斯[3]……这些英国食草者最后——实际上是"死后"——交出的作品，我是在这些伟大恒星的引导下度过童年时光的。

*

庆祝20世纪过半以及伦敦世界博览会一百周年——这个想法其实由来已久。曾积极参与1851年世博会的英国皇家艺术学会早在1943年就私下向政府提出了这一意向。1945年9月，《新闻纪事报》主编杰拉德·巴里（Gerald Barry）给贸易委员会主席斯塔福德·克里普斯（Stafford Cripps）写了一封公开信，敦促对方考虑这一项目，此后，他还发起专门的运动，号召工业家予以支持。克里普斯赶紧用其标志性的红墨水给巴里写了回信，称这是个相当不错的主意。巴里发表公开信后，大约过了11天，政府成立了拉姆斯登委员会，商讨此事。

---

[1] 伦敦的伊灵区在20世纪50年代出品了不少知名喜剧电影，被称作伊灵喜剧。
[2] "Uncle Mac"，即德里克·麦克洛克，1933年至1951年担任BBC儿童节目负责人。
[3] 1925—2016，英国女演员，1947年至1958年担任BBC电视台主播。

如此一来，举办节庆正式进入政府处理流程，依照惯例，所有提议都得经过各种不相容的政治私利的撕咬、咀嚼后才得以成形。不过对于这个节庆项目而言，经历这样一个过程反倒是好事，减少了多数此类项目中常见并极具破坏力的自命不凡因素，使之变得低调务实，这最终成为它的最大优点。例如，据报道，拉姆斯登委员会倾向于在海德公园"举办一次环球国际博览盛会，从道德、文化、精神和物质这些方面向世界证明英国已经从战争的影响中恢复过来"。但政府不愿意剥夺伦敦人使用其主要开放空间的权利，成立了一个跨部门委员会，寻找另一个举办场地。该委员会推荐使用位于伦敦西郊、面积达 300 英亩的奥斯特利公园。不过，当政府发现这需要让纳税人支付 7000 万英镑，并且要抽调伦敦 $1/3$ 的建筑工人长达三年之久后，这个计划就被放弃了。因此，到 1947 年春天，环球国际博览会被压缩至展示英国范围内的成就，随着贸易委员会的退出，克里普斯将责任移交给了枢密院议长赫伯特·莫里森。

此时，这一项目已有正式名称，规模足够成熟，发展出很多附属组织。内阁管理世博会百年庆典官方委员会。世博会百年庆典官方委员会管理不列颠节办事处。不列颠节办事处管理节庆理事会及节庆执行委员会。节庆执行委员会管理演示部门。而演示部门管理设计团队，后者致力于为整个大家族增光添彩。

适宜性依然是主要的考虑因素。政府未能找到可以承办国际展览会的大场地；节庆理事会及执行委员会——相当于这一新机构的上、下议院——也没能找到适合承办国家级别展览会的场地。他们发现位于伯爵宫和奥林匹亚的主要展览厅被英国工业博览会预订了。他们提议在巴特西公园举办,就在"可以修复的普通园艺棚屋里"。政府否决了这个糟糕的点子,担心会惹怒住在巴特西的人,可尽管他们让这个节庆躲过了在可修复的普通棚屋里举办的可怕命运,却提出了一个更令人震惊的建议——在南肯辛顿的博物馆建筑内举办节庆。不过考虑到要将博物馆爱好者逐出博物馆两三年时光,实际操作难度太大,节庆理事会才予以拒绝。

到1948年夏天,这一项目彻底陷入僵局。此时,若不是伦敦郡议会提出1951年前在南岸区建造音乐厅的计划——获得节庆理事会的支持——僵局恐怕永远也不会打破。事后,人们普遍认为是莫里森选择了南岸区来承办此次节庆,目的就是对该地区进行改造——曾是伦敦郡议会一员的他一直对改造南岸区这个项目感兴趣。事实上,最早提出这一建议的是拉姆斯登委员会,但相比可修复的普通棚屋和偏远、神秘的奥斯特利公园这些更受关注的提议,南岸区被忽视了。后来是节庆理事会重新提及了南岸区,而非莫里森。

这些人花了三年时间来找不列颠节的举办场地。而他们还得再花上三年时间为这个场地找一个节庆。没有人能解释清楚为什么要兴师动众搞这样一个项目,我们难以知道这种心态究竟是让主办过程变得更容易,还是更艰难。不过在当时,显然没有人觉得有必要提出这个问题。大家似乎觉得有不少理所当然的原因。举办这个节庆,一方面是为了完成那个抽象却又奇特地令人难以抗拒的任务，即纪念世纪过半以及1851年世博会百年；一方面是为了提升国家声望；此外也旨在吸引游客。1948年3月，杰拉德·巴里被任命为理事长，面对刁难攻击，他有时候会站在纯物质至上的立场来进行辩解，他肯定是这么希望的，即便食肉者也能理解，这会激励人们更努力地工作。他坚称在菲利普亲王和伊丽莎白公主盛大的婚礼之后，国民生产力有了明显的提升。然而，围绕为何要举办这个节庆，直到最后，仍然有说不清道不明的模糊之处。如同诺埃尔·考沃德（Noel Coward）为1951年的《抒情歌舞剧》（*Lyric Revue*）所作的歌曲《别取笑展会》中唱的那样：

> 拿起你的白兰地酒瓶，抿一小口，
> 尖叫，雀跃，大喊，
> 不给别人发问的时间，
> 这究竟是要干什么。

考沃德一度是节庆理事会的成员，如果连他都不知道这究竟是要干什么，你不禁好奇还会有人明白吗？后来，莫里森可能做出了最为接近的猜测，他称之为"人们对自己的赞许"。经历了五年的战争后，和平时期带来的只有持续的拮据、持续的限制，以及战争再度来袭的威胁，让人不再抱有幻想。整个国家渴望度过一个美妙的假日，作为其劳苦付出和所受苦难的有形犒赏。

但究竟是哪种假日呢？从食肉者占主导的年代回顾那段时光，奇怪之处在于主办方没有流露出任何这样的意图，即人们应该获得食肉者一直以来想要的东西——举国上下狂饮作乐，说不定还有女主人发放免费的洗衣机，到了夜晚，在探照灯的照射下，所有大城市上空都飘浮着歌舞女演员美腿形状的气球。

可那个年代，公众生活的整个基调极为不同，此外，这个节庆完全在食草者的掌控之中。媒体将节庆与莫里森联系起来，而当一名工作人员向枢密院议长提出一个与节庆相关的问题时，出现口误，称其为节庆议长后，莫里森更是成了节庆的同义词。这位节庆议长积极推进项目建设，凭借让人惊讶的练达和政治才干，使得项目承受住了议会的抨击，后者仍然希望得到所有党派的认可。不过他将节庆的实际操作事宜全都交由执行委员会负责。该委员会是不折不扣的食草者联盟——两名公务员、一位科学家、一位工业设计师、斯特拉福德纪念剧院前任总经理、一位英国电影学院派出的代表、艺术委员会的胡·威尔登（Huw Wheldon）、一位煤矿委员会的公关人员、建筑师休·卡森（Hugh Casson）以及巴里。这些人将负责给予整个国家认可和赞许——他们中没有瓦尔·帕内尔（Val Parnell）[1]，没有比利·巴特林（Billy Butlin）[2]，没有赫伯特·冈恩（Herbert

---

[1] 1892—1972，英国电视节目主持人、演员、剧场经理。
[2] 1899—1980，英国企业家。

Gunn）[1]，没有那种会满足人们心愿的人。在食肉者的年代，这简直是不可想象的。

为节庆确立最终基调的是巴里。在枢密院秘书马克斯·尼科尔森（Max Nicholson）——以观鸟这一极具食草者特色的业余消遣闻名——的提议下，巴里被提拔到这个位置。巴里是神职人员之子，在马尔伯勒和剑桥接受教育。这是一个焦虑、敏感、一丝不苟、相当单调的人，一名激进派记者。不列颠节的基调和巴里编辑了十一年之久的《新闻纪事报》没什么两样——仁慈，善良，古怪，轻松，乐观，平庸，充斥着食草者哲学，注定转瞬即逝。

1948年5月，委员会首次集结，在巴里位于苏塞克斯的家中展开了为期一周的讨论。这次会面肯定在一定程度上如同费边主义者的家庭聚会。初夏时分，起伏的英格兰草原散发出半透明的绿色光泽，他们坐在洒满阳光的露台上，或者结伴在草地上漫步，讨论节庆的基本原则。而这一片田园风光标志着忙乱的三年就此拉开序幕，届时散步时间将变成工作时间。巴里回忆称他们几乎由始至终保持着高涨的热情——即使在后期，他仍然会在凌晨3点躺在床上看官方文件。他后来写道，委员会不仅仅在办公室策划此次节庆，还"在山顶、花园、篝火旁，只要有半数人到了，我们就会开始讨论。在碎石和混凝土搅拌机之间攀爬时，在起重机和压桩机的轰鸣声中，在穿行于英格兰的过热的火车车

---

[1] 1893—1964，苏格兰风景及肖像画家。

厢和加热不足的汽车中。在市长的起居室,在雾气弥漫的机场,在昏暗的工作室内,在去往创新施工基地的路上,在演讲厅,青年中心,以及在街角等待公共汽车的时候。有时候,我觉得那些在排队时推搡我们的人可能察觉到了某种特别的气息,因为我们所有的呼吸、思考、想象、意志、汲取和散发都围绕一件事儿——节庆"。

这种以旺盛精力投入工作的表现让人想起在学校准备戏剧演出的过程——一出声势浩大的戏剧,说不定标志着一个冗长且令人厌烦的学期的结束。但每天都要排队等公共汽车,去青年中心,使得这些人能目睹英国境况较以前进一步下滑的现实。巴里写道:"我们应该避免犯下这样的错误,即认为我们是在下结论。在这个对一切充满怀疑的时代,即便是维多利亚时代中期那些荣誉等身者也无法找到共鸣。"

话虽如此,1948年10月,巴里向媒体公布了执行委员会在过去这个夏天的工作成果,最终确立的节目主题可谓宏大至极。此次节庆是为了展示英国对文明所做出的贡献,呈现"这片土地造就了怎样的民众,而民众又是如何成就自己的"。"我们认为这是属于民众的盛会,"巴里说,"而非某些人随意组织安排的,民众拥有这场盛会的主要话语权,我们都将参与其中,齐心协力展现我们所坚信的生活方式。"这就是40年代的真实声音。在我们所处的这个时代——充斥着更为复杂的阶级意识和负罪感——即便是最具食草者特性的人,也不会公开站出来,宣布由一位曾经的报纸主编、两位高级公务员、一名建筑师、一位剧院经理、一个电影人、一名古生物学家、一位公关人员以及胡·威尔登组成的委员会代表了民众。1951年也将是"有趣、梦幻、斑斓"的一年,"能带来过去几年艰苦时光所无法给予我们的欢乐",在这一年里,"认真审视我们辉煌过去、展望美好未来的同时,有机会彻底放松一次,证明英国人即使快乐也看起来很伤感这种观点是错误的"。

这些是最初公布的细节,但此后三年与整个项目如影随形的批评声已经出现了。1947年12月,当莫里森首次在下议院宣布正在考虑举办国家级别展览会时,反对党表示会全力支持。整个议院——乃至全国——都没有出现任何反对的声音,尽管莫里森宣布此事时,恰好传出英国开始花费美国给予的最后四亿英镑借款。

到1948年,在比弗布鲁克出版集团的带领下,食肉者发起了反击。至于比弗布鲁克[1]如此激烈反对举办不列颠节的缘由,恐怕难以说清。他素来厌恶食草者的论调——但是,节庆是为了庆祝英国工业所取得的成就,让举国上下沉浸在欢欣鼓舞中,在比弗布鲁克看来,这种畅想或许和《每日快报》主办的船舶博览会一样,值得赞赏。比弗布鲁克是将不列颠节归入船舶博览会这一类别,还是划分至道德败坏的英国文化协会这一档,庄家很有可能开出同额赌注。

---

[1] 比弗布鲁克男爵,1879—1964,威廉·马克斯韦尔·艾特肯,加拿大裔英国报业大亨,《每日快报》的拥有者,同时极具政治影响力。

总之，1949年8月初，比弗布鲁克的《伦敦晚报》向"莫里森先生耗资数百万英镑的宝贝"开火。一开始是查尔斯·温图尔写的两篇文章，主要抱怨这个项目可能需要的巨大资金投入。不过一两天后，《晚报》又刊登了大卫·洛画的漫画，在一定程度上抵消了最初火力的冲击，在这幅漫画中，巴里向媒体解释："我们现在已经将预算缩减到25英镑——我们打算不设立大门，再削减10英镑，这样游客就进不来了。"那之后，《每日快报》和《伦敦晚报》始终不遗余力地表达对这个项目的看法。他们称之为"莫里森先生的不朽之作""莫里森的荒诞念头""巨大蜡像兼马戏表演兼狂欢秀"，日复一日刊登配上"不列颠节度假指南""酒店房价涨涨涨""不列颠节标记混乱不堪""不列颠节投入增加"这样标题的故事。考虑到不列颠节涉及大量与众不同的子项目，且都需要尽快获得批准，比弗布鲁克的报纸没能挖到太多实质性的猛料，确实让人意外。在不列颠节开幕式当天，《伦敦晚报》记者报道称："角落里立着一个东西，大概代表了莫里森先生和他的规划团队。那是一台全新的能投入两便士硬币的自动售货机，但货架是空的。机子上贴着醒目的标签，上面写着'故障'。"显然，比弗布鲁克的计划和巴里的计划一样，由于原材料短缺，导致实施遇阻。

比弗布鲁克发起的这场反对运动声势渐微。至于各种原因，我们也只能猜测。1951年1月，《每日快报》和其他报纸一样，好奇朝鲜半岛局势是否会导致世界大战的爆发。该报邀请读者围绕"他们应该在不列颠节之前开战"和"他们应该停战"设计明信片。《每日快报》始终没有刊登这些明信片。不过两周后，该报发表了关于不列颠节的社论，称："公众应该抱有怎样的态度？支持吧。现在再来说没必要花费 1100 万英镑的公款为时已晚。现在再来说人力和物力资源本可以用于建造房屋，而不是打造属于莫里森先生的不朽之作，为时已晚。"《每日快报》是否发现其并没能调动读者一起反对不列颠节？（差不多同一时间进行的盖洛普民意测验表明，58% 的民众赞成不列颠节如期举行，28% 的民众认为应该推迟。）到了春天，比弗布鲁克方面的反对声越来越小——可能是因为此时，莫里森当上了外交大臣，在伊朗石油国有化运动一事上立场坚定，获得了《每日快报》的认可。

其余保守媒体紧随议院保守党的方针，给予一般性支持，但每当机会出现时，便会行使宪法规定的特权以获取政治资本。在首相问答环节，反对党会定期从其古老的兵器库中翻出可利用的器械，向不列颠节项目开火。反对党时不时会产生这样的怀疑——也在情理之中——即不列颠节可能被工党政府用于标榜其政绩。莫里森在议院表现得很圆滑老练，沉稳应对，极力避免在不列颠节这个问题上对工党进行公开宣扬。他只对不列颠节的实际规划事宜进行过两次干预，其中一次，他要求不能提及学校展馆提供免费校餐一事。（另一次则是《星期日画报》指责米兹·坎利夫[1]创作的代表"土地与人类起源"的群雕是淫秽作品，

---

1 Mitzi Cunliffe, 1918—2006, 美国雕塑家。

莫里森派巴里前往曼彻斯特，和坎利夫女士一起，严肃地绕着雕像走了一圈，宣布从各个角度看，这都是一件很得体的作品。）

不列颠节所承受的更大压力来自高级食肉者的强烈反感，伊夫林·沃就是为这些人发声的。1950年，正值英国迫不及待想要赚取美元之际，美国缅因州基特里波特一位名叫J.杜蓬特的人给《观察家》杂志写了一封信，信的内容充分体现出食肉者对工党政府及其所作所为的深恶痛绝，他们认为工党在面临衰落时还要拉整个国家下水，为此出离愤怒。"来自英国的私人信件，"这位杜蓬特写道，"要求美国的朋友不要在节庆期间去英国……很多美国人原本计划在明年去英国，但他们改变了主意，基于两个原因，一方面是担心全面战争的爆发，另一方面是他们对不列颠节的反感和失望。"（两周后，另一位在基特里波特的《观察家》杂志的订阅者写信称她觉得不列颠节的宣传"极不英国"。她表示，美国人"希望英国保持原样，虽然饱受战火摧残，却依旧美丽"。）

阿尔伯特·理查森（Albert Richardson）教授是一位乔治亚风格的建筑师，他称南岸区的场地太小了，还预言晚到的数千名参观者会因为没地方落脚而掉入泰晤士河中。托马斯·比彻姆[1]爵士称不列颠节是"愚蠢且邪恶的标志"。保守党议员西里尔·奥斯本（Cyril Osborne）称其本人反对在这样一个离婚法庭和监狱都人满为患的地方举办这样一个节庆。俄国人也反对不列

1　Thomas Beecham, 1879—1961, 英国指挥家。

颠节，他们认为这其实是为战争做准备的幌子。

为了让不列颠节获得更多的认可，政府竭尽所能，让这些反对派的代表加入节日理事会，外加 R. A. 巴特勒和沃尔特·埃利奥特上校这两位来自反对党的"人质"。这些新成员包括肯尼斯·克拉克[1]爵士、T. S. 艾略特[2]、约翰·吉尔古德[3]、威廉·哈利[4]爵士、马尔科姆·萨金特[5]爵士，以及一位将军、一位伯爵和几位贵族。战时在丘吉尔身边担任过总参谋长的伊斯梅将军出任理事会主席。然而，若成员不积极，理事会本身也难以确立威信。"一开始，我们对这份工作都没有报以很多的热情。"理事会成员阿伦·赫伯特爵士后来说。他说得很婉转了。伊斯梅将军后来告诉巴里，他之所以接受这个职位在一定程度上是因为当初被召唤到唐宁街 10 号时，他担心会得到"一个更加可怕的消息"，结果让他如释重负。理事会办公室的墙上挂满了尚处在构思阶段的节日图片，巴里向新成员们描绘了宏大的愿景，成功激起了他们的兴趣。"渐渐地，理事会对这个任务变得越来越热心，"巴里写道，"通过不同角度的转换，从——谁能想到呢——对部分成员持有怀疑态度到最后达成一致，坚定不移。"毕竟，正如阿伦·赫伯特爵士所言，能够熬过"五年战争和五年英王陛下政府

---

1 Kenneth Clark，1903—1983，英国艺术历史学家。
2 T. S. Eliot，1888—1965，英国诗人、剧作家、文学批评家。
3 John Gielgud，1904—2000，英国著名演员。
4 William Haley，1901—1987，英国报纸编辑。
5 Malcolm Sargent，1895—1967，英国指挥家、管风琴演奏家、作曲家。

统治期",确实是值得庆祝的。然而,理事会成员受到了来自朋友的巨大压力,处境相当尴尬,到1950年后期,其中一些人私下认为应该叫停整个项目。不过自国王与王后于1950年3月成为资助人后,权威人士针对不列颠节的公开批评声就少了很多。

总之,不列颠节可能陷入更为艰难的处境。批评者似乎始终显得束手束脚,底气不足,担心自己会落败。相比1851年世博会遭遇的连珠炮似的辱骂和嘲讽——当时反对者预言世博会项目会遭天谴,认为这是教皇党人[1]试图通过偶像崇拜和分裂活动来破坏国家,将贝斯沃特变成大型妓院,让性病泛滥,黑死病会再度袭来,造成毁灭性后果——针对不列颠节的抨击无疑要温和许多。

与此同时,设计团队则忙于赋予不列颠节以具体的形态。休·卡森担任领导,团队包括两名陈设设计师詹姆斯·霍兰德(James Holland)和詹姆斯·加德纳(James Gardner),三名建筑师,卡森、拉尔夫·塔布斯(Ralph Tubbs)和米沙·布莱克(Misha Black)。起初,他们在哈罗德百货后面一座气派的红砖屋里开会,就在昔日仆人的卧房内,由于供暖不足,他们不得不裹上厚外套,服用铋索多耳以免出现消化不良,据说展会设计师很容易受到这一病症的折磨。他们坐在房间里,苦苦思索,大脑一片空白,无比绝望,直到有人终于有想法,记在纸上,关于南岸区的场地——荒废的贫民区,低洼的沼泽地,伦敦大轰炸期间

---

[1] 部分新教教徒对天主教徒的蔑称。

遭受过重创,被从查令十字车站延伸出来的繁忙交通干道一分为二。当感觉思维枯竭时,他们就会前往滑铁卢散步,通常是在晚上,周围一切都归于平静时,这些人就在乱七八糟的碎石堆间绕来绕去。

1949年年初,他们确定了总体规划,开始任命建筑师建造单体建筑。他们选择的大多是卡森的同代人。卡森(又一位真正的食草者——印度公务员之子,在剑桥受教育,曾就职于城乡规划部,在威廉·霍福德手下工作)当时39岁。1937年在巴黎举办的世界博览会让这些人一举成名,在经历了10年的无所作为后,他们有机会与志同道合的同事一起做一个项目,该项目的暂时性特质激励他们勇于冒险,他们得以重拾12年前中断的建筑抱负。不过卡森做了最基本的决定,确立了不列颠节的特点。在南岸区的布局方面,他决心不效仿以前的展会,而是采用更为低调随意的设计,就像紧密相连的各个街区,每一个都有自己的特色——类似威尼斯的广场,或者剑桥的庭院——如同一个微观世界,呈现过度拥挤的岛屿上的生活点滴。

对于举办展览的人而言,这是个糟糕的时代。当他们开始设计时,钢材供应不足,他们被要求尽可能使用木材,可等到方案出炉时,钢材供应充足,反倒是木材出现短缺。为了应对原材料供应可能出现的各种状况,设计团队只能一再调整方案。1949年夏,方案最终确定,但顾问工程师表示在可利用的时间内,要完成这样新颖复杂的建筑工程是不可能的,除了两个单体建筑的设计外,其余设计不是被否决,就是被要求再修改。

节庆主管部门在萨沃伊饭店前院、昔日自由法国军队使用过的办公室安顿下来。随着项目进程加快，加上为举办此次节庆收集的各种古怪零碎物件越堆越多，用巴里的话来说，"一股难以抑制的要舞动的略显混乱的浪漫情绪"弥漫开来。通过复杂的运作体系，主办方开始对生活各方面所取得的杰出成就进行提取、过滤和封装。他们计划建造一个"狮子与独角兽展馆"，以便在这种场合展现英国人特有的荣耀与非同寻常。而且以真正食草者的角度出发，应该选择擅长写言简意赅诗歌的人来为英国服务，撰写说明文字，劳瑞·李（Laurie Lee）被任命为首席配文作者。他为那些稀奇古怪的东西所吸引——折叠式橡胶公共汽车和烟雾研磨机——让他感到无比震惊。某些带忧郁气质的英式奇想不请自来。养老金部门要求设立一个房间，里面应该"低调地展出各式假肢"。英格兰中部地区一家公司想知道是否有空间来陈列裹尸布和棺材配件。另一家制造商申请获得展出用卫生纸卷搭建南岸区模型的许可。

当然了，南岸区并非1951年这场盛会唯一的举办场地。内陆地区将举办土地巡回展，"坎帕尼亚"号——最初是一艘商船，但尚未建成就被改建成航空母舰——也将成为展会场地，沿海港城市进行巡回展览。英国所有城镇都会举办自己的节庆——剑桥河畔会有牧歌吟唱，牛津会有关于非莎士比亚喜剧的讲座，罗廷迪安会展出拉迪亚德·吉卜林（Rudyard Kipling）的遗物，科尔切斯特会有无挡板篮球相关展览，几乎所有地方都会举行露天历史剧，重现历史场景。不只这些。不列颠节指南以极具苏维埃特色的强调表示："即便是最小规模的社区，公民也会积极参与，热情丝毫不亚于大城镇。"在乡村地区，不出意料地涌现出玫瑰花展和道路安全周、上新漆和粉刷、具有纪念意义的公共汽车候车亭和街灯，甚至还有对地方战争纪念碑的修复工程。

巴特西公园内建起了欢乐园和游乐场。讽刺的是，在一定程度上，这一工程是整个节庆项目中最不具食草特性的，也成为其最易受攻击的点。从一开始，巴特西公园的工程就卷入了争议。1949年11月，在就工程议案展开的辩论中，反对党首次对不列颠节大为光火。保守党认为政府花纳税人的钱并没有为纳税人办实事，花纳税人的钱只为了娱乐让保守党难以接受，政府也难以解释清楚——尽管当时涉及的金额并不高，政府和伦敦郡议会估计要损失10万英镑。

欢乐园工程的目的是重现18世纪位于沃克斯豪尔、雷恩拉夫和克雷默的欢乐园的美丽与梦幻。与节日其他工程相比，欢乐园工程是以怀旧为基础，而这一基础并不稳固。政府和伦敦郡议会一起负责此项工程，他们是不列颠节欢乐园有限公司仅有的股东。最初的预算是190万英镑，只要欢乐园开放5年，就能收回成本。但是在1949年夏，切尔西和巴特西两个地方议会明确表态，欢乐园开放的时间不会超过一年，计划不得不进行大规模调整，最终预算降至77万英镑。次年，围绕是否应该在周日开放娱乐设施，又是一场激辩。基督教会咨询委员会强烈反对周日开放游乐场，不过他们对周日开放欢乐园没有意见。最终，下议院展开自由投票，绝大多数人民代表投票决定保留周日欢乐园的娱乐项目——以弥补损失,而维护这一决定自然成为后期讨论的话题之一。

巴特西的施工场地面临的困难越来越多。无休止的罢工、怠工、按章工作使得工程一再受阻。1950年11月的一场大雨后,场地被淹。1951年前五个月是自1815年以来最为潮湿的一段时间,巴特西公园变成一片泥海,更像是佛兰德斯战场,与沃克斯豪尔的欢乐园相去甚远。最终,工程部部长理查德·斯托克斯(Richard Stokes)亲自来到巴特西施工现场,竭力劝说建筑工人开工。

不过到这个阶段,欢乐园无法如期开放已经是板上钉钉。此外,工程已经严重超支。到1950年年底,预算已经从110万英镑增加到160万英镑。到1951年3月,这一数字增加到240万英镑。4月,不列颠节欢乐园有限公司主席和总经理辞职。斯托克斯委托两家特许会计公司调查不列颠节欢乐园有限公司和承包商的工作,最终的报告以白皮书形式公布,认为问题主要出在欢乐园有限公司的管理方式上。最终,欢乐园比预期时间晚了3周开放。6月,斯托克斯不得不请求议院再批一笔百万英镑的贷款,还得忍受哈罗德·麦克米伦的羞辱,这位未来的首相当时钟情以其经反复演练的辩论技巧来压制对手——"难能可贵的管理不善,精彩的无能,完美的混乱缩影"。玛格丽特公主取消了原本在季末造访巴特西的计划,她告诉莫里森,不想卷入这场因他的管理失职而引发的风波。

欢乐园工程在巴特西难产期间,其余地方的工程进展也相当不顺利。1949年夏，政府在不列颠节这一项目（除去欢乐园、伦敦郡议会为皇家节日音乐厅拨发的200万英镑以及各种为了获取其他部门选票而支出的费用外）上的支出估计为1200万英镑，其中200万能以门票方式赚回来。但是到了9月，政府使英镑贬值，在接下去一轮经济周期中，不列颠节预算削减了100万英镑。次年夏天，朝鲜战争爆发，是否应该继续举办不列颠节成为热议话题。到了这个阶段，显然，如果不能收回所有投资，是无法放弃这个项目的。1951年初，联合国军撤出朝鲜半岛，媒体都很悲观，认为这一年有可能爆发世界大战，叫停不列颠节再度被提上议程。表示关切的不只是《每日快报》。1月19日，雷纳德·威尔斯（Rainald Wells）在《每日电讯报》上写道："这个国家曾一致同意举办不列颠节，但现在出现了意见分歧。事实上，有越来越多的人询问是否应该延期，或者取消……最重要的问题是，举办不列颠节对我们目前的首要任务——加强自身防御——究竟是利是弊。"

对于举办年而言，这真是个"欢乐"的开始。此时，南岸区的工程建设进度也令人泄气。设计方案来晚了，原材料来晚了，罕见的大雨——如同在巴特西一样——造成了极大的破坏，雨后的场地被冻得硬邦邦的。工人举行了一系列罢工，1月底，工程陷入为期两周的彻底停摆。整整15天，无论主办方让展会如期举办的心情有多么迫切，也束手无策，在这个突然陷入瘫痪的巨大场地内，唯一的活动迹象就是在球道上踢足球的罢工工人。

南岸区工程延期是肯定的了——"所有工人都能得到高出原标准半倍的工资。"卡森说。但对于不列颠节而言，政治形势变得越来越恶劣。1951年5月，报纸仍在刊登格罗斯特营于临津江战败后的伤亡名单。最悲哀的讽刺莫过于，等到不列颠节开幕时，属于食草者的时代进入了尾声，而那也是他们最为昏暗的日子。1950年2月23日的大选，工党仅以六个议席的绝对多数险胜，他们将艰难地熬过最后的时光——1951年的春夏两季——就如同一头衰老、受伤的动物，撕咬着自己的伤口。4月14日，欧内斯特·贝文[1]死了。4月21日，安奈林·贝文辞职，哈罗德·威尔森、约翰·弗里曼[2]紧随其后，他们都反对国民医疗服务体系征收牙齿诊疗费和配眼镜费的提议。《曼彻斯特卫报》政治记者弗朗西斯·博伊德（Francis Boyd）如此形容下议院就"牙齿和眼镜"提案展开的辩论，称"政府如同遭遇严重内出血，仿佛随时都会失血致死似的，三个半小时的大部分时间里，工党成员一个接一个站起来，相互指责。在下议院，反对党好像根本不存在似的"。5月底，盖伊·伯吉斯和唐纳德·麦克莱恩消失，让政府的处境愈发尴尬。

不过，5月3日，国王和王后前往圣保罗大教堂参加奉献仪式。在英国皇家卫队震耳欲聋的号角声中，国王站在宏伟柱廊前的最高台阶上，宣布不列颠节开幕。巴里希望国王参加塔山的仪

1　1881—1951，英国工党和职工大会领袖。
2　均为英国工党要员。

式，然后乘坐国有驳船到南岸区，但国王拒绝了，称塔山有太多血腥的过往，而且驳船还出现了渗漏迹象。空气中弥漫着欢乐的节日气息。在对街道两旁争相目睹皇室成员的民众进行一番细致观察后，《泰晤士报》得出结论——"人们处于快乐的情绪当中"。在南岸区，工人们依旧日夜赶工，5月4日上午，当参观者从前门涌入看预展时，工人们赶在穿城而过的人流到来之前从后门退了出去。南岸区至少有95%的工程按期完成。等到官方参观者离开，第一批普通民众被允许进入时，下起了瓢泼大雨。对于英国夏季举办的节庆而言，若没有经历这种阴郁的洗礼式，开幕就不算完美。

不过这种失落的感觉并没有持续太久。很快，事实证明历经千难万阻、反复权衡之后才成形的南岸区确实令人印象深刻。有两三个晚上，警察不得不封锁堤岸区周边的街道，缓解交通压力，因为不断有人涌来欣赏河对岸泛光灯营造的梦幻音乐秀。"人们朝南岸区走去，距离目的地越来越近，他们的脸上露出了笑容。"《曼彻斯特卫报》驻伦敦记者报道。《卫报》认为，"在阳光灿烂的日子里，渡过泰晤士河去南岸区就如同跨越英吉利海峡一样令人振奋，因为其最后呈现出来的面貌是人们不熟悉的、如同外国的滨海度假胜地"。确实如此。人们涌入南岸区，漫步其中，就好像梦游一样，他们忘我地排起长龙，以至于引导员发现很难阻止人们去排那些不知道通往何处的队伍。此前从未有人见过这样的景象。除了战后建造新城镇之外，这是英国在20世纪最早出现的合作性现代建筑项目之一，精彩的微观世界，其中每一个单体建筑都有其专门的功用。人们从丑陋的日常城市生活中暂时抽离,花上几个小时,沉浸在一个为取悦人而打造的世界中。逛展区时,你能听到从扬声器里传出来的音乐。有很多咖啡馆供参观者坐下来休息(不过餐饮公司提供的类似薯条和豌豆这样的食物显然无法应对如此局面)。不列颠节相关的漫画和纪念品都出现了两种特别的形象——分别取自拉尔夫·塔布斯(Ralph Tubbs)设计的发现穹顶和云霄塔,前者是一个巨大的闭合的扇贝,后者就像一个发光的感叹号,由年轻的工程师鲍威尔和莫亚设计,凭借其独特的垂直风格在比赛中脱颖而出。每一个角落都有新的亮点——能俯瞰的 T 台,或者是理查德·休斯(Richard Huws)设计的"流动的水"装置,这个装置模拟了大小浪花有规律冲刷海岸的过程。参观者还能看河景。河对面,林立在北岸的那些高耸阴郁的建筑第一次成为不列颠节耗资不菲的斑斓建筑的陪衬。

如预期的那样,巴里被封为爵士。极地剧院的哈士奇们融化了无数人的心。红十字会收治了 16 名因为可能一时困惑不小心跌入喷泉的人。晚些时候,热气球从南岸区腾空,以爱德华七世时代仲夏时节盛行的那种休闲方式,随风飘至城外开放的乡村地区。查尔斯·埃莱诺(Charles Elleano)在泰晤士河上表演走钢索。一周有两次,夜幕降临后,灯光闪烁的球道会举办露天舞会。

有些人称南岸区的展会"充斥着各式令人放松的手段",这么说欠公允。展会结束后,其建筑及设计风格很快引发效仿热潮，接着变得老套，最后随着 50 年代经济条件好转而显得粗俗。但此刻，这样一股不断膨胀的过时风尚完成了令人备受煎熬的整个形成过程，我们能重新审视，细细品味南岸区这盒甜点。不过和拆开其他所有甜点盒一样，最愉悦的就是打开包装，看到里面甜点的那一刻，充满惊喜，令人激动。至于甜点本身，其实有点儿乏味。这次展会的目的是展现英国在文明方面做出的贡献。当然了，这是博物馆的分内事，不列颠节能做的也只有像博物馆那样，展出化石标本和蒸汽机，更多化石和蒸汽机的图片，外加用心良苦的食草者在狮子与独角兽展馆陈列的物品。除此之外，全国性的展会还能有什么呢？不管怎样，各式展馆依然令人大开眼界，有雷达屏显示，手艺人制作板球拍，积分学三维演示，以证明其重要性。亲自去南岸区体验一番，这是最棒的。

那一年，汉普斯特德的圣灵降临节集市遭到了冷落，人们更爱巴特西。他们在欢乐园排队购买尼龙和节庆石——还有人控告商人毫无节制地售卖石头。不过去过南岸区再来欢乐园的人会感到失望。健力士钟和埃米特窄轨铁路显得过于怪诞，更糟糕的还有那些橙色女孩，打扮得就像奈尔·圭恩[1]，用罗定女中特有的口音喊"快来，绅士们，快来买"，仿佛化装舞会上的空姐。

造访欢乐园的人超过 800 万，去南岸区参观的人接近 850 万。但在英国，仍然有人的生活完全没有受到这个节庆的影响。

───────────

1 Nell Gwyns，舞台剧演员，英国国王查理二世的情妇。

亚布拉姆·盖姆斯（Abram Games）设计的不列颠节标志（最初节庆理事会只是悬挂了彩旗）随处可见，"Festival"这个词同样无所不在。诗朗诵、小夜曲音乐会、烟花表演、儿童体育等精彩节目轮番在英国上演。尽管节庆玫瑰花展与南岸区混凝土建筑在本质上相去甚远，却标志着民族认同与意识在一定程度上的觉醒。BBC——最名副其实的食草者——用2700个与不列颠节相关的节目将这个节庆刻入全英国人的大脑皮层。就连德鲁伊教信徒也开启了前往史前巨石阵的不列颠节朝圣之旅。

不列颠节于9月底闭幕。9月29日，南岸区的球道上挤满了人，一心等待格雷西·菲尔兹[1]表演告别卡巴莱舞，结果他们中有很多人晕倒。午夜时分，电视台弧光灯带紫色边缘的光柱照射下来，这里依旧是人头攒动，闭幕仪式弥漫着恋恋不舍却又兴奋的奇特气息。在皇家展馆，香槟瓶塞弹到官方邀请的宾客身上，部长们冷漠地听着大家就如何处理南岸区这具尸体发表高谈阔论。周日晚上，近卫军赶走了仍然逗留在场地的人，这么做有点儿扫人的兴，人们唱起了《与主同住》、国歌和《友谊地久天长》，节日旗帜降了下来。国王本应到场的，但他病了——事实上，他的生命即将终结。这个非比寻常的夏天结束了，一条生命也将画上休止符。

人们是如何看待不列颠节的？它并未取得如世界博览会那样轰动性的成功，后者吸引了超过600万参观者——为当时人口

1　Gracie Fields，1898—1979，英国女演员、歌手。

的 1/3；也未能如加冕典礼之类的皇室典礼那样激发强烈的民族热情。年初提议弃办不列颠节的雷纳德·威尔斯代表食肉者，在《每日电讯报》给出了一个勉强但算不上太糟糕的定论："不列颠节姑且算是一次成功的派对，只不过选择了错误的举办时间，且投入过大。我们并不为此悲伤，但或许把钱留在自己的口袋里是更为明智的选择。"投入过大？除去拨给欢乐园工程的贷款之外，不列颠节的支出净额不过 800 万英镑出头——没有超过预算，按人口平均为 3 先令多一点。虽然不如 1851 年世博会那样令人满意，后者用赚得的利润建造了维多利亚和阿尔伯特博物馆（不过主办方使用了一些极为古怪的方法，例如故意在地板之间留出很宽的裂缝，允许一家私有公司留下所有从裂缝中掉下去的东西，以此支付整个场地的费用），但以现代政府的支出标准，不列颠节的投入算是便宜的了，以大型博览会的标准，不列颠节的投入也算不上过高，1937 年的巴黎世博会和 1939 年的纽约世博会亏损都在 400 万英镑左右。此外，和 1950 年相比，来到英国的外国游客——不管他们出于什么原因过来，即便不包括缅因州基特里波特的居民——的消费支出多了 800 万英镑。

根据在南岸区看到和听到的一切，民众对这个地方有怎样的印象？1951 年夏，盖洛普民意测验就此展开调查。58% 的被调查者表示南岸区给自己留下了良好的印象，15% 则表示不喜欢。在中意南岸区的人中，年轻人比老年人多，平均富裕水平的人比更富有或更贫穷的人多，支持自由党的选民比社会主义者或保守党多。换言之，虽然不占据压倒性的优势，但这个国家还是喜欢不列颠节的人居多——其中绝大部分自然是食草者。南岸区和巴特西都获得了极高的评价。对于不列颠节住宅区项目而言，是否能被曾经住在这里、一度遭受蔑视、忍受冷傲对待而未能获得任何补偿的人们所接受无疑是严峻的考验。夏季进入尾声时，警方惊讶地发现南岸区和巴西特的流氓行为以及其他犯罪行为都消失了。确实是个了不起的成就。

在一个很多人无家可归的时代，不列颠节耗费了大量的建筑材料。但如巴里所承诺的，在举国变得乏味枯竭之际，这个节庆带来了其所需的"趣味、梦幻和色彩"，而南岸区弥漫的那种对设计、功用和外观的强烈关注得以保存下来。不过，不列颠节并没能如巴里所说的那样证明英国人即使快乐也看起来很伤感这种观点是错误的。有几个晚上，尽管下起滂沱大雨，情侣们仍然会在球道举办的露天舞会上起舞。或许1951年，我们获得的快乐并不是那种令人绝望的快乐。

不列颠节如同一道彩虹——是暴风雨就快结束，晴好天气即将来临的好兆头。它标志着为饥饿所充斥的40年代已成为过去，更轻松的十年到来。但它并没有像批评者所担心的那样，促成这个节庆的食草者的地位得以进一步巩固。就像雷纳德·威尔斯所得出的结论，这姑且可以算是一次欢乐有趣的生日派对，只不过举办这场派对的主人已经躺在床上，奄奄一息。

南岸区将迎来怎样的命运？执行委员会想继续管理一年。来自纽约的房地产经纪人威廉·泽肯多夫（William Zeckendorf）表示愿意支付100万美元的运费将发现穹顶和云霄塔运至纽约。

巴斯侯爵则有意将云霄塔搬到郎利特，为其豪华宅第增色。不过这些提议都没有成为现实。10月底的大选，战后一度得意扬扬的工党政府下台，保守党上台，急于展现其充沛的精力和高效率。他们几乎是带着愧疚感，忙不迭地想要消除不列颠节的影响。新任工程部部长大卫·埃克尔斯（David Eccles）带巴里去展会场地转了一圈，暗示里面的建筑应当被拆除，他就好像独裁者的亲信，挑选将被送上刑场的囚犯。除了皇家节日音乐厅、滑铁卢桥下的一家咖啡馆、电视电影院[1]以及泰晤士河上像热气球吊舱一样被吊起来的游廊，27英亩的会展场地迅速被夷为平地。

而令人难以忍受的是，有整整十年时间，这27英亩的平地[2]——位于世界上最伟大首都之一的心脏地带——被弃置，无人问津。直到最后，它终于做好了迎接第二拨收获的准备，昔日的不列颠节场地建起了西欧规模最大、最丑陋的商业办公区之一——外加一个能容纳700辆车的停车场。

（1963年）

---

1 Telekinema, 1958年，由荣获"英国勋章"的建筑师韦尔斯·温特穆斯·科茨为不列颠节专门设计。科茨是英国Art Deco风格的代表人物之一。
2 约等于109265平方米。